LA NUIT
DE L'AMANDIER

Françoise Bourdon

LA NUIT DE L'AMANDIER

ÉDITIONS FRANCE LOISIRS

Édition du Club France Loisirs,
avec l'autorisation des Presses de la Cité

Éditions France Loisirs
123, boulevard de Grenelle, Paris
www.franceloisirs.com

ISBN : 978-2-298-03061-7

Avertissement

Ceci est un roman. Ses personnages sont de pure invention. Lorsqu'il est fait allusion à des personnes, des organismes ou des manifestations ayant réellement existé, c'est simplement pour mieux intégrer l'action dans la réalité historique.

A Jean-Marie
Avec tout mon amour

1

1890

L'aube n'avait pas encore chassé toutes les ombres de la nuit. Des pans de voiles mauves s'accrochaient aux cimes des sapins et des chênes blancs, grimpant à l'assaut des croupes montagneuses. Chaque matin, en poussant les volets de la salle, Anna se tordait le cou en tous sens afin d'apercevoir le champ d'amandiers situé en contrebas du mas.

« Pourvu que... » murmurait-elle, sans oser terminer sa phrase.

Brune, sa marraine, qui s'affairait déjà devant le potager accolé à la cheminée, se retournait vers elle.

« Eh bien, petite ? »

Et Anna, le cœur soudain plus léger, répondait gaiement :

« Encore une nuit et un jour de gagnés ! »

De tout temps, la floraison prématurée des amandiers avait posé problème. Déjà, au XVIIIe siècle, on se demandait si l'on ne pourrait pas suspendre l'éclosion des fleurs de cet arbre trop précoce. On suggérait aussi de faire pousser l'amandier en buisson mais, dans ce cas, il ne donnerait pas de fruits.

Ce matin-là, Brune secoua la tête.

— A quoi bon te ronger les sangs, petite ? Tu n'as pas le pouvoir de diriger le temps qu'il fait.

— C'est bien ce qui la désole ! intervint Aimé, le maître de maison, en tranchant le pain.

A quarante-cinq ans bien sonnés, il était encore bel homme, avec sa haute taille, ses cheveux drus à peine grisonnants et son sourire teinté d'ironie. Réputé pour son esprit caustique, il était recherché dans les veillées car sa voix de basse faisait frissonner les dames. Lui, pourtant, paraissait n'y accorder aucune importance. Depuis la mort de son épouse d'une fièvre puerpérale qui l'avait emportée à peine dix jours après la naissance d'Anna, il demeurait indifférent aux autres femmes. Celles-ci avaient eu beau multiplier les avances, comme la veuve Bailly, qui avait une rente conséquente, ou la sœur de l'apothicaire, Aimé Donat les avait toutes ignorées.

« Un homme fidèle… c'est rare », murmuraient les vieilles du village sur son passage. Aimé avait deux passions, celle des amandiers, qu'il avait transmise à sa fille, et Anna. Il retrouvait sur les traits fins de l'adolescente de seize ans ceux de son grand amour, Allegra. Fille d'un charbonnier piémontais, Allegra était venue travailler avec son père sur les pentes du Ventoux et avait croisé le chemin d'Aimé. Celui-ci ne l'avait pas laissée repartir et l'avait épousée dès qu'il avait réussi à persuader son père qu'il saurait la rendre heureuse. Tout comme Aimé, Allegra avait les amandiers chevillés au cœur. Elle avait planté des

« Princesse de Provence » l'année de leur mariage, dont les fruits étaient fort appréciés.

Ces arbres étaient particulièrement chers au père et à la fille.

— Mangez votre soupe pendant qu'elle est bien chaude ! recommanda Brune.

Sœur aînée d'Allegra, elle avait trouvé tout naturel de venir l'« aider » après la naissance de ses premiers enfants, des jumeaux chétifs. Ils n'avaient pas survécu mais Brune était restée au mas. C'était une femme robuste de trente-six ans, à l'allure décidée, au visage ouvert, au regard franc sous les sourcils un peu trop épais. Elle savait tout faire, aussi bien la cuisine que la couture, et avait transmis ses connaissances à Anna.

Lorsque sa fille était encore toute petite, Aimé ironisait à leur propos : « saint Roch et son chien », parce que Brune et sa filleule étaient inséparables. Il comprenait cependant que la fillette avait besoin d'une présence féminine. Lui-même n'avait que deux frères, l'un installé comme boulanger à Sault, l'autre cocher chez les Rochant, une famille d'industriels aptésiens, et son père, le vieil Anselme, vivait au mas, se partageant entre le coin de l'âtre et sa chambre, la seule pièce de la maison à posséder un poêle. On y faisait brûler à longueur d'hiver les coquilles d'amandes, qui constituaient un excellent combustible.

— Grand-père Anselme n'est pas encore levé ? s'enquit Anna.

Brune leva les yeux au ciel.

— Tu rêves, petite ! Le maître reste bien au chaud dans son lit et il a raison ! Il fait un froid de gueux dehors.

Tous trois échangèrent un regard inquiet. Si jamais les amandiers commençaient à fleurir, la récolte serait à coup sûr perdue. Un proverbe provençal n'affirmait-il pas : « *Quand leis amendié flourissoun en janvié/Fau ni acanadouiro ni panié* [1] » ?

Depuis des décennies, les propriétaires de champs d'amandiers cherchaient un moyen de retarder la floraison de cet arbre trop précoce. Anselme puis Aimé avaient fini par se résigner et rappelaient volontiers que l'amandier n'en faisait qu'à sa tête.

La soupe de Brune était délicieuse, un mélange de poireaux, de carottes, de navets, d'oignons piqués de clous de girofle, de bouquet garni et d'ail, dans lequel avait longuement mijoté – quatre heures au moins – un *missoun*, une sorte de grosse andouillette. L'*oule*, la marmite aux flancs arrondis, était restée sur le feu pendant des heures la veille, répandant ses parfums dans tout le mas.

Anna sourit à sa tante.

— Demain, c'est jour de marché à Sault. Si j'accompagne mon père...

— Je ne vais pas à Sault, coupa Aimé, catégorique. Que veux-tu y faire par ce temps ?

Le joli visage d'Anna se ferma. Elle est belle, pensa Brune. Encore plus belle que ma pauvre Allegra.

---

1. « Quand les amandiers fleurissent en janvier/Il ne faut ni gaule ni panier. »

Dans la salle chichement éclairée par les lampes à huile, les cheveux d'Anna paraissaient avoir capté toute la lumière. Ils avaient la couleur de l'or patiné, ce blond vénitien que les belles du temps jadis obtenaient grâce à des mixtures improbables. Ses cheveux constituaient pour Anna une somptueuse parure et aussi un souci constant. Longs, très longs, elle devait les brosser et les démêler régulièrement. Même nattés solidement, ils faisaient l'admiration de tous. La jeune fille avait la peau claire de sa mère, des yeux couleur de châtaigne et des dents parfaitement plantées. Grande et élancée, elle attirait les regards masculins dès qu'elle remontait la rue du village. Mais Anna ne remarquait rien. Depuis plusieurs mois, un seul homme comptait pour elle. Martin Bonnafé.

Les jeunes gens s'étaient rencontrés à la sortie de la messe, devant l'église de Sault. Les Bonnafé possédaient une « campagne » sur le plateau et s'y rendaient volontiers aussi bien l'été que l'automne. De leur côté, Anna, Brune et Aimé étaient invités de temps à autre chez le frère d'Aimé, qui habitait Sault. Brune apportait le déjeuner dans un grand panier d'osier. On se réunissait dans le jardin après la messe, tout en admirant la vue sur le Ventoux, d'une beauté imposante et sereine. Ces dimanches étaient autant de récréations pour Anna.

La jeune fille sentit ses joues s'empourprer. Il y aurait cinq mois le lendemain que Martin et elle avaient échangé leur premier salut. Cinq mois durant lesquels les deux jeunes gens avaient appris à mieux se connaître. Ce qui ne manquait pas de susciter les commentaires de Brune.

« Méfie-toi, petite, lui recommandait-elle, nous ne comptons pas pour ces gens-là. »

D'où tenait-elle sa certitude ? Brune ne s'était pas mariée, et se montrait avare de confidences. Pourtant, Anna avait parfois le sentiment que sa tante avait connu une déception amoureuse. Anna avait beau lui affirmer que Martin était un garçon sérieux, Brune campait sur ses positions. Un fils d'industriel ne fréquentait pas la fille d'un paysan. C'était la règle.

Anna reposa un peu trop vivement les bols sur la pile de l'évier, faisant trembler le panier à salade suspendu à un crochet juste au-dessus ainsi que les plats à gratin, les tians et les toupins rangés par taille sur des étagères à claire-voie.

— Hé ! ne va pas casser ton héritage ! s'interposa son père.

— Comme si elle tenait à la vaisselle ! marmonna Brune. Il n'y a que les amandiers qui comptent dans cette famille…

C'était vrai. Depuis qu'elle était toute petite, Anna avait pris le pli d'aller saluer chaque matin le plus vieil arbre du champ, aux bras tordus, au tronc vrillé. Le maître du mas, grand-père Anselme, prétendait qu'il avait près de deux cents ans.

Son père et son grand-père lui avaient enseigné tout ce qu'ils savaient mais cela ne lui suffisait pas. Elle avait fait des recherches dans la bibliothèque de son institutrice, mademoiselle Raimonde, qui venait de Saint-Rémy, là où l'on cultivait aussi l'amandier.

Sur les marchés de Sault ou d'Apt, elle était toujours à l'affût des livres des colporteurs. Son père, complice, lui en rapportait parfois de chez Léon, chez qui il lui arrivait d'aller jouer à la belote.

Léon, dit « Socrate », clerc de notaire en retraite, avait hérité de son père une impressionnante bibliothèque. Par son entremise, Anna avait eu le droit de visiter « le musée » de Sault, fondé par un petit groupe d'érudits. Elle avait admiré toute une galerie de tableaux, s'était immobilisée devant un exemplaire complet de l'*Encyclopédie* de Diderot et d'Alembert et avait marqué un recul en se trouvant en face d'une momie égyptienne. Par la suite, elle avait longtemps fait des cauchemars. Comme elle l'avait dit en sortant du musée, elle préférait – et de loin ! – ses champs d'amandiers.

— Si tu vas au marché demain, reprit Brune, n'oublie pas de me rapporter du fil noir. J'ai du ravaudage à faire.

Les deux femmes échangèrent un coup d'œil complice. Malgré les réticences que Martin Bonnafé lui inspirait, Brune savait combien il comptait déjà pour sa nièce.

S'enveloppant dans sa pèlerine, Anna alla donner leur fourrage aux brebis. Elle chantonnait.

— Ah ! jeunesse… murmura Brune.

Elle-même se sentait sans âge, malgré ses trente-six ans.

Parce qu'il était né à la Grand'Bastide, la « campagne » familiale, située à mi-chemin entre Rouvion et Saint-Jean-de-Sault, Martin Bonnafé s'était toujours considéré comme un enfant du plateau. Il aimait les paysages verdoyants, cernés de collines et de serres, qu'il préférait à la ville d'Apt, où il avait souvent la sensation d'étouffer.

Son frère Guy travaillant volontiers à l'entreprise familiale de fruits confits, Martin lui laissait la place de bon cœur et préférait pour sa part se consacrer à ses recherches historiques. Il avait suivi des études de droit à Aix après avoir obtenu son bachot et s'était accordé une année de réflexion avant de choisir sa voie. Il n'avait pas prévu, cependant, qu'il s'éprendrait d'Anna. Un échange de regards avait suffi pour qu'il tombe sous le charme de la jeune amandière. Ils s'étaient revus à plusieurs reprises au cours de veillées consacrées au dégovage et étaient aussi allés se promener dans les bois du Deffends. Malgré les mises en garde paternelles, Martin refusait de cesser de voir Anna. Les différences de situation comme d'éducation le laissaient totalement indifférent. Chaque fois qu'il apercevait la jeune fille, son cœur s'emballait. Il savait qu'ils seraient heureux ensemble. Ils s'aimaient… le reste importait peu !

Aujourd'hui, jour de marché à Sault, ils devaient se voir. Anna prenait la jardinière pour venir vendre ses fromages de brebis. L'épouse du notaire, celles du médecin et de l'apothicaire se fournissaient chez elle. Martin aussi, depuis qu'il la connaissait, ce qui provoquait l'étonnement de Blanche, la cuisinière de la Grand'Bastide.

« Monsieur Martin, quel besoin avons-nous d'autant de fromages ? » protestait-elle quand elle le voyait revenir, le panier plein.

Et lui, généreux, de proposer :

« Si vous en avez de trop, faites plaisir autour de vous, Blanche. »

Il prit la route du bourg sous le regard dubitatif de la cuisinière. Ce matin de Chandeleur était lumineux et frisquet. Un temps comme il les aimait, même s'il savait qu'à Apt, sa mère devait déjà être en train de se lamenter.

« Il fait trop bon, Seigneur ! Nous le paierons d'ici un mois ! »

Sa mère, Lucille, vivait dans la crainte permanente de catastrophes, ce qui exaspérait son époux.

« Bon sang, ma chère ! s'emportait Marius Bonnafé. Ne dirait-on pas, à vous entendre, que vous avez été élevée dans le plus total obscurantisme ? »

Remarque qui plongeait la pauvre femme dans de nouvelles affres. L'union avait été arrangée par les religieuses de Carpentras, qui avaient élevé Lucille. Fille de riches propriétaires, elle apportait en dot des terres conséquentes et un capital intéressant. Marius avait pu ainsi investir dans du matériel pour sa fabrique familiale de fruits confits. Il en était reconnaissant à Lucille, même s'il ne pouvait s'empêcher de la mépriser un peu. Il aurait aimé s'appuyer sur une femme forte, à l'image de sa propre mère, qui avait dirigé la fabrique jusqu'à ce qu'il ait atteint l'âge de succéder à son père. Au lieu de quoi, il devait lutter constamment contre les tourments de son épouse. Comment ne pas comprendre que, dans ces conditions, leurs deux fils aient choisi de quitter très vite la demeure d'Apt ? L'atmosphère y était pesante, Guy et Martin préféraient de beaucoup séjourner à la Grand'Bastide.

Martin sourit en descendant le chemin pierreux. Il avait hâte de retrouver Anna.

2

Heureuse, soudain, Anna fredonna, lèvres fermées, *Le Temps des cerises*, une chanson qu'elle affectionnait particulièrement.

Ils étaient huit autour de la table, avec leurs voisins Blache, fort occupés à dégover, et l'ambiance était joyeuse. Il s'agissait de débarrasser les amandes de leur péricarpe, à la lueur des lampes à pétrole qui éclairaient bien mieux que les traditionnelles *caleus*, les lampes à huile.

Seul grand-père Anselme se tenait à l'écart près de la cheminée dans laquelle un bon feu ronflait. Il aurait fait beau voir qu'il participât à ce qui demeurait pour lui « un travail de femme ». Aimé Donat, pour sa part, ne refusait pas de « donner la main », sans oublier de verser à ses hôtes du *semoustat* [1] dans les gobelets en verre coloré qui venaient de son épouse. Chaque fois qu'elle contemplait leurs reflets, Anna se disait qu'Allegra était un peu parmi eux.

Les mains s'affairaient, habiles, à ôter au couteau la gove, l'écale verte entourant les coquilles des amandes. Les plus âgés racontaient des histoires du temps passé, quand il y avait encore des loups sur les pentes du Ventoux. Anna travaillait vite et bien, sans regarder ses doigts, de même que Brune ou Augusta Blache. Les enfants et les hommes étaient plus malhabiles. Le travail avançait bien quand

1. Du surmoût, du vin tiré de la cuve avant fermentation.

même, et le tas de calagues, les coques vertes entourant les amandes, grossissait.

On parlait, de la nouvelle ligne de diligences reliant Sault à Banon ainsi que du pont de la Croc, un ouvrage d'art imposant qui donnait fière allure à Sault.

Anna songeait à Martin. Ils avaient rendez-vous, tantôt, sous le gros amandier, et elle surveillait du coin de l'œil les aiguilles de la pendule, un œil-de-bœuf, qui n'avançaient pas assez vite à son goût. Leurs rencontres s'étaient multipliées au cours des dernières semaines, et ils prenaient de moins en moins de précautions. Martin évoquait leur prochain mariage sans vouloir tenir compte des scrupules d'Anna. Comment la famille Bonnafé allait-elle réagir ?

Comme pour la mettre en garde, lors de leur dernier passage à Apt, son père lui avait désigné l'usine de fruits confits située à l'emplacement d'un ancien couvent ainsi qu'une imposante demeure, le long du Calavon. Typiquement de style éclectique, la maison comportait un toit en terrasse, des balcons en fonte ouvragée, un portique palladien et une statue dans une niche...

Anna n'avait pu réprimer un frisson. Elle ne pourrait jamais vivre dans une demeure aussi vaste, loin de ses chers amandiers. Fût-ce par amour pour Martin.

Elle ignorait tout de l'amour et, cependant, elle savait que l'élan irrésistible qui la poussait vers Martin portait ce nom. Dès qu'elle l'apercevait, ses jambes tremblaient, elle oubliait jusqu'à ses arbres. Un seul regard de sa part suffisait à la bouleverser.

— Hé, Anna ! Tu rêves ? lui reprocha gentiment leur voisine Augusta. Tu essaies de dégover une amande déjà écalée.

Elle rit plus fort que les autres pour éviter qu'ils ne lui posent des questions dérangeantes. Sa distraction avait pour nom Martin. Dans moins d'une heure, il la serrerait dans ses bras.

Elle se remit à sa tâche avec une belle ardeur sous le regard moqueur d'Augusta.

Les voisins étaient repartis à onze heures. Grand-père Anselme était couché depuis longtemps. Anna attendit que Brune ait rassemblé les cendres, y enfermant la braise, et éteint la lampe pour se glisser dehors. Le froid la saisit, elle resserra autour d'elle les pans de sa cape. Le ciel était piqueté d'étoiles. Elle aspira l'air, presque goulûment, courut vers le champ, là où Martin l'attendait.

Dût-elle vivre cent ans, il lui semblait qu'elle n'oublierait jamais cet instant où elle avait décidé de leur destin. Elle seule, se dit-elle, sans éprouver le moindre remords. Le froid était si vif, à cause de la bise, que Martin, se penchant, l'avait saisie sous les aisselles et emmenée sur son cheval. Elle était bien, blottie contre lui, n'entendant rien d'autre que les battements de son cœur et les pas du cheval. Elle avait vaguement eu conscience du fait que Martin s'était arrêté devant une borie au bel appareillage de pierres longues et plates.

« Venez, nous aurons plus chaud à l'intérieur », lui avait-il dit.

C'était vrai. La bergerie de pierres sèches les protégeait de la bise.

Martin avait étendu une couverture de cheval sur le sol, après avoir battu le briquet. A la lueur tremblotante de la flamme, Anna devinait plus qu'elle ne les voyait ses traits accusés, sa bouche aux lèvres pleines. Ses baisers l'emportaient loin, très loin, de l'abri de berger. Lorsqu'il lui avait dit et répété qu'il l'aimait, elle avait fini par l'attirer contre elle.

« Aimez-moi, Martin », avait-elle prié d'une voix grave, tendue.

Il s'était contenté de la regarder, gravement. Il n'avait pas parlé. Les mots étaient devenus inutiles entre eux, seul importait pour l'instant le langage de leurs corps.

Tous deux s'étaient découverts mutuellement dans la pénombre. Le vent soufflait par rafales autour d'eux. La borie constituait un refuge, un monde à part.

Nue, avec ses cheveux pour unique parure, Anna était d'une beauté ensorcelante. Martin la fit basculer en arrière, hésita.

— Tu veux vraiment ?

En guise de réponse, elle l'attira contre elle, but son souffle. Le monde extérieur n'existait plus.

Elle n'éprouvait aucun regret lorsqu'elle regagna le mas avant l'aube. Une brume légère s'accrochait aux branches des arbres. Le vent était tombé d'un coup.

De toute manière, Anna ne sentait pas la morsure du froid. Martin l'avait enveloppée de tant d'amour qu'elle avait encore la sensation de ses bras autour d'elle, de son corps sur son corps.

Elle se glissa dans sa chambre, située à l'étage, sans faire de bruit, rabattit sur elle la couverture piquée et s'endormit aussitôt. Trois heures après, en ouvrant ses volets, elle découvrit que les amandiers étaient en fleur.

C'était une tradition nîmoise qu'Anna avait trouvée dans un ouvrage consacré à l'amandier mais, n'est-ce pas, rien ne s'opposait à son respect dans le haut Vaucluse. D'ailleurs, lorsqu'elle en avait fait part à Martin, il avait eu la même idée qu'elle.

Ils s'engageraient sous le vieil amandier. Des fiançailles de rêve pour Anna.

Elle n'avait pas encore parlé de son prétendant à son père, tout en sachant que Brune était au courant de beaucoup de choses. D'ailleurs, les temps derniers, Anna avait senti peser sur elle le regard dubitatif de sa marraine. Il était difficile de deviner ce qu'elle pensait, sauf lorsqu'elle piquait une colère. Dans ces moments-là, mieux valait faire le dos rond et attendre la fin de l'orage !

Brune soumit sa filleule à un interrogatoire serré quand elle fut certaine que son père comme son grand-père ne pouvaient les entendre. A l'en croire, tous les hommes se valaient, et Martin Bonnafé n'était pas mieux que les autres !

« Dès qu'ils ont culbuté une fille qui ne sait pas se garder, ils passent à la suivante », prétendait Brune, le regard assombri. Anna refusait de l'écouter. Martin était différent. Et puis, de toute manière, c'était elle, et elle seule, qui avait voulu faire l'amour avec lui. Parce qu'elle entendait bien se comporter en femme libre. C'était tout à fait le genre de théorie propre à faire se dresser les cheveux sur la tête de Brune et il valait mieux la laisser dans l'ignorance.

Après tout, sa tante n'avait pas lu l'*Encyclopédie*, ni Flora Tristan, se disait Anna pour se réconforter. Brune se contentait de tourner les pages de l'almanach, en mouillant le bout de son index avec application. Grand-père Anselme, qui lui gardait grief de ne pas le laisser manger n'importe quoi, prétendait méchamment que Brune ne savait pas lire. Anna n'avait jamais osé lui poser la question.

D'un geste vif, la sœur d'Allegra saisit le menton de sa nièce, la contraignit à la regarder.

— Dis-moi, petite... J'espère que tu n'as pas fêté Pâques avant les Rameaux !

Surprise, Anna sentit ses joues s'empourprer. Elle se dégagea promptement, soutint le regard de sa tante.

— Et quand bien même ? Martin et moi serons mariés avant la fin de l'été.

Brune se détourna. Ses épaules s'affaissèrent.

— Folle enfant... crut l'entendre murmurer Anna.

Sa marraine aurait voulu la secouer d'importance, lui rappeler que leur virginité constituait l'unique dot des filles pauvres mais... à quoi bon ? puisqu'elle pressentait qu'il était déjà trop tard.

Il ne restait plus qu'à espérer que Martin Bonnafé fût un homme de parole.

Si elle se basait sur son expérience personnelle, Brune en doutait fort.

3

Bien que née Gondrand, Lucille Bonnafé avait coutume de dire : « Nous, les Bonnafé, sommes implantés à Apt depuis l'époque des papes d'Avignon. » Ce qui était pour elle une façon de s'approprier l'histoire familiale.

Ses fils, Guy et Martin, échangeaient alors un sourire. Ce demi-mensonge (on n'avait aucune certitude quant à la date exacte – 1510 ou 1530 – à laquelle l'aïeul, Simon Bonnafé, était venu s'installer à Apt) leur rendait leur mère plus proche. En revanche, il était vrai que le pape Clément VI avait choisi, en 1348, un confiseur aptésien pour être son « écuyer en confiseries ».

Charles Bonnafé, pour sa part, avait créé sa fabrique de fruits confits en 1828, plus de soixante ans auparavant. A ce titre, elle était considérée comme l'une des plus anciennes de la ville.

Son fils, Hippolyte, lui avait succédé en 1850 puis Marius en 1875. Il n'avait pas vraiment laissé le choix à ses deux héritiers. Leur avenir était tout tracé à l'usine Bonnafé. Si cette option convenait à Guy, l'aîné, Martin était plus réticent. Il aurait préféré se consacrer à la Grand'Bastide où il aimait à chasser l'automne venu. Juriste de formation, il avait entrepris de classer les archives familiales entreposées dans les combles de la demeure. Activité qui faisait dire à son père :

« Penses-tu vraiment gagner quelque argent de cette manière ?

— C'est la vie que j'aime, père », répondait invariablement Martin.

Ce jour-là, il n'avait pu manquer la réception donnée chez les Comparède, notaires aptésiens, en l'honneur des fiançailles de Guy et de leur fille Mathilde. Personne n'aurait compris qu'il leur fît faux bond, bien qu'il eût préféré rejoindre Anna. Martin avait la certitude que chaque journée passée loin de la femme qu'il aimait était une journée perdue. Il escomptait tirer parti de l'atmosphère de fête pour parler à ses parents de la jeune amandière. Certes, il se doutait bien qu'ils tordraient le nez en apprenant que sa seule dot était constituée d'un champ d'amandiers mais il pensait parvenir à les convaincre. Même si, chez les Bonnafé comme chez les Gondrand, on privilégiait traditionnellement les « mariages raisonnables », comme disait sa mère.

Il s'amusa en remarquant la façon dont celle-ci observait discrètement le mobilier des Comparède. Ils habitaient un hôtel particulier place des Quatre-Ormeaux. Chez eux, pas de fanfreluches ni de passementerie à la mode, seulement des meubles traditionnels provençaux, qui se trouvaient là depuis des générations. Encoignures et bahut à dessus de marbre, table et chaises aux pieds galbés, estagnié regroupant cafetière et chocolatière en étain, buffet à glissants constituaient autant de pièces remarquables.

Achille Comparède incarnait le bourgeois tel que Daumier avait aimé le représenter. Bedonnant, le teint fleuri, le regard pénétrant sous l'affabilité de commande, on devinait chez lui un esprit sans cesse à l'affût. Son épouse, Angélique, était issue de la bourgeoisie aixoise. Sa fille Mathilde lui ressemblait. Toutes deux avaient le front haut et bombé, les cheveux noirs, la silhouette mince et déliée. Guy paraissait très empressé auprès de sa fiancée. Quoi de plus naturel ? songea Martin.

Madame Comparède ne manqua pas de faire admirer la somptueuse corbeille livrée au petit matin. Composée de roses et de lys blancs, elle dissimulait un collier de perles et des dormeuses ornées de saphirs.

— Joli, très joli, murmura Lucille Bonnafé d'un air pincé.

Etait-elle en train de calculer combien ces cadeaux leur avaient coûté ? se demanda Martin, le premier étonné de son cynisme. Dans le monde de ses parents, tout avait un prix. Il n'avait jamais pu supporter cette idée.

A l'issue du repas, beaucoup trop lourd, qui avait proposé un vol-au-vent, de la poule à la crème, des poulardes de Bresse aux truffes, du filet de bœuf à l'étouffée, des escargots, des artichauts, des fromages de Banon et des îles flottantes, les deux frères Bonnafé s'isolèrent quelques instants dans l'embrasure d'une fenêtre offrant une vue sur le jardin intérieur. Guy semblait un peu las.

« L'aimes-tu ? » aurait souhaité lui demander Martin. Il n'osa pas le faire. Son aîné de quatre bonnes années l'avait toujours impressionné. Guy menait sa vie à sa guise sans paraître éprouver d'états d'âme.

— C'est fait, déclara-t-il en tirant une bouffée de son cigare.

A quelques pas d'eux, leur père et son futur beau-père discutaient politique, évoquant le gouvernement Freycinet.

Les dames s'étaient dirigées vers le salon. Ces conventions pesèrent soudain tant à Martin qu'il n'y put tenir.

— Raconte-leur une excuse, n'importe quoi, pria-t-il.

Sous le regard éberlué de son frère, il fila vers le hall sans plus de cérémonie. Gêné, Guy parla d'une indisposition soudaine, maudissant l'impolitesse de son cadet.

Dommage qu'il n'ait pu l'imiter, pensa-t-il avec un brin de cynisme.

— Venez !

Martin entraîna Anna vers sa monture, qui encensait. Il avait découvert la jeune fille là où il le pressentait, dans son champ d'amandiers. Le visage levé vers ses arbres, elle souriait.

— La récolte promet d'être abondante, lui annonça-t-elle, joyeuse.

Avant de s'étonner :

— Mais… n'aviez-vous pas une fête familiale ?

— Je me suis échappé. Vous me manquiez trop, ma mie.

Il l'attira contre lui, picora son visage de baisers. L'ombre des amandiers adoucissait son expression. Elle portait un caraco sous lequel ses seins ronds bougeaient librement. Le regard de Martin se durcit.

— Venez.

Elle ne protesta pas lorsqu'il l'entraîna vers la Grand'Bastide. La robe de leur monture était trempée de sueur. Une odeur puissante affolait les sens d'Anna. Martin sauta à terre le premier, tendit les bras à son amante.

— Viens ! répéta-t-il.

Elle aurait voulu fermer les yeux pour ne les ouvrir qu'une fois dans sa chambre. Elle eut le temps, cependant, de jeter un coup d'œil au vestibule, vaste et frais, orné d'un escalier en fer forgé, le fameux « escalier de vanité », où l'on pouvait parader à loisir. Des portraits de famille étaient accrochés aux murs.

— Celui-ci, c'est Adhémar, lui chuchota Martin en lui désignant du menton un personnage au visage austère, vêtu en bourgeois du XVIIe siècle. Un peu sévère, non ?

— Pas très engageant, appuya Anna.

Il poussa une porte du pied, fit pénétrer Anna dans sa chambre. Elle ne vit que le lit, qui lui parut immense, avec sa *litocho*, surmontée d'un ciel en rectangle.

Un boutis bleu et blanc recouvrait ce lit.

— Anna... chuchotait Martin dans son cou, à son oreille.

Ses mains impatientes chiffonnaient déjà le corsage de la jeune fille. Elle se coula contre lui.

— Si tu me trahissais un jour... je crois bien que j'en mourrais ! souffla-t-elle.

Il étouffa sa réflexion sous ses baisers. La trahir ? Comment serait-ce possible ? Il l'aimait trop.

Une nouvelle fois, Guy Bonnafé se dit que le Ventoux paraissait beaucoup plus proche qu'il ne l'était en réalité. Douze, peut-être quinze kilomètres à vol d'oiseau. Le mont chauve, recouvert de cailloux blancs, le fascinait depuis longtemps.

Même s'il ne préférait pas, à l'exemple de son cadet, vivre à la campagne plutôt qu'à Apt, il avait toujours aimé, lui aussi, la Grand'Bastide et n'hésitait pas à rallonger sa route pour y passer. Ce matin, cependant, il était pressé, on l'attendait à Carpentras chez un confiseur renommé.

Guy talonna sa monture. Il détestait emprunter la diligence, beaucoup trop lente à son goût : elle ne dépassait pas la moyenne horaire de sept kilomètres pour relier Sault à Carpentras ! Son cheval, au moins, était plus vif.

Il songea à Mathilde, se demanda si elle était réellement prête à se marier. Certes, sa fiancée était d'un commerce agréable, et intelligente. Cela suffisait-il, cependant, pour vous lier à quelqu'un pour la vie ? Il répéta « pour la vie », et sa voix se répercuta dans les gorges de la Nesque. Il se mit à rire. Guy était séducteur dans l'âme. Il lui fallait toutes les femmes sans que, jamais, son cœur soit pris. Il troussait aussi bien la servante que la boulangère ou l'épouse du juge de paix. C'était pour lui une quête sans fin, car il ne parvenait pas à définir quel était son idéal féminin. Une femme belle et sensuelle, pas forcément jeune. Il avait gardé un souvenir ébloui de certaine maîtresse plus âgée que lui de six bonnes années, un brin canaille.

De toute évidence, Mathilde ne correspondait pas à ce portrait. Mais, dans leur monde, on ne se mariait pas par amour, seulement par intérêt. Or, sur ce plan, Mathilde – ou, plutôt, la fortune de son père – offrait toutes les garanties.

Un rire empreint de cynisme roula dans la gorge de Guy.

Il ne vit pas la grosse couleuvre qui venait de dérouler ses anneaux juste sous les sabots de son cheval. Priam encensa, hennit furieusement et se cabra.

Surpris, déséquilibré, Guy vida les étriers et tomba lourdement sur le sol pierreux.

Des cailloux roulèrent dans le ravin, tandis que l'écho du galop fou de Priam résonnait déjà au loin.

4

La fin février s'annonçait pluvieuse, comme souvent. De gros nuages noirs couraient dans un ciel plombé, couleur d'étain. Le vent du sud, tant redouté, soufflait par rafales sèches.

Aimé Donat fit la grimace depuis le seuil du mas. Il était las, parfois, d'être sans cesse aux aguets. Les fleurs et les fruits des amandiers étaient si fragiles !

— Pourvu qu'il ne pleuve pas trop tout de même, réfléchit-il à voix haute.

— Il ne pleut jamais trop, rectifia Brune dans son dos.

Elle vivait dans la terreur de la sécheresse qui, pour elle, apportait les épidémies et la mort.

Aimé sourit avec un soupçon de tendresse.

— Brune, soyez donc un peu plus optimiste ! Vous vous obstinez à voir le mauvais côté des choses.

— Hé ? répliqua-t-elle avec vigueur, retrouvant une pointe de son accent italien. Nous n'avons jamais eu tellement l'occasion de nous réjouir !

Elle se reprocha cette phrase aussitôt après l'avoir prononcée en voyant les épaules de son beau-frère s'affaisser.

Dans la salle, Anna ne semblait pas avoir prêté attention à leur échange un peu vif. Elle lisait et relisait l'un des gros titres du journal.

« Tragique accident entre Sault et Carpentras. L'héritier Bonnafé a été tué sur le coup. »

Fébrile, soudain, elle se pencha à la recherche de détails. L'auteur de l'article racontait simplement que Guy Bonnafé avait été victime d'un accident de cheval. Son corps avait été retrouvé sans vie sur le chemin surplombant les gorges de la Nesque.

Guy Bonnafé... Elle se répéta son prénom à plusieurs reprises, comme pour mieux se rassurer. Guy, et non pas Martin. En même temps, le soulagement qu'elle éprouvait la culpabilisait. Guy avait une fiancée, une famille, des amis... Autant de vies brisées...

N'y tenant plus, elle ôta son tablier, tenta de lisser ses cheveux rebelles avant de jeter sa cape sur ses épaules.

— Je vais chez Socrate, annonça-t-elle à sa tante. Il avait promis de me prêter de nouveaux livres.

— Par ce temps ? protesta Brune. Ce n'est tout de même pas si pressé !

Anna ne l'écoutait pas. La porte claqua.

— *Miseria !* s'écria sa tante, en se signant précipitamment.

Elle venait de comprendre ce qu'Anna avait lu à haute voix. Le frère de Martin était mort.

Aimé se retourna.

— Eh bien, Brune... que vous arrive-t-il ? lui demanda-t-il.

Elle haussa les épaules. Que pouvait-elle lui expliquer ? Qu'elle avait peur, soudain, pour la petite ?

Il se moquerait d'elle. De plus, ce n'étaient pas des histoires d'homme.

— C'est mon pied qui me taquine, marmonna-t-elle.

En fait de pied, il s'agissait de la cuisse mais Brune aurait estimé inconvenant de mentionner un détail aussi intime devant son beau-frère. D'ailleurs, tous savaient au mas que lorsque Brune souffrait de crampes, c'était en fait parce qu'elle était soucieuse, ou énervée. La vieille Calixte, qui « avait le don » et faisait office de guérisseuse du côté de Méthamis, lui avait dit un jour qu'elle avait des dispositions pour soigner mais Brune s'était enfuie en jurant que cela ne l'intéressait pas. Cela lui inspirait même une crainte diffuse.

Aimé plissa les yeux avant de se lever pesamment.

— J'ai promis au Placide de passer l'aider, pour ses semis. Je vais voir où il en est.

— Faites donc, répondit distraitement Brune.

De son côté, elle allait confectionner du massepain aux amandes. Elle tenait la recette de sa grand-mère Alba. Quatre cents grammes de sucre mélangés à trois cents grammes d'amandes pilées au mortier, quatre blancs d'œufs, trente grammes de farine. Il lui suffisait ensuite de faire des petits tas qu'elle mettait à cuire une trentaine de minutes. Lorsqu'elle avait les nerfs en pelote, elle cuisinait. Des plats de son Italie natale, de préférence. Ensuite, elle se sentait mieux. Comme si, ce faisant, elle s'était rapprochée de ses racines…

Anna eut beau tambouriner à toutes les portes, la Grand'Bastide demeura obstinément close. Fermés, les volets peints de ce délicat bleu charrette passé, qu'elle trouvait si gai, fermées les portes en bois plein, rythmées par de gros clous forgés à tête ronde.

Les écuries étaient vides, la maison sans âme.

Ce doit être l'enterrement, pensa-t-elle, accablée.

Pourquoi Martin ne l'avait-il pas prévenue ? Elle serait allée à Apt, aurait tenté de le réconforter. Son frère… Dieu juste ! Il lui en avait parlé à deux ou trois reprises, en précisant que tous deux, même s'ils s'entendaient plutôt bien, avaient des caractères foncièrement opposés.

Que pouvait-elle faire ? Prendre la jardinière et descendre à Apt ? Le temps d'y parvenir, la messe serait dite depuis longtemps et le pauvre Guy déjà enterré ! Non, elle n'avait pas le choix, elle devait attendre le retour de Martin.

Il reviendrait.

Puisqu'il l'aimait.

Chaque fois qu'il sortait dans la cour de la fabrique, Martin cherchait instinctivement le cheval de son frère, attaché d'ordinaire à la borne la plus proche de la porte cochère. Aussitôt après, la douleur, atroce, revenait lui tordre le cœur. La mort de Guy avait plongé sa famille dans le désespoir. Seule Lucille avait puisé quelque réconfort dans sa foi.

Martin n'oublierait jamais la vision du cercueil de son frère dans la nef de la cathédrale Sainte-Anne. Ce jour-là, il avait pris réellement conscience du fait qu'il ne le reverrait plus jamais. C'en était fini de leurs joutes fraternelles, de leurs escapades nocturnes vers Aix, de cette complicité teintée de rivalité qui caractérisait leur relation. Plus jamais... Il avait violemment mordu ses lèvres, avait amorcé le geste de soutenir son père. Le corps de Marius Bonnafé s'était comme tassé. Martin avait eu le sentiment d'être devenu l'homme fort de la famille, et il s'était raidi.

De l'autre côté de la nef, Mathilde et la tante Pauline sanglotaient. Martin aurait voulu pouvoir pleurer, lui aussi, mais il gardait les yeux secs comme sa tante Arthémise.

Il crispa les poings. Depuis une semaine, il évoluait dans un monde dépourvu de couleurs. Brusquement, il songea à Anna. Pris par les préparatifs des obsèques, il n'avait pu remonter à la Grand'Bastide. Ses parents avaient besoin de lui. Martin passa la main sur son front. On s'activait à l'intérieur de la fabrique comme si de rien n'était.

Les fruits confits Bonnafé faisaient partie de la vie de Guy. La tradition familiale devait se poursuivre. Coûte que coûte.

Il franchit le porche de la fabrique, s'enfonça dans la ville.

C'était samedi, jour de marché. Il y avait foule sur la place du Postel et dans les rues adjacentes. Fruits, légumes, ustensiles de ménage, linge, huile d'olive s'échangeaient dans un joyeux brouhaha.

Exaspéré par le bruit, Martin s'éloigna en direction du Cavalon. Il était plus que temps d'aller voir Anna, se dit-il. Elle devait se languir. Lui, encore sous le choc de la mort si brutale de son frère, se sentait comme anesthésié. Il contemplait sans le voir le paysage familier, les maisons bourgeoises dominées par des bosquets de chênes et de pins.

Demain, se dit-il, il chevaucherait jusqu'à Roussillon, là où la terre était rouge comme le sang.

Plongé dans ses pensées, il manqua heurter une femme qui revenait du marché, son panier au bras. Il se confondit en excuses avant de reconnaître la cuisinière des Comparède, toute vêtue de noir. Elle l'enveloppa d'un regard indéfinissable, le salua d'un bref signe de tête et reprit son chemin.

Le sentiment de malaise de Martin s'accentua. Il lui semblait que quelque chose lui échappait. Quelque chose de grave, assurément.

5

Mathilde Comparède souleva légèrement le voilage et appuya son front contre la vitre tiède. Elle se sentait un peu mieux, tout en se doutant que cette amélioration était provisoire. Eulalie, qui l'avait élevée avant qu'elle n'aille étudier chez les Ursulines, passa la tête dans l'entrebâillement de la porte.

— Veux-tu une camomille ? lui proposa-t-elle.

Mathilde la remercia d'un sourire triste. Non, elle n'avait envie de rien, seulement que ce cauchemar prenne fin. Elle aurait voulu remonter le temps, revenir en arrière... et ce même si elle savait que c'était impossible. Eulalie fit demi-tour en branlant du chef.

Son entourage respectait son chagrin sans lui poser de questions. C'était la règle chez les Comparède, on restait discret. Une obligation chez les notaires, affirmait Arthémise Bonnafé en souriant. Elle ajoutait que cette obligation devait arranger beaucoup de monde.

Tante Arthémise était, comme elle se qualifiait elle-même, « le mouton noir » de la famille Bonnafé. Insoumise, farouchement attachée à son indépendance, elle avait refusé aussi bien le couvent que les prétendants prêts à oublier, contre une dot coquette, qu'elle avait le visage grêlé et un embonpoint quelque peu... encombrant. Arthémise Bonnafé, sœur cadette du père de Guy, habitait une grosse maison fortifiée à l'entrée de Saignon. Elle vivait à sa guise, entre ses chiens et ses chevaux et, lorsqu'elle rendait visite à son notaire, c'était le branle-bas de combat place des Quatre-Ormeaux ! Angélique, la mère de Mathilde, prétendait qu'Arthémise – ou ses chiens, ce qui revenait au même ! – avait des puces. Ce qui provoquait l'indignation de Mathilde et de son père, tous deux admirateurs inconditionnels de la rebelle.

C'était peut-être la solution, se dit Mathilde. Aller rendre visite à Arthémise Bonnafé. Elle savait bien, cependant, au fond d'elle-même que la tante de Guy ne pourrait rien faire pour elle. Qui, alors, dans ce cas ?

Elle aperçut Martin alors qu'il avançait sur la place en titubant légèrement. Aurait-il bu ? C'était probable, car elle ne l'avait jamais vu ainsi.

Elle ouvrit sa fenêtre, le héla. Il hésita avant de lever la tête vers le second étage.

— Mathilde ! Allez-vous bien ? s'enquit-il de façon fort civile après l'avoir saluée.

Elle eut envie de hausser les épaules. Comment pouvait-il poser ce genre de questions ?

Déjà, il enchaînait :

— Moi, je vais un peu mieux aujourd'hui. C'est grâce au cognac. Vous devriez essayer, Mathilde...

A cet instant, elle éprouva un sentiment proche de la panique. Qu'allait-elle faire ? Martin était un garçon sympathique, elle n'avait pas le droit de le ligoter pour la vie. Aussitôt après, elle songea à sa propre situation, et n'eut plus le moindre scrupule. Martin était un homme, il parviendrait toujours à se tirer d'affaire. Elle, elle n'avait pas le choix.

Elle jeta un châle de cachemire sur ses épaules, s'élança vers l'escalier. Eulalie, qui l'observait avec inquiétude, ne dit rien. Il fallait trouver une solution pour Mathilde.

Lorsqu'il reprit la route d'Apt, Martin se sentait le cœur plus léger. Confus de s'être laissé aller à boire, il était allé voir Anna, l'avait retrouvée près de son troupeau de brebis. Le visage penché sur un livre, elle paraissait triste. Le chien Moustique, un solide berger noir et blanc, montait la garde.

Elle avait reconnu le pas de Martin, s'était levée d'un bond pour s'élancer vers lui. Parvenue à sa hauteur, elle avait lentement, d'un geste extrêmement doux, caressé son visage. Il avait baisé ses mains l'une après l'autre.

— J'étais toujours auprès de toi par la pensée, lui dit-elle.

C'était vrai. Elle avait pensé mourir d'angoisse en ne le voyant pas revenir à la Grand'Bastide.

« Il faut lui laisser un peu de temps, lui recommandait Brune. Perdre son frère à cet âge... c'est comme si on lui avait coupé un bras ! Pauvre ! »

Elle avait donc patienté, sans pouvoir empêcher son esprit de battre la campagne. Ils s'aimaient, certes mais... Martin n'allait-il pas devoir s'établir à Apt ? Elle n'osa pas le lui demander.

Laissant le troupeau à la garde de Moustique, ils s'éloignèrent de quelques pas. Spontanément, une phrase monta aux lèvres d'Anna.

— Je n'ai pas de frère mais je pense que ce fut un arrachement.

Martin inclina la tête.

— Oui, ma mie, ce fut exactement ça. Mon frère... eh bien, nous nous sommes toujours bien entendus, lui et moi. Il venait de se fiancer.

Il avait encore de la peine à parler de Guy à l'imparfait. Le respect de l'aîné était profondément enraciné en lui. Il n'était pas certain qu'Anna, enfant unique, pût le comprendre. Elle le rassura d'une simple phrase.

— Je t'aime, ton chagrin est le mien.

Ils marchèrent côte à côte en devisant. Après des jours et des jours de pluie continue, le soleil était revenu, sans transition. L'air était doux, chargé de parfums. L'engrain, le petit épeautre, cultivé par Aimé levait sous la brise.

— C'est si calme, par ici... murmura Martin, rêveur.

Anna, pensant qu'il regrettait l'animation de la ville, se raidit. Il s'empressa de la détromper. Non, il se plairait toujours mieux à la campagne, la ville n'était pas faite pour lui, à moins que ce ne fût le contraire...

Pour la première fois depuis qu'il l'avait rejointe, un lent sourire étira ses lèvres.

— Je dis n'importe quoi, Anna. C'est parce que j'ai terriblement envie de t'embrasser.

Elle eut le sentiment de le retrouver, enfin, quand il l'attira contre lui pour une longue étreinte.

Ils regagnèrent le mas enlacés après avoir rassemblé les brebis avec l'aide de Moustique.

— J'aimerais saluer ton père, dit Martin, dans la cour du mas.

Anna s'immobilisa. Elle savait qu'il s'agissait d'une nouvelle étape, après leur engagement sous l'amandier.

Inquiète soudain, elle insista.

— Tu es bien sûr ?

— Je veux t'épouser, Anna. Tu es la femme que j'aime, avec qui je désire vivre. Ce sont d'excellentes raisons, tu ne crois pas ?

Aimé Donat coupait du bois dans la cour. La chemise ouverte sur son torse puissant, il s'activait devant un billot.

Il releva la tête en apercevant les jeunes gens, fronça les sourcils. Avisée, Anna rentra les brebis à l'étable avant de procéder aux présentations. Aimé donna une solide poignée de main à Martin.

— Désolé pour votre frère, lui dit-il.

Martin inclina la tête.

— Merci.

Son attitude raidie signifiait qu'il n'avait pas envie d'évoquer le sujet. Aimé lui proposa de rentrer se rafraîchir.

— Installons-nous plutôt sous la treille, suggéra Anna.

Elle servit elle-même le vin de sauge, obtenu selon une vieille recette avec une bonne poignée de fleurs, un litre de marc et mis à macérer quarante jours et quarante nuits, au soleil comme à la lune, sur le rebord de la fenêtre.

Brune se joignit à eux. Dès que Martin aurait pris congé, elle se livrerait à une analyse détaillée de ses attitudes, de chacune des phrases qu'il aurait prononcées. Anna en éprouva quelque dépit. Elle n'avait pas envie d'entendre sa tante critiquer l'homme qu'elle aimait.

La conversation roula sur l'amande, naturellement, et la Grand'Bastide. Aimé était chasseur, lui aussi, et les deux hommes tombèrent d'accord sur le fait que les sangliers proliféraient un peu trop sur les pentes du Ventoux. Anna, heureuse, les écoutait comparer les mérites de leurs armes respectives.

Lorsque Martin se leva pour prendre congé, Aimé lui dit :

— Vous serez toujours le bienvenu chez moi, mon garçon.

Anna rougit de bonheur.

Elle l'accompagna jusqu'à l'endroit où il avait attaché son cheval, le regarda s'éloigner vers la Grand'Bastide.

Le ciel était rouge. Anna frissonna. Martin lui manquait déjà.

Marius Bonnafé faisait les cent pas dans son bureau, séparé des locaux de la fabrique par une simple porte vitrée. Il redoutait l'entretien qu'il devait avoir avec son fils, tout en sachant qu'il ne pourrait s'y dérober. Martin accepterait-il ce qu'on attendait de lui ? De toute manière, son père n'avait pas l'intention de lui laisser le choix.

Question d'honneur... Il n'avait rien dit à son épouse. Lucille était trop confite en bondieuseries, elle en avait perdu le sens des réalités. Mieux valait ne pas être nombreux à partager le secret de Guy.

Il jeta un coup d'œil à l'eau-forte représentant la fabrique primitive, créée au début des années 1820. Quel chemin ils avaient parcouru ! Pourtant, ils étaient encore fragiles, à la merci d'une fluctuation des cours ou d'une désaffection de la clientèle. Il était bien décidé à se battre, comme Guy l'aurait fait.

Il crispa les mains sur le dossier de son siège. Martin était en retard, comme souvent. Traînait-il encore du côté du plateau ? Marius avait l'intention d'y mettre le holà. Martin n'avait plus rien à faire à la Grand'Bastide. Sa vie était à Apt, désormais.

6

— Elles viennent bien cette année, fit Aimé, en scrutant d'un œil critique l'enveloppe extérieure des amandes, d'un vert délicat, à l'aspect velouté.

Les coques étaient regroupées par grappes, ce qui annonçait une excellente récolte. La gelée avait épargné la floraison des amandiers, exceptionnellement tardive.

Le père d'Anna était fier de ses champs dans lesquels le petit épeautre poussait dru au pied des arbres centenaires, tendant leurs bras vers le ciel, dans un geste de prière, ou d'offrande.

Il se retourna vers la jeune fille.

— Tu es sûre de vouloir aller travailler au cassoir ? Il y a bien assez d'ouvrage au mas.

Anna soutint fermement le regard contrarié de son père.

— Ça me fera un peu d'argent, répondit-elle.

Fière de nature, elle désirait compléter son trousseau. On n'avait jamais assez de draps de métis, ni de nappes, de serviettes et de torchons de fil. Son père n'était pas riche, elle ne voulait rien lui demander, d'autant qu'il devrait supporter les dépenses du mariage. Les invités seraient nombreux. Ils connaissaient beaucoup de monde, sur le plateau. Les Bonnafé se déplaceraient-ils d'Apt ? Martin n'était guère loquace à ce propos.

De nouveau, Anna ressentit un pincement au cœur. Comme chaque fois qu'elle évoquait Martin, l'angoisse la consumait. Pourquoi se faisait-il aussi rare ? Ils ne s'étaient pas vus depuis trois semaines, depuis le jour où elle l'avait présenté à son père. Elle était montée à plusieurs reprises à la Grand'Bastide, en vain. On l'avait poliment éconduite en lui répondant que monsieur Martin travaillait à la fabrique avec monsieur Bonnafé père. Ce qui n'avait pas manqué de l'étonner, car Martin ne lui avait jamais caché son peu de goût pour l'entreprise familiale.

Aimé poussa un soupir.

— Suis ton chemin, ma fille, lui dit-il.

Il savait pouvoir lui faire confiance. De plus, il connaissait le patron du cassoir le plus proche, situé sur le plateau. L'ambiance y était familiale, Anna devrait pouvoir s'intégrer rapidement.

Elle piqua un baiser sur la joue de son père.

— Travailler dans l'amande, ça ne peut que me plaire !

Il suivit d'un regard attendri sa silhouette dansante. Belle, oui, elle l'était, aussi belle qu'Allegra, et déterminée. Pourvu, pensait-il souvent, qu'elle soit heureuse. Martin Bonnafé paraissait un jeune homme sérieux et sympathique mais la différence de situation inquiétait l'amandier. Les industriels aptésiens n'avaient aucun point commun avec les paysans du plateau. Anna mesurait-elle les difficultés qui l'attendaient ? Que ce soit à la Grand'Bastide ou à Apt, elle serait toujours considérée comme une petite paysanne sans instruction ni éducation et, surtout, dépourvue de dot ! même si elle connaissait des passages entiers de *Mirèio* et avait certainement lu plus d'ouvrages que bien des jeunes filles de la bourgeoisie. Aimé se savait impuissant à l'aider sur le chemin où elle s'engageait. Lui, qui abattait un sanglier d'un seul coup de fusil et parlait à ses arbres, était perdu dès qu'il s'aventurait en ville.

Lorsqu'il regagna le mas, Anna et Brune bavardaient avec animation.

— Que veux-tu que j'aille faire sur le marché d'Apt ? protestait sa belle-sœur.

C'était une discussion de pure forme car ils savaient tous trois que Brune finirait par accepter.

Sans nouvelles de Martin, Anna voulait emprunter la diligence du lendemain. On se mit enfin d'accord. Aimé les conduirait à l'auberge qui servait de relais avec la jardinière. Les deux femmes partiraient avant l'aube afin d'arriver à Apt vers dix heures.

— C'est bien tard, remarqua Brune, habituée à se lever dès potron-minet.

Anna sourit. Elle connaissait assez sa tante pour deviner que celle-ci grognerait un peu, histoire de montrer qu'elle cédait à contrecœur.

Le lendemain, dans la diligence, Anna tentait de juguler sa peur en observant le paysage. L'aube naissante lui avait réservé la surprise des cerisiers en fleur, des vergers entiers tout de blanc vêtus qui recouvraient la plaine d'Apt.

Ses compagnons de voyage, diserts et bons vivants, allaient chercher quelques distractions à la ville. On parlait aussi beaucoup de l'installation de chaudières à vapeur dans les fabriques de confiserie. Apt n'était guère éloignée d'Aix la belle. Comment ? Elle ne connaissait donc pas Aix ? Brune, qui occupait le coin droit, faisait semblant de dormir. De son côté, Anna se sentait terriblement campagnarde. Elle avait pourtant passé ses vêtements du dimanche, jupon d'indienne monté à plis canons, caraco d'indienne assortie sur son corset de piqué blanc et sa chemise de lin, le tout recouvert d'un *quatro doublo*, un grand châle rectangulaire, qu'elle avait jeté sur ses épaules comme une cape. Elle avait aussi sorti de leur enveloppe de papier de soie les souliers noirs à boucle que sa mère portait le jour de son mariage. Par chance, la mère et la fille devaient avoir la même pointure. Ce qui n'empêchait pas Anna, habituée à marcher pieds nus dès les premiers beaux jours, d'avoir déjà mal.

La diligence brinquebalait, gémissante, sur la route qui plongeait vers la plaine. Aimé connaissait le conducteur, un brave homme nommé Roger, qui aimait autant ses chevaux que la bouteille de gnôle qu'il gardait dans son coffre.

A Apt, il indiqua à Anna la direction de la fabrique Bonnafé.

— Tu vas dans les beaux quartiers, ma mignonne, lui fit-il remarquer tandis que Brune haussait les épaules.

On ne lui retirerait pas de l'idée que deux mondes aussi différents ne se mélangeaient pas.

Devant la cohue régnant sur la place du Postel, elle retint sa filleule par le bras. Son regard était inquiet.

— Petite... tu es certaine de vouloir aller là-bas ?

Anna lui sourit.

— Bien sûr, Brune. Martin et moi nous nous aimons.

Elle ne voulait pas et elle ne pouvait pas briser son rêve. D'ailleurs... peut-être se trompait-elle.

Réprimant un soupir, Brune descendit à son tour de la diligence, se laissa happer par la foule. Anna avait déjà disparu.

Un temple dédié aux fruits confits, pensa Anna, suivant le concierge à l'intérieur de la fabrique Bonnafé, installée dans un ancien couvent.

Partout, des fruits baignant dans un sirop, dans des jarres vernissées, des étuves, des fourneaux, des candissoires, des caisses, des boîtes de fer, des piles et des piles de boîtes en carton décorées... Des étiquettes aux couleurs vives déroulaient des noms de rêve, cédrats de Sicile, poncires, violettes, pétales de roses « à la parisienne », angélique, et chinois.

Sur son passage, les ouvrières levaient à peine la tête. Pas question de ralentir la cadence !

— Mademoiselle...

Le concierge s'effaça, l'incitant à pénétrer dans un bureau isolé des locaux de production par des murs de verre. Etourdie par le bruit et les odeurs, Anna fit un pas, puis deux. Elle se retrouva face à un homme d'un certain âge, qui la considérait d'un air étonné, et comprit tout de suite qu'il y avait méprise.

— Pardonnez-moi, balbutia-t-elle, c'est à Martin que je désire parler.

Son interlocuteur, un homme au teint fleuri, aux favoris gris, fronça les sourcils.

— Martin a dû s'absenter pour quelques jours. C'est à quel sujet ?

Sa façon de la dévisager était explicite. Son fils n'avait rien de commun avec une petite paysanne comme elle.

Piquée au vif, Anna se redressa.

— C'est personnel, répondit-elle.

Impressionné presque malgré lui par le ton dont elle usait, Marius Bonnafé se demanda si Martin avait eu une aventure avec elle. Ce serait quelque peu gênant mais, après tout, assez conforme aux conseils qu'il avait toujours donnés à ses fils : « Amusez-vous tant que vous n'êtes pas mariés. Ensuite, c'est plus délicat. Mieux vaut faire preuve de discrétion. »

En tout cas, la visiteuse était belle, et semblait avoir du caractère.

— Martin se marie le mois prochain, annonça Marius Bonnafé d'un ton qui se voulait complice et qui blessa la jeune fille. Il faut le laisser tranquille, désormais.

Anna rougit violemment. Elle crispa les mains sur le dossier d'une chaise afin de ne pas s'effondrer.

— Vous... c'est une plaisanterie ? articula-t-elle avec peine. Qui Martin pourrait-il bien épouser ?

Marius Bonnafé haussa les épaules.

— Ma chère, je ne vais pas vous raconter toute notre histoire familiale ! Sachez simplement que vous devez vous faire oublier.

Une bouffée de colère empourpra les joues d'Anna.

— Je veux que Martin me le dise lui-même, s'obstina-t-elle.

L'industriel fronça les sourcils.

— Dois-je vous faire expulser de mon bureau, mademoiselle ? Vous n'avez rien à faire chez moi.

La jeune fille soutint froidement son regard.

— Je veux voir Martin, répéta-t-elle, détachant chaque syllabe.

Elle avait l'impression que tout s'écroulait autour d'elle et se raccrochait désespérément à son amour.

Marius Bonnafé se leva et lui saisit le bras sans douceur.

— Si vous ne sortez pas immédiatement, je fais appel à la force publique, menaça-t-il. Je ne pense pas que mon fils apprécierait ce genre de scandale.

Elle devait partir, elle l'avait compris. Les yeux pleins de larmes, elle releva le menton.

— Au moins, laissez-moi lui écrire un mot.

Il haussa les épaules, l'air de dire que tous les messages de la terre ne changeraient rien à l'affaire. Désespérée, Anna griffonna : « Viens me voir le plus vite possible. Je t'aime » sur une feuille à en-tête de l'entreprise Bonnafé, réclama une enveloppe. Après l'avoir cachetée, elle la tendit à Marius Bonnafé.

— Je vous fais confiance, monsieur, lui dit-elle.

Il inclina la tête, la suivit des yeux jusqu'à ce qu'elle ait descendu l'escalier, traversé la cour et franchi la porte cochère de l'ancien couvent.

Ensuite, seulement, il froissa l'enveloppe et la jeta dans la corbeille à papier sans avoir pris la peine de lire le mot.

De toute manière, Martin ne devait pas revoir cette fille.

7

Chaque fois qu'elle jetait un coup d'œil aux cinq lettres « BRUNE » gravées sur son fer, Anna songeait à sa marraine et à la phrase lapidaire qu'elle avait laissée tomber à Apt : « Chez ces gens-là, on se marie entre soi. »

Elle ne voulait pas pleurer. Surtout pas. Elle avait pleuré pour toute une vie, lui semblait-il, depuis son retour de la fabrique Bonnafé. Son travail au cassoir lui permettait, non pas d'oublier la trahison de Martin, mais de ne pas devenir folle. Chaque matin, elle partait avant le lever du soleil rejoindre ses camarades dans un vaste local, situé à côté de la ferme Doré, sur la route de Banon. Avant d'y pénétrer, elle protégeait ses cheveux d'un fichu noir car la poussière s'insinuait partout. Elle portait sur sa robe un grand tablier en toile de jute unie, qui lui avait aussi été donné par Brune. Sa tante avait en effet travaillé au cassoir une vingtaine d'années auparavant. Anna l'ignorait jusqu'alors.

L'ambiance était chaleureuse chez les Doré. Les casseuses avaient toutes à peu près le même âge, entre quinze et vingt ans, et aimaient à rire tout en s'activant.

Le premier jour, Anna, malgré son habileté manuelle, avait pensé qu'elle n'égalerait jamais leur rythme et puis, elle avait serré les dents. Ce n'était pas un travail trop fatigant, il fallait juste prendre le pli et adopter la bonne attitude, afin de ne pas trop souffrir du dos. Pendant que les mains s'affairaient, les filles bavardaient sans répit. Anna restait un peu à l'écart. D'abord, elle se remémorait chaque geste.

« Prends ton temps, petite, lui avait recommandé le patron. Tu verras... Ça va venir tout seul. »

En effet, au bout de trois jours, elle avait pris ses marques et acquis une certaine dextérité. Sa voisine, Fernande, une belle fille brune au corsage épanoui, entreprit de lui raconter sa vie. Elle fréquentait Honoré, qui n'avait pas un sou vaillant, mais travaillait dur comme apprenti charron à Sault. Ils se marieraient dès qu'ils auraient mis un peu d'argent de côté.

— Et toi ? s'enquit Fernande. Tu n'as pas de promis, belle comme tu l'es ?

Le visage d'Anna se ferma.

Elle fut tentée de répondre qu'elle était seule, ou encore que son fiancé était mort, histoire de ne pas perdre la face. Mais, finalement, elle choisit de dire la vérité.

— Il se marie avec une autre.

Fernande la regarda avec compassion.

— Pauvre ! La façon dont tu me dis ça... Ça m'en donne le frisson !

Anna se mordit les lèvres. Elle revivait les semaines écoulées, l'attente désespérée d'une réponse de Martin, puis sa nouvelle tentative de le voir à la Grand'Bastide. La cuisinière des Bonnafé, une vieille femme au visage ridé, n'y était pas allée par quatre chemins.

« Monsieur Martin ? Il se marie ce prochain samedi à Sainte-Anne d'Apt avec mademoiselle Mathilde, une fille de notaire. Ce ne sera pas une belle noce, rapport que la famille est en grand deuil mais, ma foi, ce sera une noce tout de même ! »

Anna aurait voulu mourir, là, sur le coup, devant la porte de la Grand'Bastide. Quel homme était donc Martin pour l'avoir trahie de la sorte ? Et leur serment sous l'amandier, qu'en avait-il fait ?

Elle avait regagné le mas en courant et s'était réfugiée dans son lit sous le regard interloqué de Brune. Depuis quand se couchait-on en pleine journée ? Anna, le visage tourné vers le mur, ne lui avait pas répondu.

Elle était restée prostrée durant vingt-quatre heures. Lorsqu'elle était revenue dans la salle, Brune et son père avaient pris peur. Blême, le visage défait, le regard vide, Anna n'était plus qu'une ombre.

Malgré l'amour qu'elle éprouvait pour sa filleule, Brune se sentait impuissante à lui venir en aide. Elle avait redouté, depuis le jour où Anna lui avait parlé de Martin, que l'idylle entre les deux jeunes gens se termine ainsi. Elle savait bien, elle, que deux mondes aussi différents ne se rencontraient pas. Elle aurait voulu voir sa nièce hurler, sangloter mais son silence obstiné l'inquiétait.

« Dans mon village, j'ai connu un jeune qui avait basculé », avait-elle confié à son beau-frère.

Basculé, un mot pudique pour ne pas dire la folie. Aimé avait secoué la tête.

« Ma fille est solide. »

Lui-même avait eu la tentation d'en finir, à la mort d'Allegra. C'était facile... Un coup de fusil, et tout était terminé... Il avait estimé que c'était presque trop simple, et pensé qu'Allegra ne lui pardonnerait pas d'abandonner la petite. Alors, il s'était battu, pour ne pas sombrer.

« Anna est de bonne race, avait dit Aimé. Elle ne flanchera pas. »

Au cassoir, tenir bon était chose relativement aisée. L'atelier était aménagé de façon rationnelle, avec des planches d'environ quatre-vingt-dix centimètres sur cinquante-cinq fixées contre les murs. A la demande, on les transformait en tables ou bien on les rabattait contre le mur. La grande table centrale était réservée au deuxième tri avant l'emballage des amandes dans de grands sacs en toile appelés « balles ». On en mettait aussi quelques-unes dans de petits sacs de toile sur lesquels étaient inscrits le nom du commerçant et celui de la variété d'amandes. Ces derniers étaient utilisés comme échantillons.

Le poêle jouait un rôle important à la mauvaise saison, comme Fernande l'avait expliqué à Anna. Non seulement il chauffait l'atelier, mais aussi les pierres à casser. De plus, les jeunes gens passaient au retour des champs se réchauffer un peu comme ils disaient, tout en souriant aux casseuses. Nombre d'idylles s'étaient nouées là, dans la poussière, sous le regard bienveillant du patron.

Chaque jeune fille avait sa chaise, une pierre, un fer à casser, une corbeille, une boîte en bois et une vieille casserole destinée à recevoir les noyaux triés. L'organisation du travail était immuable. On montait les sacs d'amandes par une fenêtre avant de les vider et de constituer un grand tas. Les casseuses venaient à tour de rôle remplir leur « double », un double décalitre, au tas d'amandes à l'aide d'une pelle en bois creux en forme de coquille Saint-Jacques. La tradition voulait qu'on passât un rouleau de bois, le *radouiro*, sur le double, afin d'en araser la surface.

Installée à sa petite table, l'ouvrière cassait d'abord la cosse de l'amande avant de séparer ensuite les fruits entiers ou brisés des débris de coques. Les noyaux s'entassaient dans la boîte en bois ou la casserole et les çoquilles dans un *terrié*, un panier rond à deux anses, originellement destiné à transporter de la terre. Fernande cassait son amande à chaque coup de fer, sans toucher le noyau. Elle était aussi habile en tenant les fruits entre le pouce et l'index qu'à plat, *de revesse*, sans les tenir. Les trieuses travaillaient sur la grande table centrale. Elles avaient l'œil et repéraient tout de suite les noyaux ou morceaux de noyaux oubliés par les casseuses. Elles effectuaient aussi un calibrage, en rassemblant les noyaux ayant une forme et une dimension similaires.

Ces trieuses constituaient les meilleures ouvrières du cassoir, et elles avaient une longue expérience. Anna admirait leur dextérité, tout en se disant qu'elle ne travaillerait jamais assez longtemps au cassoir pour acquérir leur coup d'œil infaillible. Elle avait d'autres rêves.

La journée à l'atelier ne s'écoulait pas trop lentement. Les filles chantaient et riaient, dans une ambiance joyeuse.

Lorsqu'elle regagnait le mas, Anna avait le cœur lourd. Pourquoi ? se répétait-elle. Pourquoi Martin l'avait-il trahie ? Pour quelle raison n'avait-il pas eu le courage de lui annoncer son mariage avec cette fille de notaire ? Elle avait beau tourner et retourner dans sa tête les éléments qu'elle connaissait, elle butait toujours sur cette question. Cela n'avait pas de sens. Ou alors, il fallait penser, comme le suggérait Fernande, que Martin avait seulement voulu s'amuser avec elle. Mais, cela non plus, elle ne parvenait pas à le croire.

De retour au mas, elle se lava avec soin, ne réussissant pas à se débarrasser tout à fait de la poussière et des traces brunes qui maculaient ses ongles et ses mains. Elle avait des gerçures et des coupures, résultat de ses gestes malhabiles des premiers jours. Fernande lui avait montré comment protéger ses mains.

« Il faut mettre de la *pègue*, de la poix, lui avait-elle dit. Ça colle mais au moins, ça colmate tes coupures. »

Brune, elle, lui recommandait de s'enduire les mains d'huile d'amande douce avant la nuit. « On soigne le mal par le mal, l'amande répare ce qu'elle a blessé. »

Anna aimait bien cette idée.

Brune lui caressa furtivement les cheveux.

— Bonne journée, petite ?

Elle fit oui de la tête parce qu'elle imaginait mal ce qu'elle aurait pu répondre d'autre. Qu'elle travaillait pour s'occuper les mains, et tenter de s'empêcher de penser à Martin ? Qu'elle aurait voulu mourir, pour réussir à l'oublier ? Brune savait tout cela, ou bien l'avait déjà deviné. Aussi, Anna s'assit-elle à la table. Aimé avait attaqué sa soupe, la traditionnelle *aiguo-boulido*, réputée souveraine contre les maux d'estomac. Brune la préparait à sa façon, faisant bouillir un litre d'eau salée, cinq à six gousses d'ail, quelques branchettes de sauge et un bouquet garni. Elle la versait ensuite dans la soupière en faïence blanche où elle avait mis trois jaunes d'œufs, un par personne. Aimé, qui avait travaillé dur lui aussi dans les champs, mangeait sa soupe avec du pain arrosé d'un filet d'huile d'olive. Il n'avait qu'une hâte, aller fumer son tabac sous la treille avant de se coucher, recru de fatigue.

Il demanda tout de même à Anna si monsieur Doré était content d'elle, et coupa de larges tranches de pain. Le visage perdu de sa fille le bouleversait, il aurait voulu la prendre dans ses bras pour la consoler mais il ne savait pas le faire. Allegra, elle, aurait su. Une boule lui pesait sur le cœur. Il repoussa sa chaise, se leva lourdement.

— Aimé ! Vous ne mangez pas votre fromage, s'étonna Brune.

Il secoua la tête, sortit.

— Je lui fais peine, murmura Anna.

Elle-même n'avait pas touché à sa soupe.

Brune haussa les épaules.

— Quand tu tomberas de faiblesse, nous serons bien avancés ! Les hommes préfèrent les cailles dodues.

— Je me moque bien de ce que préfèrent les hommes ! répliqua vivement la jeune fille. Pour ce qu'on peut leur faire confiance…

Brune aurait voulu lui dire qu'ils ne ressemblaient pas tous à Martin Bonnafé, mais elle pressentait que sa nièce n'était pas prête à entendre ce genre de discours.

Elle se contenta de soupirer avant de débarrasser la table et de laver bols et couverts. Anna essuya la vaisselle, la rangea dans l'*escudelie*, une grande étagère destinée à recevoir poteries et faïences, et embrassa sa marraine.

— Je vais prendre un peu l'air, j'ai l'impression de mâcher encore de la poussière. Ne m'attends pas.

« Aidez-la à accepter, Sainte Vierge », priait Brune, tout en s'activant à balayer le carrelage de mallons, régulièrement passés à l'huile de lin.

Elle-même n'avait jamais pu. Mais ce n'était pas une raison. Surtout pas.

La lune pleine, baignant d'une lumière irréelle le champ d'amandiers, semblait lui indiquer le chemin. Anna hésita quelques instants tout en sachant qu'elle grimperait jusqu'à la Grand'Bastide. Elle coupa à travers bois, écartant d'une main rageuse les branches qui menaçaient de lui cingler le visage. Elle avançait vite, poussée par le besoin de savoir. Elle ne redoutait pas les ombres de la nuit.

La lune ne la guidait-elle pas ? Elle connaissait le plateau, l'avait parcouru si souvent qu'elle ne craignait pas de se perdre.

Pourtant, le souffle lui manqua lorsqu'elle franchit les grilles de la Grand'Bastide. Elles étaient ouvertes, ce qui signifiait qu'un membre de la famille Bonnafé s'y trouvait. Elle reconnut le cheval noir de Martin et fut tentée de faire demi-tour. Elle avait peur, soudain. Si peur qu'elle dut comprimer de la main les battements de son cœur, qui s'affolaient.

Elle se coula dans le jardin. Une fenêtre était éclairée. Anna courut. Elle aperçut la silhouette de Martin. Il contemplait la cheminée d'un air absent.

Anna lança une poignée de petits cailloux contre la vitre.

— Anna !

Il n'avait pas hésité un instant et, penché à la fenêtre, scrutait le jardin. Elle sortit de l'ombre. Elle lut quelque chose d'indéfinissable sur son visage, s'irrita d'avoir l'impression de se trouver face à un étranger. Elle se raidit.

— Félicitations, Martin, lui dit-elle.

Il ne répondit pas. Elle le sentait troublé, sur la défensive.

— Anna, vous ne pouvez pas comprendre, déclara-t-il enfin.

Elle le toisa.

— Croyez-vous ? Me méprisez-vous à ce point ? Une petite paysanne illettrée, c'est ce que je suis pour vous ? Détrompez-vous, j'ai fort bien compris que, dans votre monde, il valait mieux épouser une fille de notaire plutôt qu'une amandière sans le sou !

— Taisez-vous, Anna !

En deux bonds, il la rejoignit. Il referma ses bras sur elle et lui prit les lèvres. Un baiser au goût de sang, car elle le mordit sauvagement.

— Pour qui me prenez-vous ? siffla-t-elle. Je vous hais, Martin Bonnafé.

S'essuyant la lèvre du revers de la main, il esquissa un sourire infiniment triste.

— Je suis désolé, Anna. Plus que vous ne pourrez jamais l'imaginer, mais c'est ainsi. J'épouse Mathilde Comparède demain.

Elle le toisa avec mépris.

— L'aimez-vous ? Avez-vous eu l'impression, en la tenant dans vos bras, que le monde entier vous appartenait et que plus rien ne pouvait vous arriver ? dites-moi...

On s'agitait derrière les portes de la Grand'Bastide. La cuisinière, aux aguets, devait tout écouter. Anna s'en moquait éperdument. Elle voulait faire souffrir Martin. Au moins autant qu'elle-même souffrait.

— L'aimez-vous ? répéta-t-elle, encore plus fort. Je veux vous entendre me le dire.

Le visage de Martin se défit. L'espace d'un instant, elle eut peur pour lui et tendit la main vers lui. Déjà, il s'était ressaisi.

— Allez-vous-en, à présent, Anna, reprit-il d'une voix lasse. Oui, j'aime Mathilde et...

Il s'interrompit, sous le choc de la gifle qu'elle venait de lui assener.

— Eh bien... allez au diable tous les deux ! Je voudrais ne jamais vous avoir connu ! lança la jeune fille.

Elle ne devait pas pleurer. Pas tant qu'elle n'aurait pas quitté le domaine.

Elle fit demi-tour, remonta l'allée en courant.

Il lui sembla que Martin criait quelque chose dans son dos mais elle ne se retourna pas.

Jamais plus elle n'accorderait sa confiance à un homme.

8

Sous le ciel d'un bleu éblouissant, la cueillette des amandes battait son plein. Depuis l'enfance, c'était la période de l'année qu'Anna préférait. Elle aimait à passer des journées entières dans les champs d'amandiers, en compagnie de son père et de sa tante. Les cheveux tressés sous le grand chapeau de paille, les bras nus, la jupe en partie relevée afin de faciliter ses mouvements, elle maniait la longue perche, la latte, aussi bien qu'Aimé qui lui avait transmis son savoir.

La récolte s'annonçait exceptionnelle.

« A toi l'honneur », avait dit Aimé le premier jour, en tendant à sa fille la latte légère qu'il avait coupée sur un saule. Rouge de fierté, elle avait fait le tour de l'arbre et donné de petits coups de gaule, de bas en haut, de droite à gauche et de gauche à droite. Cette façon de procéder permettait de détacher plus facilement les amandes, sans abîmer les bourgeons. De son côté, Brune avait étalé des bourras, de grands carrés de toile de jute, sous chaque amandier.

Lorsque midi sonnait au clocher de l'église, la tante d'Anna sortait le panier en osier de l'endroit ombragé où elle l'avait posé en arrivant et l'on pique-niquait, de grosses tranches de pain accompagnées d'oignons, de tomates, de saucisson et de fromage.

Brune, qui savait sa filleule gourmande, confectionnait souvent des douceurs, ses délicieux massepains mais la jeune fille les refusait avec un sourire d'excuse.

« Merci, Brune, je n'ai pas faim. »

Aimé levait les yeux au ciel.

« Veux-tu que j'aille corriger ce *catounejaire*[1] ? »

Et sa belle-sœur le retenait de la main.

« Taisez-vous, voyons ! Vous voyez bien que vous lui faites du mal ! »

Anna avait demandé qu'on ne lui parle plus de Martin. Lorsqu'elle était rentrée de la Grand'Bastide, elle tremblait si fort que Brune, qui guettait son retour, avait craint pour sa santé mentale. Elle l'avait couchée sous plusieurs couvertures piquées, lui avait fait boire force tisanes.

Dans son lit, Anna, les yeux clos, claquait des dents.

« Il ne m'a jamais aimée », répétait-elle, et Brune ressentait des envies de meurtre.

Il avait bien fallu continuer à vivre. D'ailleurs, avec son solide bon sens, la tante d'Anna le lui avait fait remarquer :

« Petite, il y a bien des choses qu'on n'accepte pas. On voudrait hurler comme une louve, et se coucher pour ne plus se relever. Mais tu appartiens à une lignée qui s'est toujours bien battue. Pas question de flancher à cause d'un fils de bourgeois qui ne sait pas travailler de ses mains ! »

Les mises au point de Brune, même si elles étaient rudes, avaient le mérite de la lucidité. Lentement, Anna avait redressé la tête. Il lui fallait oublier

---

1. Coureur de jupons.

Martin, c'était la seule solution. Même si elle rêvait de lui chaque nuit.

Juin et juillet avaient été particulièrement chauds. Heureusement, le cassoir était fermé depuis le mois d'avril, les ouvrières y auraient étouffé. Fin juin, alors que les lavandes embaumaient le plateau, Anna avait travaillé aux champs en compagnie d'Aimé. Marcellin, le berger, avait emmené leurs brebis le long des drailles empruntées par les troupeaux transhumants depuis des siècles.

Le soir, après l'ouvrage, Anna lisait, avec une sorte de fièvre, les livres empruntés à Socrate. Elle avait découvert l'œuvre de Jules Verne, celle de Victor Hugo et se passionnait désormais pour Emile Zola.

Socrate s'inquiétait parfois : « Je ne suis pas sûr qu'il s'agisse de lectures destinées aux jeunes filles », et Anna le rassurait : « J'en parlerai à monsieur le curé ! »

Ce qu'elle omettait de faire, bien entendu.

D'une certaine manière, cet été-là, les livres l'avaient sauvée du désespoir. Ils lui procuraient non seulement un dérivatif mais aussi un sentiment de revanche. Comme s'ils lui avaient permis d'accéder elle aussi à une certaine culture. Comme Mathilde Comparède. Non, rectifiait-elle aussitôt. Mathilde Bonnafé, désormais...

Le soleil tapait si fort qu'ils s'octroyèrent une sieste. Aimé s'allongea sous un arbre tandis que Brune et Anna s'étendirent sur des bourras. Les cigales stridulaient à tue-tête. Lorsqu'elle était petite, son père lui avait appris à distinguer les cigales qui faisaient « ga ga ga ga » de celles qui faisaient « ji ji ji ji ». Leur bruit l'aidait à se détendre.

Elle tenta de compter combien de décalitres ils avaient déjà récoltés. La musique entêtante des cigales lui parvenait à présent de façon lointaine, atténuée. Elle ferma les yeux. Juste quelques instants, se dit-elle avant de sombrer dans un sommeil lourd.

Brune, qui n'avait pas vraiment dormi, se pencha au-dessus de sa nièce, admirant le profil aux traits réguliers, l'ombre des longs cils noirs et la masse de cheveux dorés qui, bien que tressés, ondulaient sous l'effet de la chaleur en friselis sur le front. Elle avait élevé Anna et la considérait comme sa fille. Elle se rappelait encore la délivrance longue et pénible de sa jeune sœur. C'était elle, Brune, qui avait recueilli le bébé et l'avait enveloppé de linges propres. Elle revoyait la sage-femme s'occupant d'Allegra. Il faisait chaud, ce jour-là, horriblement chaud, et la vieille femme avait mentionné le risque de fièvre.

Aimé avait poussé la porte de la chambre. La sueur ruisselait sur son torse nu. Brune croyait éprouver encore la bouffée de gêne et de désir mêlés qui l'avait alors submergée. Elle avait pensé – oh ! rien qu'une seconde – qu'elle aurait tant aimé être à la place de sa sœur. Et puis, elle s'était détournée, avait emmailloté le bébé afin de dissimuler son trouble. Mais c'était plus fort qu'elle. Les jours suivants, chaque fois qu'elle croisait le regard d'Allegra, elle avait l'impression que sa sœur avait tout deviné. Et, lorsqu'elle lui avait confié Anna, elle aurait souhaité mourir, pour se punir. Dix-sept ans après, Brune se sentait toujours coupable ! Pourtant, elle n'avait jamais avoué son secret à quiconque et s'était toujours gardée de la moindre équivoque dans ses relations avec son beau-frère. Il n'empêchait... La mort injuste d'Allegra l'avait privée de toute chance de bonheur.

D'un geste furtif, empreint d'amour, elle caressa la joue d'Anna.

— Petite... le travail n'attend pas.

La jeune fille se redressa, le regard encore flou. Il ne fallait pas être grand clerc pour deviner qu'elle avait rêvé une nouvelle fois du fils Bonnafé.

« Chasse-le de ton cœur, il n'en vaut pas la peine », aurait aimé lui conseiller Brune. Elle ne le fit pas parce qu'elle pressentait qu'il fallait laisser le temps faire son œuvre. Anna était trop entière, trop passionnée, pour pardonner.

La jeune fille se releva d'un bond, étira son corps, faisant saillir ses seins ronds.

Elle est belle, pensa Brune avec fierté. Sans s'être concertées, la tante et la nièce, à croupetons, tournèrent le dos au soleil et progressèrent en spirale autour du tronc de l'amandier qu'elles avaient choisi. Elles avançaient en sens inverse jusqu'à leur point de rencontre. De cette manière, elles vérifiaient que pas une amande ne leur avait échappé.

Une heure plus tard, en vidant son panier dans un sac de cinquante kilos, Anna, se retournant, ressentit une bouffée de fierté en contemplant le champ d'amandiers. La récolte était abondante cette année, ils auraient de quoi dégover durant plusieurs semaines et elle pourrait gagner quelques sous en retournant travailler au cassoir lorsque celui-ci rouvrirait en novembre. Anna ne savait pas encore quel sens elle donnerait à sa vie mais elle continuerait à « faire de l'amande ». Elle aimait trop ses arbres !

— Voyons voir… fit Aimé.

Avec l'aisance de l'habitude, il grimpa dans l'arbre, armé d'une plus petite latte, afin de faire tomber les derniers fruits.

Anna se rappelait sa fascination, lorsqu'elle était petite, et observait son père durant les soirées d'hiver, occupé à préparer ses lattes avec soin. Celles-ci devaient en effet pouvoir être utilisées sept à huit ans. Pour ce faire, il fallait choisir le bois idéal, à la fois souple et résistant. Aimé privilégiait toujours le buis ou le sorbier, en prenant la précaution de les couper « de bonne lune ». Logiquement, et suivant une tradition tenace, les lattes devaient être sectionnées *en luno vieio*, « à la lune vieille », cela afin d'éviter les attaques des vers.

Aimé avait expliqué un soir à sa fille qu'il convenait de préparer sa latte une ou, encore mieux, deux années à l'avance. Elle était ensuite pelée de haut en bas puis passée légèrement au feu pour qu'elle durcisse. De cette manière, la *lato* rendait de longs services. Anna possédait les siennes, qu'elle avait confectionnées elle-même suivant ces principes ancestraux.

— Attention à vous, les filles, je secoue ! cria Aimé.

Anna et Brune reculèrent de quelques pas. Les dernières amandes tombèrent qui sur l'herbe, qui sur les bourras, avec un petit bruit caractéristique. La tante et la nièce se répartirent la tâche. Il convenait de ne pas oublier de fruit car, comme le voulait un vieil adage, *Per sant Michèu lis amelo soun de touti*, « Dès la Saint-Michel, les amandes sont à tout le monde ». Les femmes et les enfants allaient alors « rapuguer », « repasser » sous les arbres où ils pouvaient facilement ramasser plusieurs kilos.

— Elles sont belles, répéta Anna, admirative.

Elle rêvait de produire les meilleures amandes du monde afin de les vendre aux nougatiers et confiseurs ayant pignon sur rue aussi bien à Carpentras qu'à Aix.

Son ambition l'avait aidée à rester debout. Brune l'encourageait, même si elle ne se faisait guère d'illusions : pour elle, une jeune fille de dix-sept ans n'avait pas sa place dans une entreprise !

Aimé redescendit de l'arbre. Son visage était rougi sous les effets conjugués du soleil et de l'effort.

— Je pense que nous avons eu le plus gros, annonça-t-il.

Le soleil était encore haut dans le ciel. Ils ne rentreraient pas avant la tombée de la nuit, songea Brune, qui avait préparé un tian de courges au mas pour le repas du soir.

Aimé chargea les bourras sur la charrette. Ils s'affairèrent de nouveau sous un autre amandier. Leurs gestes étaient précis et rapides. Une brise légère, venue de la montagne, rendait la tâche moins pénible. La chaleur abaissait un peu sa garde, les stridulations des cigales se faisaient moins entêtantes. Pourtant, épuisés, les trois amandiers avaient ralenti leurs gestes, sans même en avoir conscience. Ils travaillaient depuis l'aube et leurs corps étaient fourbus.

A six heures, Aimé leva la tête.

— Il va falloir penser à rentrer, déclara-t-il.

Gravement, il tendit une poignée d'amandes à sa belle-sœur et à sa fille.

— Goûtez-moi ça.

Deux pierres suffisaient pour les casser. Anna avait la manière ! Elle savoura l'amande à la fois douce et craquante. C'était le but de toute une année d'efforts et d'inquiétudes qu'elle touchait enfin !

Elle pensa alors à Martin avec une force, une acuité telle que ses yeux s'emplirent de larmes. Elle aurait tant voulu partager cet instant avec lui. Elle se détourna. Les amandes n'avaient brusquement plus de goût.

9

Comme souvent, la chaleur était particulièrement étouffante en ville. La cuvette d'Apt grésillait sous le soleil. Plus d'une fois, Martin se surprenait à regretter de ne pas s'être installé à la Grand'Bastide comme les étés précédents. Sa mère, d'ailleurs, n'avait pas caché sa surprise lorsqu'il avait refusé d'y monter avec Mathilde.

« L'air du plateau est pourtant des plus bénéfiques. C'est du moins ce que ton père et ta tante me répètent depuis des lustres… »

Pour sa part, Lucille Bonnafé quittait le moins possible leur demeure des bords du Calavon dont elle gardait les persiennes et volets intérieurs soigneusement clos.

Elle se rendait à la première messe chaque matin, priant sans relâche pour le salut de l'âme de Guy et consacrait la plus grande partie de ses journées à des activités caritatives. Elle avait voulu entraîner sa belle-fille à l'ouvroir mais Mathilde n'avait que peu de goût pour ce genre de réunions. Elle se sentait toujours en porte-à-faux malgré sa bonne éducation. Les ouvrages de dames l'ennuyaient. Elle n'avait pas vraiment la foi, même si elle jugeait plus prudent de ne pas le révéler. Et, surtout, elle était impatiente de mieux connaître le fonctionnement de la fabrique de fruits confits.

Ils avaient tous tenté de la dissuader de s'y rendre. Tous, sauf Marius Bonnafé qui, après l'avoir observée durant un bon moment, avait laissé tomber : « Après tout… pourquoi pas ? »

Il l'avait d'abord conviée à visiter la fabrique. Elle avait déjà lu l'ouvrage de référence d'Eugène Seymard, paru dans *Le Mercure aptésien* en 1862, et savait que la production de fruits confits s'était développée après la crise du phylloxera ayant frappé la vigne. Pêchers et abricotiers avaient été plantés sur les lignes de vigne après arrachage, tout comme les cerisiers, d'un meilleur rapport car moins fragiles, avaient remplacé les amandiers.

Mathilde s'était d'abord intéressée aux chinois, ces agrumes qui ressemblaient au kumquat et à la clémentine, dont son beau-père faisait grand cas. Elle avait constaté que la vapeur permettait d'actionner les machines, de chauffer les bacs et les bassines de cuivre.

Marius Bonnafé lui avait expliqué combien il était attaché à ces ustensiles en cuivre, robustes et assurant une bonne conductibilité de la chaleur.

Le confisage nécessitait plusieurs étapes. D'abord, conserver les fruits acheminés de loin dans des tonneaux d'eau de mer, pour les chinois et les cédrats ou bien les soufrer en étuves, ce qui demandait beaucoup de place.

Le père de Guy était particulièrement fier des sept appareils qui lui permettaient de blanchir les fruits à la vapeur.

« Nous traitons huit cents terrines de fruits confits par jour », avait-il annoncé à Mathilde.

Après avoir été blanchis, les fruits étaient plongés dans différents sirops de sucre, de telle manière que le sucre remplaçait peu à peu l'eau du fruit. C'était là tout l'art du confisage, variant suivant chaque catégorie de fruit. Il fallait compter plusieurs cuissons par petites quantités jusqu'à ce que le fruit soit « nourri à cœur ».

Entre chaque cuite, on mettait les fruits à refroidir dans de grosses terrines vernissées, empilées sur cinq ou six étages puis on les égouttait, on recueillait le sirop de cuisson et l'on réchauffait le tout, en équilibrant toujours le degré Baumé du sirop suivant la « réaction » du fruit, s'il avait tendance à se racornir ou à gonfler. Logiquement, les fruits étaient confits à la septième cuite.

On les disposait enfin sur des grilles d'égouttage pour les glacer en les enveloppant d'une fine pellicule de sucre glace. Pour les expéditions à destination des pays chauds, on préférait les cristalliser au candi sur des candissoires, afin de garder plus longtemps leur éclat.

Mathilde avait tout observé sans mot dire. Et, une fois qu'elle s'était retrouvée avec son beau-père dans son bureau, elle avait déclaré posément : « Je vous félicite, monsieur Bonnafé. Vous avez une belle fabrique. Le jour où vous aurez besoin de mon aide, n'hésitez pas à faire appel à moi. »

Le père de Martin s'était récrié. Avait-on jamais vu l'épouse de l'héritier travailler comme… comme une ouvrière ? C'était inconcevable, voyons !

Pourtant, l'industriel avait senti vaciller ses certitudes lorsque Mathilde avait expliqué : « Voyez-vous, monsieur Bonnafé, je suis sûre que cela me plairait. Et puis… je m'ennuie tant ! »

Confuse de s'être ainsi livrée, elle avait rougi. Il lui semblait s'être toujours ennuyée, parce qu'elle rêvait de se consacrer à autre chose qu'aux bonnes œuvres de sa mère.

On en était resté là. Un mois plus tard, Marius Bonnafé était rentré en annonçant d'un air accablé : « Mademoiselle Gertrude est partie soigner sa mère gravement malade. Me voici sans secrétaire. »

Mathilde avait alors levé vers lui un regard plein d'espoir. A cet instant, le maître de maison avait éprouvé de la compassion pour sa belle-fille. Sa vie était plutôt morose, dans sa nouvelle maison, entre un époux lointain et une belle-mère qui égrenait son chapelet à longueur de journée.

« Avez-vous au moins une belle écriture ? » avait-il demandé.

Les yeux brillants, Mathilde avait hoché la tête.

« Eh bien... venez demain matin », avait repris Marius Bonnafé sous le regard incrédule de sa femme.

« Marius ! Auriez-vous par hasard perdu la tête ? Que vont donc penser les gens ? Que nous n'avons pas les moyens d'embaucher du personnel ? Martin, voyons, dis quelque chose ! C'est de ton épouse qu'il s'agit ! »

Martin avait alors levé les yeux de son assiette. Il avait regardé tour à tour ses parents, puis Mathilde, avant d'esquisser un sourire indéfinissable que sa jeune femme n'avait pas cherché à interpréter. C'était sans doute préférable, avait-elle pensé.

Elle avait très vite aimé travailler à la fabrique. Mademoiselle Gertrude était une personne organisée qui classait méthodiquement les dossiers des clients. Quelques jours avaient suffi à Mathilde pour s'y retrouver dans les livres.

Certains noms la ravissaient, comme ceux des chinois, ces fruits produits par un arbuste épineux de la famille des orangers, qui étaient livrés d'Italie dans des tonneaux, baignant dans de l'eau de mer. Elle aimait utiliser le papier à en-tête de la maison Bonnafé dont le nom, placé au centre, était surmonté d'une corne d'abondance débordant de fruits. Les productions de la fabrique étaient énumérées de chaque côté, dans des motifs décorés de feuilles d'acanthe. Elle avait l'impression de voyager, elle aussi, en répondant aux commandes en provenance d'Angleterre ou des Etats-Unis.

De plus, depuis le bureau qu'elle partageait avec son beau-père, elle suivait les mouvements des ateliers et avait la sensation de vivre, enfin. Elle avait, lui semblait-il, toujours vécu au ralenti. Par procuration, avait-elle pensé une fois en recourant au vocabulaire notarial. Désormais, elle avait enfin le sentiment d'être utile, et ce même si sa belle-mère et son époux ne paraissaient pas approuver son initiative.

Mathilde haussa légèrement les épaules. Il lui était impossible d'avoir une véritable conversation avec Martin ou de savoir ce qu'il pensait. Oh ! Il demeurait toujours courtois avec elle, et prévenant, mais ne lui faisait pas la moindre confidence. Elle avait souvent l'impression que tous deux suivaient des chemins parallèles. Pour l'instant, cela lui importait peu. Elle avait besoin de se reconstruire après la mort de Guy, de se constituer une sorte de bulle protectrice.

Une seule personne comprenait ce qu'elle éprouvait. Eulalie, sa servante, qui l'avait élevée. Mathilde avait demandé à Martin de la prendre à son service. Avec Eulalie, la jeune femme se sentait en sécurité.

Du salon de sa maison, Arthémise Bonnafé avait vue sur le plateau dominant Saignon et sur les landes couvertes de genêts cendrés, de genévriers et de chênes verts.

Elle affirmait de temps à autre avec le plus grand sérieux qu'elle pouvait ainsi surveiller le gibier. La pièce était accueillante avec ses canapés provençaux Louis-Philippe recouverts de velours abricot et ses deux tableaux de Vernet représentant des entrées de port. La bibliothèque Empire débordait de livres.

Arthémise ajouta une bûche dans la cheminée et se tourna vers son neveu.

— Mathilde n'a pas essayé de te retenir ?

— La veille de l'ouverture ? Je soupçonne mon père de l'en avoir dissuadée si jamais cette idée l'avait effleurée. Ils s'entendent le mieux du monde tous les deux.

La voix de Martin était volontairement neutre. Ce qui n'empêcha pas sa tante de lui jeter un coup d'œil pénétrant.

— Cela devrait te réjouir.

Il ne répondit pas. Son visage était fermé. Il marcha vers l'armoire à fusils, confectionnée sur mesure, où étaient rangées les armes depuis un vieux fusil à piston d'une taille immense jusqu'aux fusils à broche, les vérifia par acquit de conscience car il devinait que Remi, l'homme de confiance d'Arthémise s'en était chargé. En chasseur émérite, il aimait à préparer son arme.

— Tout est prêt, déclara Arthémise derrière lui d'un ton moqueur.

Il se retourna.

— Je me réjouis de chasser avec vous demain, ma tante. Voulez-vous me faire un grand plaisir ? Nous ne parlerons ni l'un ni l'autre de Mathilde.

Elle acquiesça d'un hochement de tête. Vaillant, son épagneul, héritier d'une lignée d'excellents chasseurs, s'allongea à ses pieds.

Même si ses rhumatismes le lui feraient payer cher les jours suivants, elle n'envisageait pas un seul instant de ne pas accompagner son neveu préféré pour l'ouverture. Guy était bon chasseur, lui aussi, bien que moins persévérant.

Un soupir gonfla la poitrine d'Arthémise. La mort de Guy avait provoqué des réactions en chaîne qui l'inquiétaient, sans qu'elle puisse s'en ouvrir à quiconque. Sa belle-sœur et elle s'ignoraient, leurs modes de vie étant trop différents. Elle ne s'était jamais vraiment entendue avec son frère. Martin était le fils qu'elle aurait aimé avoir. Tous deux passaient volontiers du temps ensemble, tout en respectant mutuellement leur indépendance. Ainsi, Arthémise n'avait pas osé le questionner au sujet de son mariage-surprise. Si elle connaissait Mathilde, elle restait sur la réserve à son égard. De toute évidence, la jeune femme ne s'intéressait pas à la chasse ni à la lecture, les deux passions de la vieille dame.

Ses activités à la fabrique semblaient la satisfaire, ce qu'Arthémise avait quelque peine à comprendre, elle qui n'avait jamais supporté de voir les fruits tremper dans les bacs. Ce qui lui valait régulièrement des commentaires acerbes de la part de son frère.

« Ma chère, on ne méprise pas ce qui vous nourrit ! »

Elle n'avait jamais réussi à lui expliquer qu'il ne s'agissait pas de mépris mais bel et bien d'une réaction de dégoût. Elle, elle aimait par-dessus tout arpenter son pays, revenir crottée de l'une de ses longues marches en compagnie de ses chiens, traquer aussi bien la perdrix rouge que la « rabasse », la truffe. Elle étouffait tant à Apt qu'à la fabrique.

Elle tendit les mains vers les flammes qui montaient, hautes et claires, dans l'âtre. L'âge venant, elle devenait de plus en plus frileuse. Verney, son vieil ami médecin, la mettait en garde régulièrement. Si elle ne changeait pas son mode de vie, elle risquait fort d'être terrassée par une attaque ou de se retrouver paralysée. Discours qui laissait Arthémise indifférente.

« Raison de plus pour vivre à ma guise tant que je le puis ! » affirmait-elle, tout en offrant au docteur Verney un verre de châteauneuf-du-pape, leur vin préféré à tous les deux.

— Nous irons du côté de la Grand'Bastide, suggéra-t-elle à Martin. On y a signalé nombre de perdrix.

Elle ne chassait plus le sanglier depuis qu'elle ne montait plus à cheval. Martin, pour sa part, s'était toujours défié de ces bêtes.

Il garda le silence. La Grand'Bastide, pour lui, était liée au souvenir d'Anna. Il aurait désiré se confier à sa tante mais, en fin de compte, qu'aurait-il pu lui dire ?

Les jeux étaient faits. A lui d'en assumer les conséquences.

10

« Chantez donc, Aimé », avait suggéré Marie-Madeleine Foresti, dite « Mado » et, sans se faire prier, le père d'Anna avait entonné *La Chanson des blés d'or* qui avait fait courir des frissons dans le dos des dames présentes.

Au cours de chaque veillée de dégovage ou écalage des amandes, Aimé Donat offrait un aperçu de son répertoire, ce qui plaisait fort. D'ailleurs, les époux protestaient quand Aimé était là, le rythme du travail se faisait plus lent.

Anna enveloppa son père d'un regard empreint de fierté. Tous deux s'étaient rapprochés au cours des dernières semaines, comme si leur passion commune de l'amande et des amandiers avait été entre eux un trait d'union.

« Depuis plus d'un siècle, les Donat cultivent l'amandier sur le plateau, lui avait-il rappelé. Ne l'oublie pas, Anna... Tu es responsable désormais.

— Je le sais, père », avait-elle répondu.

Cette perspective ne lui faisait pas peur. D'ailleurs... elle ne redoutait plus grand-chose, puisque le pire était arrivé. Avoir perdu l'amour de Martin l'avait... elle ne trouvait pas de mots assez forts pour exprimer ce qu'elle avait ressenti. Sa vie durant, elle ne pourrait jamais oublier sa trahison. Lorsqu'elle se rendait à Apt, elle effectuait un détour pour ne pas passer devant la fabrique Bonnafé. Brune ne disait rien.

Les pensées d'Anna s'éparpillaient, au fur et à mesure que ses mains s'activaient.

Les conversations allaient bon train. Mado parlait du fils Balthazar qui était revenu du service au Tonkin et en avait rapporté une sale maladie, qui le faisait délirer.

La mère Phonsine, sa voisine, ne pouvait plus sortir de son lit. Mado allait lui porter à souper parce que son fils l'aurait bien nourrie de pain et de vin rouge. Monsieur le curé avait promis de sermonner ce vieux garçon de cinquante ans qui n'avait guère le sens des réalités mais l'Antonin de Phonsine n'en avait toujours fait qu'à sa tête.

— Un fils unique, trop gâté, commenta Mado.

Anna se sentit rougir. Les enfants uniques, fort prisés car avec eux on ne risquait pas de morceler la terre, étaient aussi soupçonnés d'égoïsme depuis des lustres. On les regardait différemment dans un monde où les familles comptant plus de cinq enfants étaient légion.

« Vous, Aimé, vous n'aurez pas de souci pour établir votre Anna », avait souvent fait remarquer Mado Foresti à son voisin. Il n'en allait pas de même pour elle avec ses quatre filles !

Sur un signe discret de son père, Anna se leva et alla chercher la bouteille de *semoustat* et les navettes. Aimé servit le vin dans les petits verres colorés d'Allegra, et Maria, l'aînée des Foresti, les admira une nouvelle fois à voix haute, s'attirant un coup d'œil courroucé de sa mère. Avait-on idée d'être aussi impolie ? Aimé avait versé sur la table un sac d'amandes. Les plus mûres se défaisaient facilement. En revanche, la majorité nécessitait l'emploi d'un couteau. Les coques vertes s'amoncelaient sur le sol. Les doigts étaient poisseux de gomme brunâtre, marqués de petites coupures mais le travail avançait.

— Elles sont belles, cette année, remarqua Brune à mi-voix, comme si elle redoutait d'annoncer trop haut une bonne nouvelle.

Son beau-frère lui décocha un coup d'œil pénétrant. Pensait-il, lui aussi, que l'année avait été suffisamment difficile pour Anna et que les amandiers lui devaient bien une compensation ? Brune n'osait jamais évoquer ces choses-là avec Aimé. Bien qu'elle l'ait élevée, elle n'était pas la mère d'Anna.

Lucienne, la cadette des Foresti, parla d'un air gourmand de la prochaine foire de la Toussaint.

— Il y aura sûrement du nougat, ajouta-t-elle, et son père leva les yeux au ciel.

— Toi, tu te damnerais pour du sucre.

Vexée, Lucienne baissa le nez sur son tas d'amandes.

Anna, de son côté, songeait au nougat de Noël, que son oncle boulanger confectionnait chaque hiver. Il serait encore meilleur avec ses amandes Princesse. Pour la première fois depuis longtemps, un semblant de sourire flotta sur ses lèvres.

La fenêtre de sa chambre, à la Grand'Bastide, ouvrait sur un paysage dont Martin ne s'était pas encore lassé. Le ciel, d'un bleu clair, accentuait par contraste la couleur sépia des champs et des monts. Le Ventoux était chapeauté de nuages.

Il avait osé revenir à la campagne pour la Toussaint. Il fallait bien qu'un membre de la famille vienne se recueillir sur les tombes des Bonnafé du plateau et son père comme sa mère n'avaient pu se résoudre à se rapprocher du chemin dominant les gorges.

Blanche l'avait accueilli sans surprise. Elle était certaine de le revoir avant la Saint-Hubert. Elle avait préparé ses plats préférés, des pinins du Ventoux qu'elle avait mis en bocaux dès septembre, du jarret de porc gratiné aux truffes, suivi d'un excellent ragoût d'agneau, de fromages assortis et du *pan-coudoun*, le pain-coing, spécialité de la cuisinière.

Il avait marqué une hésitation avant de franchir le seuil de la demeure. Il aimait ses meubles solides, sans fioritures ni ornements superflus, taillés dans du bois de noyer par un aïeul qui savait manier la gouge et le ciseau à bois.

Il était chez lui à la Grand'Bastide, beaucoup plus que dans l'hôtel particulier d'Apt mais il ne pouvait le dire à quiconque. Même pas à Mathilde. Surtout pas à Mathilde.

Il se détourna de la fenêtre, passa ses guêtres et ses lourds souliers ferrés. Il n'allait pas se priver d'une promenade sur le plateau. Dommage qu'Arthémise n'ait pu l'accompagner. Clouée dans son fauteuil par une crise d'arthrite encore plus douloureuse que d'habitude, doublée d'une attaque de goutte, sa tante, qui ne supportait pas son immobilité forcée, menait la vie dure à ses domestiques. Martin s'arrêterait chez elle au retour. Il savait déjà qu'elle apprécierait le gibier qu'il lui apporterait, même si la Faculté lui interdisait d'y goûter. Elle serait au moins aussi heureuse de humer sur ses vêtements de velours les parfums des bois, d'humus et de truffes. Arthémise et lui se ressemblaient sur ce point : ils avaient besoin de vivre au contact de la nature.

Les chiens gémissaient d'impatience et d'excitation dans le chenil. Ils étaient trois, des épagneuls tricolores au regard doux, au pelage brillant.

Martin leur ouvrit le portillon de bois. Ils s'élancèrent vers lui, lui firent fête.

— Doucement, les chiens, doucement.

Il avait hâte, lui aussi, de partir en quête de gibier.

L'air était frais et piquant, la première neige était tombée la veille sur le Ventoux. Martin, son fusil sur l'épaule, prit la direction de Saint-Christol.

Il ne voulait pas s'approcher du mas d'Aimé Donat. Malgré ses efforts, il n'avait pas réussi à oublier Anna.

— Martin ! attends-moi !

Il reconnut tout de suite son camarade d'enfance, Henri, le fils de l'instituteur. Tous deux avaient arpenté le plateau en tous sens depuis qu'ils étaient capables de marcher. Leurs pères, adeptes d'une éducation rousseauiste, leur avaient laissé beaucoup de liberté.

Ils se donnèrent l'accolade, reculèrent d'un pas.

— J'espère que tu serais venu à Sault si je n'avais pas fait le déplacement, s'écria Henri.

Petit et râblé, les cheveux sombres un peu trop longs, il offrait un contraste amusant avec la haute taille et la silhouette élancée de Martin.

— Ça va ? reprit Henri, avec une certaine retenue dans la voix.

Il savait à quel point Guy et Martin étaient liés. Il avait écrit à son ami, juste après la tragédie. Quelques mots pudiques, parce qu'il avait été élevé ainsi. D'ailleurs… qu'aurait-il pu dire de plus ?

Martin lui sourit.

— Il paraît que la vie continue. C'est ce que tout le monde prétend, en tout cas. Pour moi, plus rien ne sera pareil mais… basta !

Il n'avait pas l'intention de gémir sur son sort. Il leva la tête vers le Ventoux dont le sommet chauve pointait au-dessus d'une mer de nuages cotonneux.

— On m'a dit qu'un loup avait été signalé du côté de Bedouin. C'est vrai ?

Henri sourit à son tour.

— On raconte tant de choses ! Nous ne sommes plus en 1850. Mon père te répondrait que les loups ont tous été exterminés. Je le soupçonne fort de le regretter, d'ailleurs. Non, nous avons plus de chances de relever les traces d'une horde de sangliers. Ils ont fait des dégâts ces derniers temps.

Le silence retomba sur eux. Un silence complice, amical, qui les unissait mieux que de grandes phrases.

Ils marchèrent longtemps, sur des drailles qu'ils avaient déjà empruntées des années auparavant. Le brouillard se déchira d'abord à l'est. Martin respirait à longs traits l'air de son pays, qu'il savourait comme il l'eût fait d'un grand cru. Il avait l'impression d'étouffer à petit feu à Apt. Il lui fallait son plateau, sa forêt de chênes blancs.

Il serra les dents. Il lui était impossible de faire marche arrière.

Les chiens marquèrent l'arrêt. Une compagnie de perdrix rouges prit son envol en faisant beaucoup de bruit à grand renfort de coups d'aile. Henri et Martin s'immobilisèrent avant de tirer. Leurs fusils à cartouches à double canon leur permirent de réaliser chacun un joli doublé.

— Pas mal, apprécia Martin.

Les chiens s'élancèrent.

Henri posa la main sur son épaule.

— Je n'ai pas osé te demander... pourquoi t'es-tu marié aussi rapidement avec la fiancée de Guy ?

Le visage de Martin se ferma. Henri regretta sa question mais il était trop tard pour rattraper ses paroles.

— Excuse-moi, balbutia-t-il.

Martin esquissa un geste de la main, comme pour signifier que cela n'avait plus guère d'importance.

— Je n'ai pas envie d'en parler, se borna-t-il à dire.

Henri aurait-il pu comprendre ? Il était l'aîné et avait deux sœurs. De toute manière, Martin avait juré à son père de garder le secret.

— Je suis persuadé que tu n'as pas mangé de grives depuis un bon moment, reprit Henri avec un entrain un peu forcé. Tu te rappelles le bois des Maures ? Je vais te montrer le stratagème inventé par un marchand de légumes. Il faudra que tu reviennes début janvier pour pratiquer avec moi la chasse à l'*espero*, à l'affût.

Ils se dirigèrent vers l'endroit indiqué comme si de rien n'était.

Mais la question posée par Henri continuait de flotter entre eux. Pourquoi Martin s'était-il marié aussi rapidement avec la fiancée de Guy ?

11

1891

Malgré le froid sec, la foire de la Sainte-Catherine de Rouvion attirait tous les amateurs d'amandes, qu'ils soient producteurs ou négociants. C'était l'un des lieux de rassemblement, avec Oraison et Valensole dans les Basses-Alpes, marquant la fin de la récolte des amandes.

Anna avait accompagné son père et espérait bien tirer un bon prix de leur récolte. Elle était certainement partiale mais elle estimait que leurs amandes comptaient parmi les meilleures. L'hiver ayant été rigoureux du côté d'Aix et de Saint-Rémy, les prix seraient assurément plus élevés que l'an passé.

Emmitouflée dans sa cape, les mains protégées par des mitaines noires, Anna était équipée pour affronter la bise qui soufflait sans relâche.

Il avait neigé la semaine précédente et le sommet du Ventoux était encore tout poudré de blanc. Bientôt, Anna allait recommencer à surveiller ses amandiers. Le temps avait passé vite… malgré tout. Un an auparavant, elle ne pensait, ne rêvait qu'à Martin. Même si elle avait toujours une plaie béante au cœur, la souffrance était moins vive, comme endormie. Elle savait bien, cependant, qu'il lui suffirait de le revoir pour sombrer à nouveau dans le désespoir.

Elle répondit distraitement au salut de Maria Foresti qui bavardait devant l'église avec un inconnu de haute taille. La fille aînée de Mado n'était pas pour elle une amie. Elle ne s'intéressait qu'aux garçons, au grand dam de sa mère qui redoutait de la voir revenir un jour dans une situation intéressante.

« Lou chin fan pas lou chat [1] *»*, commentait Brune, moqueuse, et même Aimé souriait car la Mado n'avait pas la réputation d'être un modèle de fidélité conjugale.

Anna se retourna. Son père la hélait depuis l'autre bout de la place. Il tenait à lui présenter monsieur Paoletti, un courtier aixois particulièrement exigeant. Ses joues s'empourprèrent lorsque Aimé précisa :

— Ma fille a une passion pour nos amandiers. Elle cherche toujours la perfection.

Monsieur Paoletti, un homme d'une cinquantaine d'années, trapu, au regard vif sous d'épais sourcils sombres, observa attentivement Anna avant de laisser tomber :

— Goûtons voir.

Elle lui présenta ses plus belles amandes dans une corbeille tapissée de lin écru. Elle était particulièrement fière de ses « Princesse » blanches, parfumées et sucrées et de ses « Gove Rose », si savoureuses.

Monsieur Paoletti en prit une, puis deux, puis trois, qu'il croqua sans mot dire. Le chapeau noir vissé sur la tête, il s'éloigna vers d'autres producteurs. Découragée, Anna jeta un regard dépité à son père.

— Moi qui étais si fière de nos amandes... souffla-t-elle.

---

1. « Les chiens ne font pas des chats. »

Aimé sourit.

— Patience, petite. Si notre production est vraiment de bonne qualité, monsieur Paoletti reviendra.

Elle avait beaucoup appris ce jour-là. Sur le marché, il fallait saluer tout le monde, paraître très à l'aise et garder le sourire. Ce n'était même pas une question d'hypocrisie. Si l'on donnait l'impression d'être heureuse de se trouver là, les gens venaient tout naturellement vers vous. La foire de la Sainte-Catherine représentait un formidable lieu d'échanges entre amandiculteurs, propriétaires de cassoirs, courtiers et confiseurs. Tous passionnés de l'amandon.

La curiosité aiguisée, Anna en oubliait le froid, qui piquait les joues et le bout des doigts. Elle entendait parler de la foire d'Oraison, dans les Basses-Alpes, et de celle de Valensole, de charrettes pleines à craquer de sacs de jute de cent kilos d'amandes partant en direction d'Aix. Les courtiers vendaient même les noyaux aux fabricants de calissons et de dragées.

Un confiseur de Sault vint goûter ses « Princesse » et lui passa commande d'un *sacho*. Elle rougit de plaisir.

— C'est de la bonne, lui dit Socrate, venu en curieux. Le bonnet de travers, mal rasé, la pipe au bec, il avait piètre allure mais Anna ne s'était jamais arrêtée à l'apparence. Elle savait que Socrate était un de ses amis les plus sûrs.

Amusée, elle suivit des yeux le manège d'un bonimenteur qui hélait les chalands. On trouvait décidément de tout sur la foire de la Sainte-Catherine et elle avait l'intention de rapporter à Brune des coupes de tissu.

Sa tante avait des mains d'or et les habillait tous les trois.

« Tu aurais dû te marier », lui avait un jour fait remarquer Anna, et elle avait cru apercevoir des larmes dans les yeux de Brune. Gênée, elle avait détourné la tête. La sœur d'Allegra détestait laisser voir ses émotions, il fallait respecter sa discrétion.

Une odeur caractéristique vint chatouiller les narines des amis.

— On tue le cochon, chez les Vabrègues, annonça Socrate.

— Quelle drôle d'idée, le jour de la foire...

— Chacun est maître chez soi ! A tout à l'heure, petite. Je m'en vais me réchauffer au café.

Elle acquiesça tout en frottant ses mains l'une contre l'autre. Le vent soufflait par vagues tourbillonnantes. Anna sentait le mal de tête monter. C'était fréquent les jours de grand vent.

Il faut qu'il revienne, se dit-elle, en pensant très fort à monsieur Paoletti.

Autour d'elle, les badauds pressaient le pas, relevant le col de leur pèlerine. Le colporteur Théodore lui adressa un clin d'œil.

— J'ai des livres pour toi, Anna !

— Attends que j'aie vendu toutes nos amandes ! répliqua-t-elle.

Elle se sentait bien sur le marché. A sa place. Martin avait-il rompu à cause de leurs différences de situation ? Cette question obsédait Anna. La dernière nuit, lorsqu'elle l'avait revu à la Grand'Bastide, il ne lui avait pas donné la raison de son attitude. Devait-elle croire qu'il ne l'avait jamais aimée ? Elle ne pouvait s'y résoudre. Certains souvenirs l'en empêchaient.

Elle crispa les mâchoires pour ne pas se laisser submerger par la tristesse. Plusieurs mois après leur rupture brutale, elle était toujours incapable de tourner la page comme de s'intéresser à un autre homme. Il lui semblait qu'elle n'aimerait plus jamais après Martin.

— Eh bien, jeune fille ? Vous rêviez ?

La voix à l'accent aixois la fit tressaillir. Monsieur Paoletti la regardait d'un air moqueur.

— Je pense que nous allons faire affaire, vous et moi, reprit-il.

Il lui proposa un prix qui fit briller ses yeux. Le courtier et Anna se serrèrent la main, gravement.

— Nous nous reverrons, vous et moi, lui dit-il. J'aime bien suivre la production de mes fournisseurs.

Elle éprouva un sentiment intense de fierté en voyant ses sacs d'amandes chargés sur la charrette de monsieur Paoletti.

— Bon travail, ma fille, lui dit Aimé. Tu as fait des jaloux aujourd'hui.

Elle haussa les épaules.

— Tant mieux, père ! Je veux qu'on reconnaisse mon travail.

L'amandier fit peser sur elle son regard pénétrant. Il aurait voulu lui dire que la soif de reconnaissance n'était pas tout, qu'il importait avant tout de se consacrer à sa passion. Mais, en homme pudique et réservé, il ne trouvait pas les mots. Il se contenta de lui sourire.

— Je suis fier de toi, Anna.

Il n'ajouta rien mais elle savait qu'il pensait, lui aussi, à sa mère.

Maria Foresti les rejoignit. Elle avait les joues rouges, les cheveux défaits.

— Si tu savais… commença-t-elle à l'intention d'Anna.

Elle s'interrompit sous le regard réprobateur d'Aimé Donat.

— Maria, je crois que tu devrais te recoiffer. Ta mère n'apprécierait pas de te voir ainsi.

Il en fallait plus pour impressionner l'aînée des Foresti !

— C'est la faute au vent, monsieur Donat, mentit-elle avec un bel aplomb. Anna peut venir se promener avec moi jusqu'aux remparts ?

— Demande-le-lui.

Anna accepta car elle avait des impatiences dans les jambes.

Maria l'entraîna vers la promenade ensoleillée où quelques acharnés jouaient à « la longue » avec des boules cloutées.

— Tu l'as vu l'autre dimanche à la sortie de l'église ? Dis-moi que tu l'as vu, pour me donner ton avis ! Il est grand, si grand que j'ai le tournis rien que de le regarder !

Anna sourit.

— Ça commence bien !

L'enthousiasme de Maria l'amusait.

— Comment s'appelle-t-il ?

La fille aînée de Mado s'empourpra.

— Je compte bien sur toi pour l'apprendre. Moi, face à lui, je deviens sotte.

Elle n'avait jamais éprouvé ce sentiment en présence de Martin, songea Anna avec mélancolie. Elle ne devait plus évoquer Martin. Il était marié à Mathilde, installé à Apt. Un autre homme, si différent du Martin qu'elle avait connu…

Bras dessus bras dessous, les deux jeunes filles se dirigèrent vers la porte médiévale de Rouvion.

Elles rencontrèrent l'inconnu dont rêvait Maria devant le café Bastiani où il discutait avec le colporteur. Celui-ci se tourna vers Anna.

— Eh bien, ma belle… as-tu tout vendu ?

Elle lui sourit.

— Il ne me reste pas un amandon. Quels livres avais-tu pour moi, Théodore ?

Il cita *Le Rêve* et *La Débâcle*, de Zola, « un Provençal, comme nous », et *Ivanhoé* de Walter Scott.

— J'aurais bien aimé te donner *Premier Mémoire de l'amandier*, ajouta-t-il, mais ce gaillard-là me l'a soufflé à la salle des ventes.

Le gaillard en question rougit, ôta son chapeau avant de se présenter.

— Armand Jouve. Pour vous servir, mesdemoiselles.

« Pousse-toi de là ! » aurait voulu ordonner Maria à Anna. « Laisse-moi avec lui, après tout, c'est moi qui l'ai remarqué la première ! » Mais elle savait bien au fond d'elle-même que c'était inutile. Armand Jouve ne voyait qu'Anna. Dès l'enfance, la fille d'Aimé attirait les regards masculins.

« Elle est belle », disait Alphonse, le père de Maria, ce qui, pour lui, justifiait tout.

L'amateur de livres sourit à l'amandière.

— Je puis vous prêter l'ouvrage de Bernard, proposa-t-il.

La jeune fille ne chercha pas à dissimuler son enthousiasme.

— Vrai ? Je le cherche depuis si longtemps ! Mais vous… vous travaillez aussi dans l'amande ?

Il était ouvrier pâtissier, comme son père l'avait été avant lui, et il se passionnait pour les fruits des amandiers.

— Je serai à la veillée au mas Borel ce soir, précisa-t-il sous le regard de Maria qui virait au noir.

Anna ne répondit pas. Elle sortait peu, même si Brune et son père l'y incitaient.

Elle tendit la main au jeune pâtissier.

— Bonne fin de journée, monsieur Jouve.

Elle s'éloigna, sans jeter un regard en arrière. Maria, au supplice, dut admettre la réalité. Devant Armand Jouve, qui suivait des yeux la silhouette d'Anna, elle avait le sentiment – pis, la certitude – de ne pas exister.

12

1892

Une délicieuse odeur de miel et d'amandes s'échappait de la salle du mas par la fenêtre grande ouverte. Les joues rougies, la sueur au front, Anna veillait à la cuisson du miel de lavande, porté à ébullition sous l'œil réprobateur de Brune.

— Tu vas attirer toutes les abeilles du plateau. Et puis, quelle idée de vouloir élaborer une meilleure recette ? Le nougat, c'est du miel et des amandes !

Anna, trop occupée à surveiller son chaudron de cuivre, ne répondait pas, ce qui portait à son comble l'exaspération de sa marraine.

Les deux femmes s'étaient querellées au dernier Noël. Depuis des lustres, Brune confectionnait le nougat familial, l'un des treize desserts de la veillée provençale, en mélangeant simplement du miel et des amandes. La plupart des maîtresses de maison du plateau procédaient de même, et personne n'y trouvait à redire !

Or, la jeune fille avait décrété qu'on pouvait fort bien améliorer cette recette ancestrale et, depuis, elle se livrait à des essais. C'était le fils Jouve qui lui avait mis cette idée dans la tête. Lui aussi était obsédé par le nougat. Sous prétexte que son père livrait des gâteaux jusqu'à Carpentras, il prétendait qu'on pouvait fort bien vendre du nougat toute l'année. Brune prenait régulièrement son beau-frère à témoin. N'était-ce pas pure folie ? Mais Aimé, comme toujours, admirait trop sa fille pour la contredire. De plus, le père d'Anna fatiguait, même s'il s'en défendait. Lui, d'habitude si vaillant, se tenait le dos voûté et avait le teint gris. Brune et Anna avaient tenté de le convaincre de consulter le docteur Desnoues mais il avait éclaté de rire. Le croyaient-elles donc à l'article de la mort ? Le médecin était bon pour les femmes ou les anciens, pas pour lui !

Brune rangea ses plats en terre cuite avec force bruit. La cuisine était aménagée de façon traditionnelle, avec son potager maçonné à côté de la grande cheminée, munie de ses accessoires indispensables, chenets, grils, trépied, chaudrons, soufflet, tisonnier et pincettes. On conservait le sel et les bouteilles d'huile dans des niches, fermées d'un volet de bois, creusées dans la hotte.

Anna se livrait à ses essais sur la grande table en noyer patiné qu'elle avait poussée devant la cheminée ce qui, de toute évidence, gênait sa tante.

— Qui achèterait du nougat en dehors de Noël ? insista Brune. Tu perds ton temps, ma fille !

Concentrée sur l'ébullition de son miel, Anna préféra ne pas répliquer. Elle avait parlé à plusieurs reprises de son rêve à Armand Jouve. Lui au moins la soutenait. Il était convaincu que le nougat pouvait être vendu toute l'année, au même titre que les fruits confits. Il suffisait pour cela de produire un excellent nougat, le meilleur qui soit.

Cette douceur était si ancienne qu'on ne savait plus à qui attribuer son invention. Certains la faisaient remonter au Moyen Age. Une légende prétendait en effet que des moines de Bondonneau avaient les premiers fait cuire des noix et des amandes dans du miel du Ventoux. D'autres citaient une vieille demoiselle vivant à Montélimar à la fin du XVIIe siècle. Tante Manon – famille et voisins l'appelaient ainsi – recevait ses neveux et nièces chaque jeudi et leur préparait un dessert composé de miel et d'amandes. Les enfants, à chaque fois, s'écriaient, ravis : « Tante Manon, tu nous gâtes ! » L'histoire affirmait que tante Manon avait légué sa recette secrète cachée dans son missel à sa nièce Lina. Celle-ci et son époux fabriquèrent le « nougat » qui devint vite célèbre.

« Le secret consiste à utiliser les meilleurs produits », estimait Anna.

Or, ne disposaient-ils pas du miel le plus délicat et des amandes les plus douces, les plus parfumées ? Fière de sa terre, Anna désirait la promouvoir. Et Armand souhaitait essentiellement faire plaisir à Anna.

Il lui avait déjà demandé à deux reprises la permission de la fréquenter, s'attirant à chaque fois la même réponse. Elle n'était pas prête. Pis, elle se défiait désormais de l'amour.

« Je ne veux plus souffrir », lui avait-elle dit. Elle avait lu alors dans ses yeux gris qu'il était certainement un homme droit, et franc, contrairement à Martin mais il était trop tard. Anna avait eu assez de peine à surmonter son désespoir. Plus question pour elle de se laisser prendre au piège de l'amour.

Brune, qui devinait beaucoup de choses, marmonnait tout en remuant sa soupe.

« Comme si tu pouvais savoir ce qu'est réellement l'amour à dix-huit ans ! Tu as bien le temps ! »

Brune avait changé. Son caractère s'aigrissait, elle se montrait moins patiente et prenait la mouche si Anna le lui faisait remarquer.

« Je prends de l'âge, petite, il faut t'y faire. »

Anna ne supportait pas cette résignation qui ne cadrait pas avec le caractère de Brune. Décidément, cette année 1892 lui paraissait bizarre.

— Je peux entrer ?

Anna sourit en reconnaissant la haute silhouette d'Armand. Il se baissa légèrement pour franchir le seuil du mas, son chapeau de feutre à la main.

— Bonjour, mademoiselle Brune, mademoiselle Anna. Je suis venu vous inviter toutes les deux à la fête de Carmentran.

— Il y a longtemps que je ne fais plus carnaval ! bougonna Brune.

Elle soupira ostensiblement parce que la table se trouvait devant la cheminée et non à sa place habituelle et fronça les sourcils.

— Vous allez goûter mon nougat, proposa Anna.

Cette fois, sa tante leva les yeux au ciel.

— Comme s'il y avait trente-six sortes de nougat !

— Détrompez-vous, mademoiselle Brune, intervint Armand.

Et de lui expliquer que lui aussi cherchait à réaliser une friandise parfaite, ne ressemblant pas à un bloc d'amandes dangereux pour les dents ni à une espèce de meringue trop sucrée. Pour ce faire, il fallait maîtriser les secrets de la cuisson au degré près, ajouter des blancs d'œufs battus à la préparation, du sucre, et des amandes de première qualité.

— Deux fadas, mangeurs de lune, voilà ce que vous êtes ! conclut Brune, sortant d'autorité du buffet la bouteille de vin de figues confectionné avec des figues séchées, du miel, du vin rosé et de l'eau-de-vie.

Armand rit de bon cœur.

— Vous verrez, mademoiselle Brune, vous ne direz plus cela lorsque notre nougat sera célèbre. Le nougat Jouve.

— Notre nougat ? répéta Anna.

Armand soutint son regard.

— Bien sûr. Nous serons associés, vous et moi, en attendant d'être époux.

— Vous êtes impossible ! se récria-t-elle.

Mais elle ne paraissait pas fâchée. Seulement émue.

Au fil des années, plusieurs générations de Donat avaient planté des amandiers tout autour du mas. Une allée longue de six cents mètres menait à la bâtisse trapue, afin d'offrir moins de prise aux vents. Le côté droit ne comptait que des amandes douces, le côté gauche, des amandes amères.

— Voici ta dot, Anna, déclara Aimé, s'appuyant un peu plus lourdement sur l'épaule de sa fille.

Lui, bâti en force, flottait désormais dans ses vêtements de velours. Il ne mangeait presque plus rien. Son estomac rejetait toute nourriture. Seul du lait d'amandon « passait » encore. Anna en tenait la recette de la tradition familiale. Cinq cents grammes d'amandes fraîches et épluchées, pilées dans le mortier avec très peu de sucre, auxquels on ajoutait une certaine quantité d'eau, goutte à goutte. Le mortier, recouvert d'un torchon humide, était descendu à la cave afin d'être maintenu au frais. Le lendemain matin, Anna filtrait le contenu du mortier dans une mousseline avant d'y verser de nouveau un peu d'eau et de sucre. Son père se nourrissait de cette préparation qui avait pour lui le goût de l'enfance. Il avait refusé de consulter le vieux docteur Desnoues, arguant du fait qu'il se remettrait bien tout seul. Si ce n'était pas le cas... eh bien ! cela signifierait que son heure était venue.

Anna et Brune savaient que tous leurs arguments se briseraient contre la volonté du maître de maison. Elles assistaient impuissantes à l'affaiblissement d'Aimé, en s'efforçant de ne pas lui laisser voir à quel point elles s'inquiétaient pour lui.

Aimé désigna de la main les derniers amandiers qu'il avait lui-même plantés, moins d'un an auparavant.

— Il faudra bien les soigner. N'oublie jamais ça, petite : entre les Donat et l'amandier, c'est une longue histoire. Faite de respect et d'amour.

La gorge nouée par l'émotion, Anna se contenta d'incliner la tête. Elle avait conscience du fait que son père lui faisait part de ses dernières volontés. Une forme de testament oral, en quelque sorte... L'un comme l'autre refusaient de s'attendrir. Ils étaient d'une autre trempe.

Aimé s'arrêta devant le plus vieil arbre, que son ancêtre Louis avait planté à la fin du XVIIIe siècle, quand les paysans avaient gagné le droit de posséder leur terre.

Il posa ses mains calleuses contre le tronc torsadé, l'étreignit d'un mouvement qui révélait une longue habitude.

— Je suis souvent venu lui demander de me donner un peu de sa force, confia-t-il d'une voix lointaine. Quand ta pauvre maman est morte... – le Seigneur l'ait en sa sainte garde ! – j'aurais voulu mourir, moi aussi. Mais tu connais ces arbres, même rabougris, noircis, à demi brûlés par le gel, ils trouvent encore le moyen de fleurir et de nous donner leurs fruits ! Je ne pouvais pas faire moins... Alors, j'ai poursuivi mon chemin. Pour toi, ma fille. Et pour nos beaux amandiers.

Le soleil chauffait le dos d'Anna. C'était une sensation agréable, bienvenue après le long hiver. Elle pressentait qu'elle n'oublierait jamais ces confidences de son père, ni ce matin de printemps, au pied de leurs arbres.

Il s'appuya un peu plus sur son épaule.

— Rentrons, petite. Je suis un peu las.

La sueur perlait à ses tempes. Son visage tout blanc alarma Anna. Elle l'entraîna vers le mas.

Il tremblait toujours lorsqu'il tendit les mains vers les flammes de l'âtre. Brune et Anna s'empressèrent, lui proposant de la soupe, une infusion. Aimé se bornait à secouer la tête. Il prendrait seulement un peu de lait d'amandon. Il allait se mettre au lit.

La tante et la nièce échangèrent un regard effrayé. Se coucher au beau milieu de la matinée ? On n'avait jamais vu ça !

D'un geste décidé, Anna ôta son tablier.

— Je vais chercher le docteur, souffla-t-elle à sa tante.

Aimé avait toujours eu l'oreille fine.

— Pas besoin de ce médicastre, articula-t-il avec peine. Va plutôt me chercher monsieur le curé, ma fille.

13

Les lèvres obstinément serrées pour ne pas hurler sa douleur, Anna vit Brune se pencher, décrocher le cierge de la Chandeleur suspendu à la tête du lit et l'allumer. Elle savait ce que cela signifiait. Son père était en train de passer. Le curé était venu dans l'après-midi, lui administrer les derniers sacrements et était resté un moment au chevet d'Aimé Donat. Lorsqu'il en avait eu fini avec lui, il avait bu dans la salle un verre de vin de prunelle tout en devisant du temps et des événements politiques. Le père Alexandre était un homme âgé d'une cinquantaine d'années, qui s'intéressait au progrès et lisait beaucoup.

Anna avait laissé Brune en tête à tête avec lui. Jetant un châle sur ses épaules, elle était sortie, avait marché, longtemps, jusqu'à la limite de leurs terres.

Le ciel était couleur de cendre. De gros nuages noirs couraient se perdre vers les montagnes, où ils demeuraient tapis, comme à l'affût.

Anna, le cœur lourd, se rappelait que son père avait toujours été là pour elle. Même lorsqu'il gardait le silence, ne trouvant pas les mots pour la réconforter, elle le savait présent, attentif à ce qu'elle pouvait éprouver. Un père si différent des autres qu'elle avait souvent eu le sentiment d'être privilégiée.

D'un geste instinctif, imitant Aimé, elle posa les mains sur le tronc de l'amandier le plus proche, espérant puiser un peu de force au contact de l'arbre. C'était un amandier Princesse, vieux d'une quinzaine d'années dont, elle l'espérait, la récolte serait conséquente. Elle pleura, longtemps, avant de regagner le mas au *calabrun*, le crépuscule, cette heure particulière qu'elle aimait, naguère.

Brune avait fait prévenir les frères d'Aimé par monsieur le curé. Ils se tenaient dans la salle, le visage grave, l'air un peu emprunté. Anna s'était toujours mieux entendue avec son oncle Gustave, le boulanger qu'avec Claudius, le voiturier.

Cela tenait peut-être à Georgette, l'épouse de Claudius, qui n'était guère appréciée dans la famille. Elle ne s'était pas déplacée, et Anna préférait qu'il en fût ainsi.

Elle fila voir son père, lissant instinctivement ses cheveux. Seul le cierge de la Chandeleur éclairait la pièce à laquelle Aimé Donat n'avait rien changé depuis la mort de son épouse. L'amandier avait les yeux mi-clos et respirait de plus en plus mal. Anna s'agenouilla dans la ruelle, saisit la main de son père, qu'elle serra, fort.

— Je suis là, lui dit-elle. Auprès de toi.

Il battit des paupières, lui sourit, avec une infinie tendresse.

— Ne sois pas triste, petite, articula-t-il avec peine.

Elle aurait voulu lui répéter qu'elle l'aimait, qu'il avait constitué pour elle un guide et un soutien mais, en même temps, elle savait que les mots étaient inutiles entre eux.

Sur la cheminée, la pendulette en régule égrenait les minutes. La chambre avait gardé la marque d'Allegra avec ses rideaux de dentelle, son boutis orné de fleurs d'amandier et ses bouquets de lavande séchée qu'Aimé tenait à renouveler chaque été. Chaque fois qu'elle y pénétrait étant enfant, Anna avait eu l'impression de franchir un seuil interdit. L'amour fou qu'Aimé portait à Allegra.

Il se souleva à demi sur ses oreillers. Elle se précipita pour le soutenir. D'une voix basse, épuisée, il lui fit ses recommandations. Elle devait garder le mas et, surtout, les amandiers, ne pas laisser sa tante dans le besoin, suivre son chemin.

— Avec un bon garçon, insista-t-il.

Elle secoua la tête.

— Père ! Tu sais bien que...

Elle ne voulait pas prononcer le nom de Martin. Pas maintenant. Aimé souleva la main pour lui caresser la tête d'un geste familier. Il la laissa retomber. Affolée, Anna courut chercher Brune. Sa tante, livide, prit le miroir devant lequel Aimé se rasait de près, le dimanche, l'approcha des lèvres de l'amandier.

— Il vit, constata-t-elle d'une voix indéfinissable. Il faut le laisser se reposer.

Les oncles repartirent après avoir partagé la soupe et échangé quelques phrases empreintes de gravité.

— Quand on pense que le père a duré jusqu'à plus de quatre-vingts ans... marmonna Gustave.

Brune et Anna les raccompagnèrent sur le seuil en tenant haut levée la lampe-tempête. Lorsque la jardinière eut disparu, elles rentrèrent épaule contre épaule. La nuit serait longue, elles le savaient.

— Va près de lui pendant que je débarrasse, proposa Anna.

Il fallait qu'elle s'active. Elle lava les bols sur la pile de l'évier, les posa sur l'égouttoir en bois confectionné par son père longtemps auparavant. Ses gestes étaient machinaux, elle se refusait à évoquer Aimé, elle avait trop mal.

Elle ajouta une bûche dans la cheminée, contempla durant plusieurs minutes les flammes qui montaient, joyeuses et claires. Elle s'assit sur le fauteuil de grand-père Anselme, saisit le livre posé sur le manteau de la cheminée, à côté de la boîte d'allumettes.

C'était un recueil de Théodore Aubanel, l'un des ouvrages préférés d'Aimé.

« Vous m'avez sauvé, toi, mes arbres et les livres », lui avait-il confié un jour, et elle s'était sentie fière.

Le vent était tombé. Elle lut, longtemps, avant de retourner dans la chambre.

Elle n'y pénétra pas, cependant, lorsqu'elle aperçut Brune agenouillée près du lit. C'était la première fois qu'elle voyait sa tante les cheveux défaits, épars sur les draps. Les épaules de Brune étaient secouées de sanglots. Anna recula, en ayant l'impression de découvrir un secret qu'elle pressentait depuis longtemps. Cette nuit était la nuit de Brune. La première qu'elle partageait avec le seul homme qu'elle ait jamais aimé.

Les voisins, les amis, la famille se succédaient dans la salle du mas. Dès qu'Aimé Donat avait rendu l'âme, au petit matin, Brune avait envoyé Damien, le jeune valet, « faire savoir » le décès à ses frères. La nouvelle s'était très vite répandue et l'on venait de loin saluer l'amandier.

Anna n'oublierait jamais la vue de sa tante, hagarde, titubant de chagrin. Elle lui avait fait boire du café très fort. Brune était allée se laver à la pompe, malgré le temps plus que frisquet, et était revenue les cheveux tirés en un strict chignon, le visage fermé. Elle n'avait pas eu besoin de parler. Toute son attitude exprimait qu'il fallait tenir, faire face.

Elle entreprit aussitôt de clore les volets, de voiler les deux miroirs du mas, d'arrêter l'horloge et la pendulette. Elle avait déjà accompli ce rituel à la mort de sa sœur puis, un an auparavant, lorsque grand-père Anselme s'était éteint dans son sommeil. N'ayant pas d'eau bénite, elle ajouta trois grains de gros sel dans l'eau tirée du puits et récita trois Pater et trois Ave. Pendant ce temps, Anna préparait du café, beaucoup de café. La journée et la nuit à venir seraient longues et éprouvantes.

Les deux femmes attendaient l'arrivée de Berthe pour sortir du coffre les vêtements de marié d'Aimé. La vieille femme s'occupait de la toilette des morts du village et en tirait de quoi survivre. Elles la laissèrent seule avec Aimé, mirent en route une soupe de petit épeautre.

— Va prendre un peu l'air, conseilla Brune à Anna.

La jeune fille éprouvait un curieux sentiment d'irréalité. Elle marcha jusqu'aux champs et se frotta les yeux. La moitié des amandiers avaient fleuri pendant la nuit, lui offrant une vision de beauté sereine.

Elle se mordit violemment les lèvres pour ne pas pleurer. Leurs arbres saluaient son père et elle en était profondément émue.

Rassérénée, aussi, par ce qui n'était peut-être qu'une coïncidence mais en laquelle elle voulait voir un signe.

Ses oncles étaient revenus quand elle poussa la porte du mas. Eux aussi avaient aperçu les amandiers en fleur et tous les visiteurs parlaient avec animation. Anna aida Brune à servir le café et les navettes, conservées dans une boîte en fer.

Elle n'avait pas envie de se joindre aux conversations, elle songeait à son père, et à leurs arbres.

Le soir venu, elle reconnut la silhouette d'Armand qui grimpait vers le mas. Elle s'élança vers lui. Il lui semblait qu'elle ne pouvait se confier qu'à lui. Lui devait comprendre ce qu'elle éprouvait.

14

1892

Le ciel se drapait de rose, de mauve et d'un gris virant au bronze. Un ciel de rêve, pour saluer une dernière fois les amandiers et le mas.

Anna se rappelait que son père lui avait dit un jour : « Nos arbres me donnent leur force. » Elle entoura de ses bras le tronc d'un amandier qui avait été planté le jour de sa naissance. A près de dix-neuf ans, il se dressait fièrement en bordure du champ. Combien de fois était-elle venue lire à son ombre, en rêvant ? Elle esquissa un sourire un peu tremblé. Il était grand temps d'aller se préparer, Brune devait s'impatienter.

Anna était plutôt sereine en ce grand jour. Certainement parce qu'elle avait pris le temps de la réflexion avant d'accepter d'épouser Armand.

Etait-ce de l'amour qu'elle éprouvait pour lui ? Elle refusait de se poser la question, retenant seulement qu'elle était bien auprès de lui. En sécurité. Son soutien ne s'était pas démenti à la mort de son père. Armand avait compris qu'elle avait besoin d'un homme solide, rassurant, à ses côtés. Il lui avait présenté sa famille, composée de personnes excentriques.

« Nous sommes un peu bizarres », lui avait-il confié en guise de mise en garde. Sa mère, Fine, passionnée de lecture, faisait brûler son souper lorsqu'elle était plongée dans un ouvrage de la Bibliothèque bleue vendu par Théodore. Son père, Hector, qui sifflait et chantait dans sa boutique, gardait ensuite un silence obstiné.

« Que voulez-vous que je vous dise ? » maugréait-il. Bas-Alpin de naissance, il n'avait pas connu son propre père, déporté en Algérie après la révolte de décembre 1851. Sa mère l'avait élevé à la dure, de même que ses aînés, et il avait gardé de cette enfance rude un caractère taciturne, peu expansif.

Armand et Hector Jouve s'entendaient mal ou, plutôt, ils s'ignoraient.

C'était là une situation incompréhensible pour Anna qui avait toujours su compter sur l'amour indéfectible d'Aimé.

Armand avait deux jeunes sœurs, Rose et Paule, qui chuchotaient en regardant la jeune fille. La naissance de Rose avait été longue et pénible. L'adolescente avait un pied bot, et supportait mal de devoir porter une bottine spéciale. Le soir où elle avait été invitée chez les Jouve, Anna s'était sentie observée sans réelle bienveillance. Elle avait vite compris pourquoi Armand désirait créer sa propre entreprise sans reprendre la boulangerie paternelle.

La maison des parents d'Armand manquait de chaleur malgré ses poêles de faïence et ses tapis. Personne n'avait souhaité la bienvenue à l'amandière. Le repas s'était éternisé sous la suspension en opaline blanche. Le tian de bettes n'était pas assez cuit, les morceaux de lapin avaient un goût de brûlé. Seules les religieuses au chocolat et au café étaient délicieuses. Le père Jouve était réputé pour ses excellentes pâtisseries.

Anna était repartie de chez les Jouve sans qu'aucune allusion à leur prochain mariage n'ait été prononcée. Elle en avait souri, plus tard, avec Brune, pour ne pas pleurer. Après tout... c'était Armand qu'elle épousait, pas sa famille, et ce malgré les mises en garde de sa tante. Anna était une fille raisonnable. Si elle avait accompagné son fiancé à Carpentras pour aller chercher « les ors », les bijoux dont il était censé la couvrir, suivant la tradition, elle leur avait finalement préféré chaudrons en cuivre et torréfacteur.

Armand, d'abord irrité, avait fini par se rendre aux arguments de la jeune fille. Ne rêvaient-ils pas tous deux de fabriquer le meilleur nougat ? Anna n'avait que faire de colliers, bracelets ou autres « coulantes » ! Un simple anneau nuptial lui suffirait.

Armand avait plus tard confié à Brune, avec qui il s'entendait bien :

« Anna est unique, vous savez. Je ne pense pas qu'il existe deux jeunes filles comme elle. »

Ce à quoi la tante d'Anna avait répondu :

« Bien sûr qu'elle est unique ! Et tu as tout intérêt à la rendre heureuse si tu ne veux pas avoir affaire à moi ! »

Brune s'était chargée de préparer la noce. Il y avait si longtemps qu'elle brodait le trousseau destiné à sa filleule…

Le curé de Rouvion officierait dans la chapelle Saint-Eloi.

Anna y tenait parce que ses parents s'étaient mariés là avant elle. Armand n'y avait pas vu d'objection. De toute manière, la religion était avant tout une affaire de femmes. Enfin… le plus souvent car, chez lui, sa mère avait toujours préféré lire plutôt que se rendre à l'office. Ce qui scandalisait son père. « Tu pourrais au moins prier pour le salut de mon âme ! reprochait-il à son épouse. C'est ton rôle. »

Anna secoua la tête. Un drôle de personnage, Hector Jouve, capable de sortir de ses gonds avant de retomber dans un mutisme inquiétant. Elle était soulagée de ne pas vivre chez lui, dans cette maison toute en hauteur de la Grand'Rue de Rouvion. Elle ne risquait pas de lui demander de l'accompagner à l'autel ! Elle avait préféré requérir l'aide de Socrate. L'ancien clerc de notaire en avait été si ému qu'il l'avait serrée contre son cœur.

« A-t-on idée ? grommelait Brune en remuant ses assiettes et ses tians. Cet honneur revenait de droit à l'un de tes oncles. »

Anna n'avait pas cédé. Socrate avait été beaucoup plus proche de son père que ses frères. C'était pour elle une façon de lui témoigner sa fidélité.

La veille du grand jour, on se réunit une dernière fois au mas. Les Foresti étaient venus, excepté Maria, qui battait froid à Anna et prétendait qu'elle avait remarqué Armand la première. Comme si les célibataires avaient constitué des proies...

On dégova, parce qu'il ne fallait pas perdre du temps, on but du vin de Carthagène et l'on mangea des macarons, qu'Anna avait confectionnés suivant une recette d'Allegra. Elle avait pilé trois cents grammes d'amandes avec une cuillerée à café de fécule, avait ajouté du sucre très fin, puis six blancs d'œufs, et une cuiller à café de vanille. La pâte molle ainsi obtenue avait été posée délicatement sur des feuilles de papier et cuite au four.

Armand n'était pas venu, il passait la soirée avec ses « conscrits » qui ne lui ménageaient pas les quolibets. Au mas, on était plus calme. Anna était la première à se marier. Les filles de Mado Foresti espéraient suivre bientôt son exemple. Elles avaient toutes observé certains rituels qu'on se transmettait de génération en génération. Ainsi, Maria s'était rendue au Beaucet, à l'ermitage de Saint-Gens, et couchée la tête en bas dans le lit du saint creusé dans le rocher. Angèle, sa cadette, avait eu recours à un procédé répandu aussi bien en pays gavot que dans le Vaucluse. Les soirs de pleine lune, avant de s'endormir, elle invoquait de cette manière l'astre de la nuit :

« Toi que mon destin importune,
Lune, ô belle lune,
Dis-moi en rêvant,
L'époux que j'attends. »

Angèle espérait voir en rêve le visage de celui qu'elle épouserait mais elle attendait toujours.

Ses petites sœurs étaient encore trop jeunes pour s'intéresser à ces traditions.

Angèle jeta un regard oblique à Anna. L'amandière n'avait eu qu'à apparaître pour qu'Armand ne voie plus qu'elle. Elle comprenait l'amertume de Maria, tout en se disant qu'elle était encore mieux lotie en tant qu'aînée. Logiquement, et selon la règle instaurée par leur mère, c'était Maria qui devait se marier la première.

De nouveau, Angèle observa discrètement Anna. Elle était trop belle, prétendait Maria. Pas vraiment, se dit sa sœur. Elle était simplement lumineuse.

Elle fit un faux mouvement, laissa tomber sur le sol des amandes délivrées de leur peau verte. Sa mère la tança. Les joues en feu, Angèle s'empressa de réparer sa maladresse. A cet instant, elle détestait Anna.

Tout se déroulait comme il se devait, songea une nouvelle fois Brune. Un soleil insolent avait chassé la brume du petit matin, tous les invités étaient arrivés et un « oh » d'admiration avait parcouru l'assistance lorsque Anna était apparue sur le seuil du mas, au bras de Socrate. Le vieil homme était fier de mener une pareille jeunesse à l'autel. Il avait été le premier à complimenter Anna sur sa toilette, une robe de shantung couleur ivoire ornée d'un col de dentelle.

Brune avait écrasé une larme. En ce jour de fête, elle songeait doublement aux absents, Allegra et Aimé. Quelques heures auparavant, Anna était allée, seule, se recueillir sur la tombe de ses parents avant de saluer ses chers amandiers.

Tout le village était là, ainsi que nombre de connaissances du plateau. Le patron du « cassoir » était venu en compagnie de son épouse mais aussi plusieurs pâtissiers des environs.

Armand avait fière allure dans son habit noir. Un bel homme, en vérité, presque aussi grand qu'Aimé.

Brune avait veillé à tout, courait partout depuis plusieurs semaines.

Elle aurait dû être satisfaite. Pourquoi éprouvait-elle donc un sentiment étrange de malaise, comme si un danger rôdait ?

Elle l'aperçut alors que les *novi* sortaient de la chapelle. Tout vêtu de noir, lui aussi, comme le marié, il montait un cheval bai et avait le regard fixé sur Anna. Brune frissonna. C'était Martin Bonnafé.

15

1900

Chaque fois qu'elle franchissait le seuil de la boutique, Anna éprouvait un sentiment de fierté. Armand et elle avaient repeint la façade quelques semaines auparavant d'un vert grisé très élégant qui contrastait avec la teinte marron initiale. Horace le peintre avait écrit à la demande d'Armand sur la devanture : « Anna et Armand JOUVE – Confiserie », ce qui avait fait grincer des dents les sœurs d'Armand.

« Père n'a jamais associé mère à la boutique », avait fait remarquer Rose, la bouche pincée.

Armand avait esquissé un sourire.

« Parbleu ! Notre mère ne s'intéressait qu'à la lecture. »

C'était vrai. Le jour où sa vue avait baissé, Fine s'était couchée pour ne plus se relever. Malgré les efforts de sa famille, elle avait refusé de s'alimenter et s'était éteinte en l'espace de quelques semaines. Le village tout entier était venu à ses obsèques sans pour autant avoir l'impression de la connaître. On disait « Fine Jouve, celle qui a toujours le nez dans ses livres » afin de la distinguer de sa belle-sœur qui portait le même prénom.

Ses enfants eux-mêmes n'avaient fait que la côtoyer. Pour cette raison, Armand s'occupait de Rose-Aimée et de Georges avec beaucoup de patience. La petite était née en 1893, à peine dix mois après le mariage de ses parents. Un nourrisson né en septembre, alors que les maisons de Rouvion étaient couleur de miel sous les rayons du soleil des vendangeurs. Brune était venue « aider » pour la délivrance. La tante et la nièce pensaient toutes les deux à Allegra. Pourtant, la grossesse d'Anna avait été paisible, sans souci majeur. Comme son union avec Armand. Les jeunes gens avaient passé leur nuit de noces à deviser gaiement en attendant l'arrivée de la jeunesse du pays. Pas question, en effet, d'échapper à « la chasse aux *novi* » ! Anna appréhendait un peu les bons mots et autres allusions grivoises qu'on ne manquerait pas de leur lancer. Elle voulait garder de leur mariage plusieurs images émouvantes. L'instant où le père Alexandre avait recueilli leurs consentements, les larmes de Brune, le regard empreint d'amour d'Armand, le gâteau, une merveille, qu'il lui avait confectionné en secret. Il avait dessiné sur le glaçage la silhouette d'un amandier. Anna aurait aimé que personne n'y goûtât. Un tel chef-d'œuvre ne pouvait être détruit ! Sa plus jeune belle-sœur avait réclamé une part et Hector Jouve avait commencé à découper le gâteau. Elle s'était ressaisie. C'était la fête.

La jeunesse les avait découverts au petit matin. Anna et Armand étaient installés chez la tante Lucienne. Ils ne s'étaient pas dévêtus, avaient seulement ôté leurs chaussures. On leur avait fait manger de la soupe de sauge servie dans un vase de nuit neuf, on avait chanté avant de retourner le lit.

« Viens, avait soufflé Armand lorsqu'ils étaient enfin partis. Je t'enlève ! »

Quelques minutes plus tard, ils grimpaient dans la diligence à destination de Marseille. Trois jours d'éblouissement pour Anna qui avait découvert la mer. Les jeunes gens avaient marché le long des calanques, trempé leurs pieds dans l'eau froide de la fin novembre. Elle n'oublierait jamais cet instant où il avait réveillé son corps à coups de baisers fous et de caresses. Elle avait pensé longtemps que Martin avait tout emporté mais ce n'était pas vrai. L'amour dans les bras d'Armand était joyeusement païen. Leurs corps s'étaient tout de suite trouvés, comme retrouvés, même, et il suffisait parfois d'un effleurement pour qu'ils s'embrasent.

Anna avait très vite su qu'elle attendait un enfant. Ses seins avaient gonflé, elle avait d'instinct ralenti ses mouvements, comme pour savourer chaque instant de son nouvel état. Elle ne l'avait pas annoncé à Armand le premier mois mais Brune, qui devait posséder des antennes, l'avait deviné.

« Fais attention à toi, lui avait-elle dit au matin du premier janvier, et elle avait ajouté : Tu n'es plus seule, désormais. »

Anna s'était jetée au cou de sa marraine.

« Brune ! oh ! Brune… comment fais-tu pour tout savoir de moi ? »

La sœur d'Allegra avait haussé les épaules afin de dissimuler son émotion.

« Il faut croire que je t'aime bien, Nana », avait-elle soufflé.

Nana, c'était le petit nom qu'elle lui donnait lorsqu'elle était enfant.

Armand, qui avait surpris leur aparté, avait questionné, de retour à leur domicile : « Dis-moi, Anna, tu n'attendrais pas mon petit, par hasard ? »

Elle n'oublierait jamais la façon, possessive et tendre, dont il avait posé sa grande main sur son ventre. Elle en avait frissonné, d'amour, de désir et d'attente.

Ces trois mots avaient marqué sa grossesse. Anna avait tenu la boutique jusqu'au dernier jour, écoutant sans y prêter trop d'attention les commentaires des clientes. Grand-mère Léontine, une petite vieille au dos cassé mais à l'œil encore vif, lui avait annoncé la naissance d'une fille d'après la forme de son ventre. Et de rappeler le vieil adage : « *Vèntre pounchu, filo atendudo* » : « ventre pointu, fille attendue ». On lui avait aussi répété que les garçons étaient conçus à la lune vieille et les filles à la lune croissante.

Anna souriait, répondait : « Fille ou garçon, que mon petit soit en bonne santé, c'est tout ce que je demande. » Suivant les conseils de Brune, elle n'avait pas osé préparer le berceau à l'avance. De toute manière, le sien attendait au mas qu'Armand vienne le chercher. Brune avait confectionné une parure en boutis, une merveille qu'Anna manipulait avec précaution, et la layette assortie. Petits bonnets, bavoirs, brassières ouvertes dans le dos étaient délicatement brodés au boutis.

Le soir, blottie dans les bras de son mari, Anna tentait d'imaginer leur enfant. Ils habitaient deux pièces au-dessus de la boutique et le laboratoire était situé à l'étage supérieur. Ils avaient acheté leurs meubles à la foire de la Saint-Siffrein de Carpentras.

Brune était venue, armée de son mètre et de ses grands ciseaux, tailler rideaux et coussins. Leur intérieur était chaleureux, décoré de jaune et de blanc, équipé de suspensions à pétrole qui diffusaient une lumière douce. Un appartement à l'image de leur couple, et de la porte toujours ouverte pour leurs amis. Pourtant, de temps à autre, Anna jetait un châle sur ses épaules et allait prévenir Armand : « Je vais au mas. Je me demande comment se portent mes amandiers. »

Il souriait, complice, avant de l'attirer contre lui. « Rentre avant la nuit. »

Elle prenait la jardinière, grimpait jusqu'au mas où Brune avait préparé des oreillettes ou des navettes.

« Je t'attendais », lui disait sa tante.

Anna allait faire le tour du champ d'amandiers avant de soumettre Damien à un questionnaire détaillé. Prenait-il bien soin de placer quelques ruches sous les amandiers en fleur ainsi qu'elle le lui avait recommandé ? Elle ne manquerait pas de venir participer à la cueillette, à la fin de l'été. Et le dégovage...

« Tu ne peux pas t'occuper de tout en même temps, grondait Brune. Ton mari et ta fille passent avant tes amandiers, désormais. »

C'était l'évidence mais... elle avait en elle cet atavisme, cette passion, qui la faisaient toujours revenir au mas. Personne, lui semblait-il, ne pouvait comprendre sa relation privilégiée avec ses arbres. Pas même Armand qui, pourtant, faisait preuve de patience. En tout cas, l'affaire était entendue : Rose-Aimée détestait se rendre au mas. C'était une ravissante petite fille. Des yeux bleu foncé, presque violets, un teint clair, des cheveux noirs. Elle était belle, et usait de son charme avec son entourage, distribuant des sourires dès qu'on satisfaisait ses caprices.

Son attitude avait changé du tout au tout à la naissance de son jeune frère, Georges, en 1895. Rose-Aimée n'était plus le centre de la famille, elle détestait ce bébé goulu qui accaparait sa mère. Blessée, dépitée, elle s'était refermée sur elle-même.

Heureusement, elle avait Berthe, la nounou, qui s'occupait des petits pour permettre à Anna de tenir la boutique. Agée d'une cinquantaine d'années, Berthe était une petite-cousine d'Armand, veuve sans enfants. En échange de ses soins, Armand et Anna lui offraient le vivre, le couvert ainsi qu'une somme d'argent destinée à couvrir ses menus besoins. Cet accord convenait aux deux parties, d'autant que Berthe adorait les enfants. C'était elle qui avait guidé leurs premiers pas, en passant un torchon sous leurs bras mais Anna avait tenu à chausser chacun de ses enfants. Rose-Aimée le jour de l'Assomption, Georges le samedi saint de l'année suivant sa naissance. Il était en retard pour la marche, contrairement à sa sœur, vive et précoce. Berthe l'encourageait : « Viens-t'en, *moun passeroun* », mon moineau, et Rose-Aimée tapait du pied. « Et moi ? Qu'est-ce que je suis ? » Alors, Berthe se détournait de Georges et serrait la petite fille contre elle. « Toi, tu es ma *bello calandro* », ma chère et belle alouette.

Oui, ils avaient de beaux enfants, songea Anna en souriant. Elle les aimait profondément même si, parfois, elle admettait leur consacrer moins de temps qu'Armand. Elle avait apprécié chaque jour de ses deux grossesses, savouré sa connivence avec ses bébés. Par la suite, elle avait le sentiment qu'ils lui avaient échappé. Comme si, n'ayant pas eu de modèle maternel, elle s'était plus ou moins consciemment privée du bonheur d'élever Rose-Aimée et Georges.

Plus tard, se disait-elle, lorsqu'ils seront plus grands... nous passerons plus de temps ensemble.

Mais... pouvait-on jamais rattraper les années perdues ?

16

1901

Parfois, lorsque la chaleur se faisait étouffante, Martin ouvrait la fenêtre de son bureau, respirait une longue goulée d'air avant de se replonger dans son travail. Il ne l'aurait avoué à personne, excepté peut-être à sa tante Arthémise, il avait mis un certain temps à s'intéresser aux fruits confits. Certains matins, il ne supportait plus l'odeur des agrumes venus de Sicile macérant dans de l'eau de mer afin d'altérer le moins possible leur goût et leur aspect. Seules la conquête de nouveaux clients et l'utilisation d'un matériel plus moderne l'intéressaient. Dans ce domaine, au moins, il avait l'impression d'être utile.

Depuis l'attaque qui avait frappé son père, deux ans auparavant, Martin savait qu'il était en première ligne et que la fabrique Bonnafé dépendait de lui. Les premiers temps, ouvrières et coursiers suivaient chacun de ses gestes d'un air inquiet. Ils semblaient nourrir des doutes quant à ses capacités. Le fait qu'il ait obtenu un marché avec un gros importateur anglais les avait rassurés. Tout le monde à Apt connaissait l'histoire de Matthieu Wood, un Britannique venu se reposer en Provence en 1868. Ayant découvert – et apprécié ! – les fruits confits de l'ancienne ville romaine, il y revenait chaque hiver afin de commander de quoi approvisionner ses magasins londoniens.

En 1895, Martin s'était rendu en Grande-Bretagne afin de faire connaître la production de la fabrique Bonnafé. Il avait sympathisé avec James Wilcox, qui exportait aussi bien en Inde qu'à Hong Kong des cakes aux fruits confits typiquement britanniques. Et, depuis, les établissements Wilcox s'approvisionnaient chez Bonnafé.

Mathilde s'occupait toujours du secrétariat, discrète et efficace, au grand dam de sa belle-mère. Avait-on jamais vu une Bonnafé travailler ? Arthémise et Martin riaient sous cape.

« Ta pauvre mère, mon garçon, ne semble pas se rendre compte que le monde a changé », commentait régulièrement Arthémise. En ajoutant, moqueuse : « On ne peut passer sa vie en dévotions et être de son époque. »

La sœur de Marius Bonnafé découpait dans le journal chaque article consacrant une nouvelle victoire féminine. Dans son panthéon figuraient en bonne place la duchesse d'Uzès, première française à avoir obtenu le permis de conduire en 1897, ainsi que la championne de tennis Charlotte Cooper qui avait participé aux jeux Olympiques de Paris.

« Les temps changent », répétait-elle avec gourmandise. Et elle poursuivait, d'un ton mélancolique qui ne lui ressemblait guère : « J'aurais dû naître... tiens... ne serait-ce que quarante ans plus tard ! Ton fils, Martin, a bien de la chance. Il connaîtra tous ces progrès qui sont en marche. »

Martin n'avait rien répondu. Il observait toujours une certaine distance avec son fils, Olivier. Le garçon, doté d'une intelligence vive, était cependant souvent puni par ses maîtres. Rebelle de nature, il acceptait mal de se plier aux règles de la discipline instaurées depuis des décennies. Lorsqu'il était petit, son mot favori était « Pourquoi ? », ce qui amusait fort sa grand-tante Arthémise mais plongeait sa grand-mère dans les affres.

« Cet enfant me rendra folle », gémissait-elle. Depuis sa naissance, survenue une nuit d'orage, elle le considérait avec défiance. Olivier s'en amusait. Il paraissait un peu plus que son âge, excepté lorsqu'il partageait un moment de complicité avec son père, devant l'échiquier hérité de l'arrière-grand-père Plaisant. Il s'amusait beaucoup, riant haut et fort chaque fois qu'il s'emparait d'une pièce. Martin l'observait avec indulgence, tout en se demandant s'il avait été, lui aussi, extraverti comme Olivier.

Ses relations avec Clovis, son deuxième fils, étaient différentes. Né en 1895, au terme d'un accouchement long et éprouvant, Clovis souffrait d'épuisantes crises d'asthme. Mathilde paniquait, impuissante à le calmer. Martin passait des nuits entières au chevet de son fils, adossé à ses oreillers, et lui lisait les livres de la comtesse de Ségur. Le docteur Calmet, médecin de la famille Bonnafé depuis des lustres, était souvent appelé en début de soirée dans la grande maison située en bordure du Calavon. Il préconisait toujours les mêmes remèdes, des fumigations et des comprimés qu'il faisait préparer par le pharmacien tout en recommandant une vie calme. Clovis ne devait pas courir, ni jouer avec Olivier dans la cour de la fabrique, encore moins pénétrer à l'intérieur des locaux, où les odeurs fortes auraient risqué de provoquer une crise. Il passait beaucoup de temps dans sa chambre, entre sa collection de soldats de plomb et ses livres illustrés. Un précepteur, monsieur Romain, venait chaque jour lui apprendre à lire et à compter. Clovis se plaignait rarement. Pourtant, Martin aurait donné n'importe quoi pour le voir mener une vie normale.

Martin se coiffa de son panama et descendit au rez-de-chaussée. Depuis deux ans, il avait modernisé la fabrique. Le sol des ateliers était entièrement cimenté, ce qui contribuait à une bonne hygiène des locaux. Il avait investi dans un générateur de vapeur de 30 CV, ce qui permettait de traiter, grâce à neuf bassines à vapeur, huit cents terrines de fruits confits par jour. Les fruits étaient aussi blanchis à la vapeur. Il avait tenu à garder les jarres vernissées et les terrines traditionnelles destinées à entreposer les fruits confits, ainsi que les poêlons et bassines de cuivre et les fourneaux chauffés au charbon. On venait de loin admirer les installations Bonnafé mais Barthélemy, le chef de fabrication, veillait à ce que les secrets ne soient pas dévoilés. Ses connaissances en matière de confisage étaient encyclopédiques, et Martin se demandait souvent ce qu'il aurait fait sans lui.

Il salua Alphonse, le concierge, et franchit le porche de la fabrique. Il avait rendez-vous avec son banquier et allait devoir négocier un prêt dont il avait un besoin urgent. Ses investissements s'étaient révélés plus coûteux que prévu. Mathilde l'avait d'ailleurs mis en garde à ce propos. Fille de notaire, elle privilégiait les placements sans risques de bon père de famille.

« Martin, nous sommes plus de vingt fabriques sur Apt, lui avait-elle répété. La concurrence est sévère. Pensez-vous vraiment que cette modernisation soit indispensable ? »

Il aurait pu lui parler du carnet de son aïeul Elzéar sur lequel celui-ci avait noté ses recettes et ses tours de main. Chaque génération avait ajouté une remarque, ou modifié une recette. Lorsqu'il se demandait s'il avait effectué le bon choix – en sachant, d'ailleurs, qu'il ne pouvait pas agir autrement ! –, Martin tournait lentement les pages de ce carnet noir, au dos fané. Il y trouvait la justification de son travail.

Mathilde laissa tomber le rideau qu'elle avait soulevé et reprit le cours de son travail. La facturation ne l'ennuyait pas, elle aimait à manier les chiffres. Ses livres journaliers à la reliure cartonnée, aux pages numérotées divisées en colonnes, étaient tenus avec soin. Dommage qu'elle ne puisse parler avec Martin de la fabrique, se dit-elle. Dans l'hôtel particulier des Bonnafé, les mots « fruits confits » étaient bannis. Martin préférait discuter avec les garçons de leurs lectures ou de la saison de chasse.

Mathilde réprima un soupir. Clovis serait à nouveau profondément déçu de ne pouvoir accompagner son père et son frère aîné. Tous deux disparaissaient dès septembre, prenant leurs quartiers d'automne chez Arthémise ou, plus rarement, à la Grand'Bastide.

Mathilde avait la chasse en horreur et ne supportait plus le franc-parler d'Arthémise. Autant de raisons rédhibitoires pour ne pas quitter Apt !

Elle lissa distraitement ses cheveux, tout en se demandant si Martin accepterait de l'emmener à Aix assister à une représentation d'*Aïda*.

Mathilde aimait l'opéra, ce qui surprenait chez une personne aussi discrète et réservée. La passion qu'exprimaient les personnages de *La Traviata* ou de *Carmen* la faisait rêver à une autre vie, un autre destin. Si elle avait épousé Guy plutôt que Martin…

Elle frissonna, baissa la tête sur ses bordereaux. Elle se sentait vieille, parfois, si vieille, que tout désir, toute passion étaient éteints en elle.

17

1907

Chaque début d'année, Anna, anxieuse, tournait en rond dans la boutique. Elle avait beau avoir encore de nombreuses commandes de nougat à expédier, elle ne se déridait pas.

Elle scrutait le ciel, guettant et redoutant à la fois un mois de janvier trop précoce, une gelée meurtrière...

« Et Brune qui ne donne pas de nouvelles ! » grommelait-elle.

Comme si sa tante avait eu pour habitude de lui écrire chaque jour... Brune s'occupait du mas avec Damien et Alice, une petite de l'Assistance publique qui l'aidait pour les travaux de la maison. Lorsqu'elle venait à la boutique, elle regardait partout, et se mettait à saliver sans même en avoir conscience.

Rose-Aimée, volontiers moqueuse, riait sous cape tandis que ses parents lui faisaient les gros yeux et offraient un goûter aussi copieux que varié à Alice.

A bout de patience, Armand finissait par suggérer :

« Monte donc au mas avec les enfants demain. C'est jeudi. »

Rose-Aimée boudait. A bientôt quatorze ans, elle se moquait bien des amandiers de sa mère. Elle aurait préféré rester au bourg et rejoindre son amie Céline. Toutes deux pouvaient passer des heures dans le magasin de la mère de Céline, couturière, à consulter les catalogues et à draper des métrages de tissu devant elles. Mais Anna ne voulait rien entendre. Il fallait aller embrasser tante Brune, qui avait le visage creusé de rides, arpenter les champs, et égrener de vieux souvenirs au coin du feu. Georges, lui, avait encore l'âge de s'amuser dans la grange. Rose-Aimée s'ennuyait au mas, et ne se privait pas pour le faire savoir.

Lors de leur venue, le jour de la Saint-Vincent, Brune glissa à Anna :

— Ta petite grandit. Elle fait déjà femme.

Rose-Aimée et sa grand-tante ne s'appréciaient guère. Elles étaient trop différentes pour trouver un terrain d'entente. Rose-Aimée était belle, et sûre d'elle. Elle savait déjà qu'elle ne se marierait pas avec l'un de ces paysans qu'elle côtoyait à Rouvion. Elle désirait rencontrer un monsieur de la ville, bien habillé, sentant bon l'eau de Cologne. Elle ne supportait pas l'odeur de caramel et d'amande grillée attachée à son père. En fait, elle détestait la boutique, ainsi que les bonbons et, même, le nougat. Elle rêvait d'autre chose. Elle n'essayait même plus de se confier à sa mère. Le jour où elle l'avait entendue tenir ce genre de propos, Anna n'avait pu se retenir et l'avait giflée. Depuis, même si elles n'y faisaient jamais allusion, les relations entre la mère et la fille s'étaient modifiées de façon subtile. Il y avait entre elles comme une défiance, ainsi qu'une incompréhension réciproque. Rose-Aimée ne partageait pas l'attachement viscéral d'Anna pour ses amandiers. Faire autant de cas de quelques arbres… la belle affaire ! Elle, elle rêvait de toilettes en soie, de chapeaux extravagants et de souliers à talons.

Maussade, l'adolescente resta dans la salle tandis que sa mère et son frère faisaient le tour des champs. Brune s'affairait devant la cuisinière en fonte émaillée tout en observant un silence prudent. Le cadeau d'Anna et d'Armand l'avait émerveillée. Elle disposait désormais d'eau chaude en permanence et pouvait donner libre cours à son inspiration culinaire. Elle passait aussi beaucoup de temps à astiquer sa cuisinière. Au bout de plusieurs minutes, elle se retourna vers Rose-Aimée et s'enquit :

— Ça va comme tu veux, petite ? Et l'école ?

L'adolescente haussa légèrement les épaules. L'école ne l'intéressait guère, même si elle savait que ses parents attendaient d'elle qu'elle obtînt le certificat d'études. Après... elle avait bien l'intention de chercher du travail à Apt ou à Aix. La ville l'attirait, irrésistiblement. Pas question pour elle de végéter à Rouvion. Il lui fallait les lumières, l'animation, les magasins et les cafés... la vie !

Brune toussota.

— Eh bien, Rose-Aimée ?

Elle tourna la tête vers sa grand-tante. Brune paraissait plus âgée que ses cinquante-six ans avec ses cheveux tirés presque blancs, sa silhouette alourdie et les rides profondes qui lui creusaient les joues. Son visage s'éclairait seulement dès qu'Anna franchissait la porte du mas. Dans ces moments-là, Rose-Aimée avait l'impression de ne plus exister.

— C'est l'année du certif, répondit-elle d'une voix indifférente.

Le regard de Brune s'aiguisa.

— Ça ne t'intéresse guère, hé ?

De nouveau, l'adolescente haussa les épaules.

— Mes parents seront contents si je l'ai. Moi…

Elle ne termina pas sa phrase.

Brune crispa la main sur son torchon, taillé dans un vieux drap, doux à force d'avoir été lavé et relavé.

Elle sentait la colère monter en elle et s'efforçait de se calmer. Il y avait beau temps qu'elle s'était fait son opinion. Elle considérait Rose-Aimée comme une gamine égoïste, seulement préoccupée par son apparence mais Anna refusait de voir clair. Pour elle, sa fille allait changer, il fallait juste faire preuve de patience.

Brune leva les yeux au ciel. Anna et Armand risquaient fort d'être déçus mais… basta ! c'étaient eux les parents.

— Veux-tu goûter une oreillette ? proposa-t-elle.

La Chandeleur serait bientôt là, et Brune descendrait à Rouvion pour assister à l'office du matin et faire bénir sa chandelle.

Alice, qui reprisait les torchons, jeta un coup d'œil admiratif à Rose-Aimée. Les deux adolescentes étaient presque du même âge mais Alice, plus chétive, paraissait plus jeune.

Brune l'invita à les rejoindre à la table. La petite et elle s'entendaient bien, sans avoir besoin de beaucoup de mots. Venant d'une ferme où, sans avoir subi de sévices, elle avait souffert de la faim, Alice appréciait la sollicitude bourrue de Brune. Elle se sentait en sécurité au mas.

La porte de la salle s'ouvrit, et le froid s'engouffra dans la pièce.

— Brrr ! s'écria Anna avec bonne humeur. Il va geler cette nuit, c'est sûr.

Elle avait étudié avec soin ses amandiers. Ils ne semblaient pas encore prêts à fleurir, aussi se sentait-elle rassurée.

Pour quelques jours seulement, pensa Brune, attendrie.

A trente-trois ans, sa filleule était belle et épanouie. Sa marche dans les champs lui avait rosi les joues. Ses yeux brillaient. Elle était toujours animée lorsqu'elle revenait au mas.

Brune surprit le regard indéfinissable que Rose-Aimée fixait sur sa mère. Etait-elle jalouse ? Mal à l'aise soudain, elle proposa ses oreillettes, accompagnées de café bien fort. Georges se servit avant Alice, ce qui lui valut une remontrance de la part de sa mère. Il l'encaissa sans mot dire mais décocha sournoisement un coup de pied sous la table à Alice. La petite tressaillit. Anna, qui n'avait rien remarqué, ferma les yeux. Le goût des oreillettes, parfumées à la fleur d'oranger, lui rappelait son enfance. Elle se revoyait rentrant de l'école et partageant les beignets avec son père et sa tante, au coin de l'âtre. Aimé lui manquait parfois avec une intensité telle que ses yeux s'emplissaient de larmes.

Brune posa la main sur son poignet.

— Armand va bien ?

Anna sourit. Oui, son mari était heureux, entre sa boutique et sa famille. Les ventes du nougat Jouve s'étaient envolées, il en était particulièrement fier. C'était Rose, sa belle-sœur, qui leur causait du souci. Elle s'était amourachée d'un marchand ambulant et l'avait suivi sur les chemins. Armand s'inquiétait fort à son sujet, d'autant que Rose, avec son pied bot, était fragile.

— Mais comment, conclut Anna, retenir une fille qui croit être amoureuse ?

Durant plusieurs secondes, le temps sembla s'être arrêté.

Brune pensait-elle, elle aussi, au désespoir d'Anna lorsqu'elle avait appris le mariage de Martin Bonnafé ?

Cela paraissait si loin, désormais. Et, pourtant, sa nièce n'avait rien oublié. Brune en eut la confirmation lorsque Anna fit remarquer, d'une voix lointaine :

— Pauvre Rose… Elle a certainement accordé foi à quelque beau serment.

Aimé lui avait raconté un soir que chaque attaque, du gel, du vent ou de la grêle, laissait des traces sur le bois pourtant rugueux et épais de l'amandier. Il en allait de même pour Anna.

Malgré les apparences, elle n'avait pas encore surmonté la blessure infligée par le fils Bonnafé.

18

1910

Le soleil à peine levé éclairait le Luberon, orienté de l'est vers l'ouest, de la lumière vers l'ombre. Blottie sur le siège du cabriolet paternel, Rose-Aimée ne sentait pas le froid lui piquer les joues. Elle s'était chaudement emmitouflée pour accompagner Armand dans ses livraisons à Apt. Le père et la fille étaient partis à trois heures du matin, après avoir bu un bol de soupe bien chaude dans lequel ils avaient trempé leur pain.

Georges, pelotonné sous son édredon, n'avait pas ouvert les yeux.

— Papa... il me faudrait une nouvelle toilette pour la foire de la Sainte-Luce, glissa Rose-Aimée.

Après avoir obtenu son certificat, elle avait manifesté un attrait soudain pour les études, et demandé à poursuivre jusqu'au brevet, afin de devenir institutrice. Anna, ravie, avait intercédé auprès d'Armand. Celui-ci, en effet, n'était pas décidé à laisser partir sa fille unique mais Rose-Aimée s'était montrée si enjôleuse qu'il avait fini par céder. Après tout, lui-même se rendait une fois par semaine à Apt, ils pourraient faire le trajet ensemble.

Si elle avait trouvé le temps long chez les religieuses qui préparaient au cours supérieur, la jeune fille n'en avait rien dit. Pour elle, vivre en ville méritait bien quelques sacrifices ! Elle oubliait le dortoir glacial, la messe obligatoire et la discipline lorsqu'elle se promenait dans la Grand'Rue le jeudi après-midi, en compagnie de ses camarades. Même encadrées par deux religieuses à l'aspect rébarbatif, les jeunes filles éprouvaient un délicieux sentiment de liberté.

Apt était très vivante. Une fois, Rose-Aimée avait assisté au retour des charrettes qui livraient les caisses de fruits confits jusqu'à Marseille. Les conducteurs s'annonçaient à grand bruit avec force claquements de fouet. Portant la blouse bleue traditionnelle des rouliers et des guêtres de cuir, ils avaient particulièrement impressionné la jeune fille. Les chevaux attiraient eux aussi les curieux avec leurs colliers de roulage ornés de petits miroirs et de clochettes. C'était un autre monde qui s'était entrouvert ce jour-là pour Rose-Aimée, comme une porte sur l'aventure. Amélie, sa meilleure camarade, lui avait raconté que les fruits confits, emballés dans des coffrets de bois, voyageaient dans des caisses doublées de zinc, réservées aux expéditions lointaines. Rose-Aimée s'imaginait partant elle aussi pour Marseille, et rêvait d'une autre vie.

Ses études lui avaient permis de conquérir une certaine assurance. Elle n'avait pas l'impression, cependant, d'être faite pour enseigner. Elle avait plus envie de s'évader, loin. Dans sa tête, Apt ne constituait qu'une première étape.

Armand se racla la gorge. Sa fille, belle et cultivée, l'intimidait.

— Il faudrait que tu trouves ton premier poste par chez nous, déclara-t-il.

La jeune fille ne put réprimer un sursaut.

— Revenir m'enterrer à Rouvion ? Non merci !

Elle sut qu'elle avait blessé son père en remarquant l'affaissement de ses épaules. Armand ne supportait pas l'idée de voir sa famille se disperser. Les villes lui inspiraient une certaine crainte. Il lui semblait que ce serait différent pour Georges, n'était-il pas dans l'ordre des choses que les garçons s'éloignent un peu ? Mais sa fille unique…

Elle se pencha, piqua un baiser sur la joue de son père.

— Mon petit papa... il faut me comprendre... je n'ai jamais aimé vivre à la campagne. Et j'ai horreur des amandes !

Armand éclata de rire. C'était là un sujet tabou dans la famille Jouve. Comment pouvait-on ne pas aimer les amandes ?

— Ne le confie jamais à ta maman, surtout, lui recommanda-t-il.

Le ravissant minois de Rose-Aimée se rembrunit. Elle ne supportait pas le fait que son père pensât toujours à Anna en priorité. Depuis la naissance de son petit frère, Rose-Aimée connaissait la jalousie. Elle aurait voulu rester l'unique enfant de ses parents, le centre de leur univers. Parfois, lorsqu'elle observait Anna, il lui semblait que le regard de sa mère basculait vers un ailleurs auquel personne n'aurait jamais accès.

Apt était déjà animée malgré l'heure matinale. Les ouvrières pressaient le pas en direction des fabriques dont les sirènes, toutes différentes, n'allaient pas tarder à retentir.

— La ville est de plus en plus prospère, commenta Armand. On exporte des fruits confits vers l'Angleterre, bien sûr, à cause des cakes, mais aussi vers l'Amérique ou même les Indes.

Rose-Aimée tapota la main de son père.

— Tu verras... bientôt, le nougat Jouve sera connu partout. Regarde... le nombre de tes clients augmente chaque année.

Son père esquissa un sourire. Loin de lui l'idée de se plaindre ! D'autant que les bourgeois de Marseille ou d'Aix venaient de plus en plus nombreux en villégiature sur le plateau, à la recherche d'un air pur et vivifiant. Ils tenaient tous à goûter le nougat Jouve et contribuaient à sa renommée. Anna et Armand avaient toujours pensé que le bouche-à-oreille était au moins aussi important que la réclame. Ils avaient fidélisé leur clientèle de Sault, de Carpentras ou d'Apt en livrant leurs produits dans les délais prévus et en ne fabriquant que du haut de gamme.

Armand tira sur les rênes.

— Ho ! Voilà, princesse, déposée devant la porte. Bonne semaine !

Il la serra contre lui avant de la laisser aller. Il la suivit du regard jusqu'à ce qu'elle ait franchi l'imposante porte cochère de son établissement scolaire. Il l'aimait, tout en ayant le sentiment qu'elle appartenait déjà à un autre monde. Le cœur lourd, il secoua les rênes. Il avait une longue tournée à effectuer.

Stupéfaite, Amélie s'immobilisa au beau milieu de l'allée du jardin public ouvert par le maire Marcelin Aymard dans l'ancien domaine du Clos.

— L'amour n'est pas compatible avec le mariage ? Peste ! Où es-tu allée chercher ce genre d'idée, Rose ?

Rose-Aimée rejeta la tête en arrière et émit un rire de gorge étudié, longuement répété dans le secret de sa chambre, à Rouvion.

— Dans les livres, pardi ! Regarde la pauvre Emma Bovary... elle vivrait encore si elle n'avait pas épousé cette chiffe molle de Charles !

Peu convaincue et, de plus, peu désireuse de révéler qu'elle n'avait pas osé enfreindre l'interdit frappant les ouvrages de Flaubert, Amélie se mordilla le bout du pouce.

— Et que fais-tu du péché mortel ? s'enquit-elle en baissant la voix.

Leurs camarades les avaient distancées, ce qui convenait fort bien aux deux amies.

Rose-Aimée haussa les épaules avec insouciance.

— Je veux vivre à ma guise, répliqua-t-elle.

Ce disant, elle répondit d'un sourire au salut discret d'un inconnu qui croisait leur chemin. Horriblement gênée, Amélie lui donna un coup de coude.

— Rose-Aimée ! Si les sœurs te voyaient !

— Elles sont trop occupées à nous chercher. N'aie donc pas peur.

L'inconnu était grand, vêtu avec une sobre élégance. Rose-Aimée lui donnait un peu plus de trente ans. Il revint sur ses pas, ôta son chapeau. Il portait un camélia à la boutonnière.

— Mademoiselle, où puis-je vous revoir ?

Pendant qu'Amélie, effrayée, entraînait Rose-Aimée au pas gymnastique, la fille d'Anna se retourna.

— Ici même, jeudi prochain, lança-t-elle pardessus son épaule.

La situation l'amusait. Enfin, quelque chose lui arrivait ! Elle ne savait pas si l'inconnu reviendrait la semaine suivante mais elle avait de quoi occuper ses rêves durant plusieurs jours.

Les religieuses les tancèrent sévèrement lorsqu'elles rejoignirent leurs camarades. Rose-Aimée échangea un coup d'œil complice avec son amie.

— Tu es folle, murmura Amélie.

Elle admirait l'aplomb de Rose-Aimée. Elle la pensait capable de relever n'importe quel défi. De son côté, Amélie était bien trop timide pour oser enfreindre les règlements.

Le soleil déclinait lentement. Rose-Aimée frissonna. Elle portait tant de rêves en elle, cela lui faisait peur, parfois. En même temps, elle savait qu'elle ne voulait à aucun prix rester à Rouvion. Elle désirait une autre vie.

Elle aperçut l'inconnu au chapeau gris juste avant de franchir la grille du jardin public. Il gardait le regard fixé sur elle mais Rose-Aimée ne releva pas la tête. Elle croisa les doigts afin d'empêcher ses mains de trembler. Cet homme-là lui faisait presque peur.

En sa compagnie, elle était prête à défier toute sa famille.

19

1911

En apparence, rien n'avait changé dans la boutique des Jouve. Des parfums d'amandes et de sucre provenaient toujours du laboratoire et, à l'approche de Noël, la vitrine présentait les dernières réalisations d'Armand.

Anna accueillait les clients avec le sourire. Les cheveux nattés, la robe noire égayée par un tablier blanc, elle s'activait, rapide, efficace, renseignant les clients venus de Carpentras, de Sault ou de Forcalquier.

La construction de la route des gorges de la Nesque avait entraîné un bouleversement dans la vie des villages du plateau. Le développement des voitures à moteur avait aussi permis à de nombreux Provençaux de venir profiter de l'air réputé de Sault, de Rouvion ou de Saint-Trinit. On y venait de loin, attiré par les produits du terroir, la proximité du mont Ventoux, des paysages sublimes.

Si quelques irréductibles grognaient contre ce qu'ils nommaient une « invasion », la plupart des habitants appréciaient cette animation et l'essor du commerce local. Dommage que ce succès ait attiré des personnages dans le genre de Maurice Génin, songea Anna, en refermant un peu trop fort le tiroir-caisse.

Elle s'était défiée de ce beau parleur, habillé avec trop de recherche, depuis le jour où il avait franchi le seuil de la boutique. Il allait construire un hôtel à Sault, lui avait-il expliqué, et il prenait contact avec les commerçants du cru. Ce jour-là, Anna n'aurait jamais imaginé qu'il connaissait déjà Rose-Aimée. Armand et elle étaient tombés de haut lorsqu'ils avaient reçu la lettre de la directrice. Du fait de son comportement scandaleux, leur fille était renvoyée de l'établissement scolaire aptésien et ne serait pas présentée aux épreuves du brevet supérieur. Armand était parti chercher Rose-Aimée sans vouloir écouter les conseils d'Anna. Les religieuses allaient devoir s'expliquer, il ne pouvait s'agir que d'une erreur. Anna, le cœur en déroute, l'avait vu filer beaucoup trop vite.

Quand le père et la fille étaient revenus, Armand avait la mine accablée de celui qui vient de recevoir un coup sur la tête. Rose-Aimée, désinvolte, avait sauté du cabriolet et, sa mallette à la main, était partie chez son amie Céline. Armand, le visage à l'envers, s'était enfermé dans son laboratoire sans vouloir répondre aux questions de sa femme. Georges rôdait dans la boutique, aux aguets. A seize ans, il était fort pour son âge, et passionné par les chevaux. Il s'était fait embaucher par Anselme, le plus vieux roulier du plateau, réputé pour son savoir-faire. Son père avait beau lui répéter que l'automobile allait tuer le métier, Georges s'était obstiné. Anna se disait parfois qu'ils avaient dû commettre beaucoup d'erreurs dans l'éducation de leurs enfants.

« Les temps changent... » se bornait à commenter Brune lorsque sa filleule lui faisait ce genre de réflexion.

C'était vrai. Le XXe siècle avait marqué de grands bouleversements dans la vie quotidienne. Georges revendiquait sa liberté, une idée nouvelle. Il fréquentait des Carpentrassiens plus âgés que lui et ses idées inquiétaient son père.

« De la graine de révolutionnaire », marmonnait-il. Anna se bornait à jouer les éléments modérateurs. Même si les comportements de leurs enfants l'exaspéraient tout en l'inquiétant.

Ils avaient tout tenté pour Rose-Aimée, en vain. D'un commun accord, et pratiquement placés devant le fait accompli puisque, suivant le pli qu'elle avait pris à Apt, leur fille fuguait dès qu'ils la consignaient dans sa chambre, ils l'avaient autorisée à habiter chez son amie Céline dont la mère occupait une petite maison donnant sur le Cours. En échange d'une pension payée par ses parents, Rose-Aimée apprenait la couture.

De temps à autre, Anna apercevait Rose-Aimée dans une voiture noire conduite par Génin. Elle devait le reconnaître, il était bel homme, et avait fière allure. Il était beaucoup trop âgé pour Rose-Aimée, cependant, et donnait l'impression de tout connaître de la vie. A près de quarante ans, Maurice Génin était un homme sans âge, au visage déjà marqué par les excès. On chuchotait que son projet était pharaonique, qu'il désirait faire de Sault une ville thermale ou, à tout le moins, l'équivalent de la Ville d'Hiver, à Arcachon.

Anna savait qu'il n'apporterait rien de bon à sa fille. Ce genre de personnage repartait comme il était venu, ne laissant derrière lui que cendres et désespoir. Impossible, cependant, de faire entendre raison à Rose-Aimée. Pour elle, Maurice Génin était l'homme qu'elle aimait.

Chaque fois qu'elle se rendait au mas, Anna devait subir les doléances de Brune. Pourquoi n'avait-elle pas mieux élevé sa fille ? L'instant d'après, sa tante ajoutait : « Il est vrai que Rose-Aimée n'a jamais voulu en faire qu'à sa tête ! Une vraie sauvageonne... ! »

Brune vieillissait, se courbait de plus en plus, tout en refusant de laisser la moindre de ses prérogatives à Alice ou à Damien. C'était elle qui avait la charge du mas, elle entendait s'acquitter de sa mission. Aimé ne lui avait-il pas confié la maison ?

Avec des gestes précis, Anna garnit une boîte de macarons. Ils commandaient pour la boutique des boîtes aux finitions impeccables chez les cartonniers Revoul, de Valréas. Elles portaient sur le dessus le nom de la pâtisserie, ainsi que la silhouette d'un amandier dessinée par Rose-Aimée plusieurs années auparavant. Ces boîtes étaient expédiées vers l'Allemagne, l'Angleterre, ou encore l'Espagne.

La réussite avait un goût amer pour Anna. Rose-Aimée aurait-elle été différente s'ils avaient vécu au mas ? Anna n'en était pas certaine, même si la culpabilité la rongeait. L'inconduite de leur fille mettait en péril le couple qu'elle formait avec Armand. Son époux, autrefois si gai, était devenu renfermé, taciturne. Il ne supportait pas ce qu'il appelait leur déshonneur.

« Que veux-tu faire ? lui demandait régulièrement Anna. L'attacher, la séquestrer ? et puis après ? Elle se rompra le cou en sautant par la fenêtre... »

Elle avait beau lui citer d'autres exemples de filles un peu trop délurées, il ne voulait rien entendre. Il avait placé tant d'espoirs en Rose-Aimée, la voyant déjà institutrice, qu'il ne supportait pas de la voir gaspiller ses chances.

Quant à Georges... impossible de l'intéresser au métier ! Il ne rêvait que de conduire les chevaux. Roulier... c'était là son ambition. Fan de lune ! gémissait intérieurement Armand. Son fils ne comprenait donc pas qu'il avait son avenir tout tracé à la boutique Jouve ?

Profondément déçu, le nougatier avait fini par embaucher un apprenti. Vincent venait des basses Alpes, et il rêvait depuis l'enfance de travailler en confiserie. Même s'il lui menait la vie dure, lui réservant les tâches les plus ingrates afin de tester sa motivation, Armand s'était tout de suite bien entendu avec le jeune Vincent. Il ne rechignait pas à nettoyer les bassines en cuivre avec une pâte composée de sable, de sel et de vinaigre, et ne se plaignait pas. Vincent serait un bon artisan, cela plaisait à Armand.

Il se pencha pour vérifier la température de son sirop de sucre. Le mois de décembre était particulièrement chargé. Les commandes affluaient et Armand devait faire appel aux services d'un voiturier pour livrer tout le nougat demandé. A la boutique, Anna effectuait elle aussi une double journée, rédigeant les factures et les commandes de matières premières après la fermeture. Elle avait insisté pour changer l'en-tête de leur papier.

Ils avaient choisi ensemble une branche d'amandier en fleur pour le côté gauche, et une corne d'abondance pour le côté droit, leur nom étant gravé dans un cartouche au centre.

On leur en avait fait compliment. Cela laissait Armand indifférent. Il avait le sentiment déprimant de ne plus avoir goût à rien, et il songeait à sa mère qui s'était laissée mourir du jour où elle n'était plus parvenue à lire. Il n'en était pas là, Dieu merci ! Il avait Anna auprès de lui.

Il jeta un coup d'œil à la fenêtre. Le givre avait dessiné des arabesques originales sur le carreau. L'hiver était en marche. Parfois, Armand avait froid jusque dans ses os.

Emmitouflée dans son châle, Anna courut jusqu'à l'épicerie de Léontine.

Un vent glacial soufflait sur le plateau et la plupart des habitants s'étaient déjà claquemurés chez eux. Elle pensa à ses amandiers, tenta de se rassurer en se disant qu'il était trop tôt, qu'ils ne pouvaient pas déjà fleurir.

Elle acheta du jambon et du fromage chez Léontine, sans s'attarder.

Lorsqu'elle sortit de l'épicerie, elle ne put s'empêcher de jeter un coup d'œil à la maison de la couturière, blottie contre l'échoppe du cordonnier. Elle était déjà allée voir Rose-Aimée et avait essayé de la convaincre de revenir chez eux, en vain. Leur fille avait secoué la tête.

« Maman... admets que votre vie ne me convient pas. J'aime sortir, m'amuser... Vous ne savez que travailler, papa et toi. »

Anna n'avait rien dit à Armand. Elle gardait pour elle le sentiment douloureux d'avoir perdu sa fille. Le fossé les séparant de Rose-Aimée était devenu infranchissable. Le désespoir de son époux lui faisait mal. Elle devait être forte pour deux, ne pas lui confier qu'elle aussi souffrait. A quel moment Rose-Aimée s'était-elle éloignée ? Dès la naissance de Georges ? Ou bien au moment où elle avait pris l'habitude d'aller jouer chez Céline ?

Longtemps encore, Anna s'efforcerait de comprendre.

20

1912

— Monsieur Olivier ! Nous n'avons pas encore reçu les chinois !

Le fils aîné de Martin et de Mathilde se retourna vers Marianne, la jeune ouvrière qui venait de le héler. Oserait-il dire un jour qu'il se moquait éperdument des Chinois, que ceux-ci soient jaunes ou verts ? Il préférait de loin aller chasser. Après avoir obtenu son bachot, il avait travaillé à la fabrique, parce qu'il avait bien compris que ses parents espéraient qu'il le ferait. Clovis vivait reclus dans la demeure familiale. Les poussières, les fleurs, les parfums lui provoquaient de spectaculaires crises d'asthme. Blême, il étouffait, cherchant l'air, tandis que leur mère s'empressait de fermer portes et fenêtres. Leur père protestait. Il était persuadé que le fait de claquemurer Clovis aggravait son état. Le médecin avait fini par prescrire une cure à Nice. Clovis et sa mère s'étaient installés pour trois mois dans une villa de Cimiez. A leur retour, son frère cadet avait repris des forces.

— Monsieur Olivier… insista Marianne.

Il secoua la tête. Maudits Chinois !

— Je vais envoyer une lettre, promit-il.

Une secrétaire avait remplacé Mathilde. Mademoiselle Lormond, âgée de vingt-cinq ans, avait suivi des cours à Avignon et maîtrisait la sténographie. Plus jeune, elle était plus rapide et plus efficace que

Mathilde. Elle amusait Olivier avec son air sérieux, démenti par l'éclat de ses yeux gris-vert. La vieille Henriette, qui n'avait pas sa pareille pour jouer les marieuses, suivait souvent les jeunes gens du regard en affirmant qu'ils feraient un beau couple. Sa mère serait affolée si elle entendait cette remarque, pensa Olivier, tout en dictant une lettre bien sentie à la secrétaire. Elle lui sourit.

— Monsieur Martin la signera ou bien ce sera vous ?

Olivier réprima un soupir. Cette notion de hiérarchie dans l'entreprise lui était totalement étrangère. Il n'avait qu'une hâte, entendre la sirène annoncer la fin de la journée.

— Glissez-la dans le parapheur pour mon père, suggéra-t-il. Il devrait passer à son retour de Marseille.

Olivier jeta un coup d'œil impatient à la grosse pendule qui rythmait le cours des journées à la fabrique. Il avait tant de choses à dire à son père… et n'en trouvait jamais l'occasion. Pourtant, Martin était accessible, certainement plus que Mathilde, toujours tourmentée au sujet de Clovis. Ce qui n'empêchait pas Olivier de demeurer sur la réserve. A vingt ans passés, il n'avait pas encore osé dire à son père qu'il n'éprouvait pas la moindre envie de prendre sa suite. Dieu merci, Martin était encore jeune et se dépensait sans compter pour la fabrique. Il avait soutenu le désir de deux de ses meilleurs confiseurs de participer à la foire-exposition de Marseille. Brévent et Espignet avaient vu leur cerisier et leur olivier, réalisés entièrement en fruits confits, primés. On en avait parlé, pas seulement dans *Le Mercure aptésien* mais aussi dans les quotidiens nationaux et leurs clients avaient éprouvé une réaction légitime de fierté.

Son grand-père, désormais obligé de garder la chambre, avait eu un éclair de lucidité quand Martin lui avait lu le compte rendu du journaliste.

Le vieil homme avait longtemps inspiré de la crainte à Olivier. Il redoutait la pénombre de la pièce, l'odeur de maladie, qui flottait, malgré les soins de mademoiselle Thècle, l'infirmière, et la vision de son grand-père recroquevillé sous l'édredon lui faisait mal. Il avait peu à peu apprivoisé sa peur, cependant. En revanche, il ne ressentait aucune affinité à l'égard de sa grand-mère Lucille. Vivant dans l'obsession du péché, la vieille femme avait fini par se retirer dans une communauté religieuse au grand soulagement de ses proches, lassés de ses anathèmes.

Nous formons une famille étrange, pensa Olivier, en contemplant le tableau qui représentait l'arbre généalogique des Bonnafé. Son regard se fixait à chaque fois sur le nom de son oncle Guy, suivi de ces deux dates : « 1867 - 1891 ».

Ce destin trop brièvement interrompu l'intriguait. Il aurait voulu l'évoquer avec son père mais Martin éludait chacune de ses tentatives. La dernière fois, il lui avait répondu, froidement : « Mieux vaut laisser les morts enterrer les morts » et Olivier, déçu, blessé, avait compris qu'il n'avait pas l'intention ni l'envie de lui en parler.

Il haussa légèrement les épaules. Après tout... que lui importait ? Guy Bonnafé appartenait au passé.

Olivier s'obligea à faire le tour des ateliers, afin de paraître s'intéresser à la fabrique. Même s'il trouvait son attitude cynique et hypocrite, il ne voulait pas décevoir son père. Martin était pour lui un modèle de probité et de droiture. Il admira une nouvelle fois la dextérité des ouvrières qui montaient des boîtes rondes, rectangulaires ou ovales. Elles assemblaient une carcasse qu'elles habillaient ensuite de papier plissé. La boîte, décorée d'un chromo sur le couvercle, puis remplie de fruits confits, ferait connaître l'entreprise Bonnafé mieux que n'importe quel discours.

Un jeune coursier essoufflé le rejoignit alors qu'il regagnait son bureau.

— Monsieur Olivier, madame Mathilde vous appelle de toute urgence.

Il prit le temps de prévenir mademoiselle Lormond avant de courir chez lui. Le concierge toucha de deux doigts le bord de sa casquette, Olivier avait déjà disparu au coin de la rue. Il arriva haletant à l'hôtel particulier familial, manqua bousculer Jeannie, la petite bonne qui lui ouvrait la porte. Sa mère, qui lisait paisiblement, releva la tête en l'entendant.

— Doucement, Olivier, lui recommanda-t-elle. Ce n'est pas la peine de te rendre malade à ton tour. Ta grand-tante Athémise a atteint un âge avancé. De plus, elle a toujours vécu selon son bon plaisir. Dans ces conditions, il ne faut pas s'étonner qu'elle ait été victime d'une nouvelle attaque. Elle...

— J'y vais, coupa Olivier.

Affection et complicité le liaient à Arthémise. Elle lui avait appris à tirer, l'avait emmené chasser dès ses dix ans.

Mathilde soupira.

— J'espère que tu n'arriveras pas trop tard à Saignon. Le docteur Calmet m'a fait prévenir. J'aurais aimé que ton père soit là.

— J'y vais, répéta Olivier.

Il aurait désiré que sa mère manifeste un peu plus de chaleur mais il savait qu'Arthémise et elle ne s'entendaient guère. Mathilde réservait toute sa compassion à son fils cadet.

Il sella lui-même Lancelot, son cheval bai. Ses mains tremblaient légèrement. Il se retourna au moment de franchir la porte cochère. La silhouette de Clovis se découpait en ombre chinoise à la fenêtre de sa chambre.

A cet instant, Olivier se sentit encore plus solitaire que d'habitude.

Il n'avait jamais pénétré dans la chambre d'Arthémise et fut surpris de découvrir un univers très féminin. Pas de massacres dans la grande pièce ouvrant sur le parc mais une perse bleue et blanche sur les murs, des meubles Louis XVI et une série de gravures dans l'esprit de Fragonard. Accotée à ses oreillers, Arthémise respirait avec difficulté.

— Je suis contente de te voir, mon garçon, articula-t-elle avec peine.

Elle esquissa un demi-sourire un peu tremblé.

— Il est temps pour moi d'aller fumer les plantes de mauve par la racine, tenta-t-elle d'ironiser avant de se mettre à tousser violemment.

Elle se mordit les lèvres.

— Ecoute-moi, Olivier. J'aimerais tenir jusqu'au retour de ton père. En tout cas, je ne veux pas de grand tralala pour mon enterrement. Seulement les gens qui m'ont appréciée ainsi que mes chiens, et tant pis si le curé et le fossoyeur ne sont pas d'accord !

Olivier sourit à son tour. Il reconnaissait bien là le caractère de sa grand-tante. Il se pencha vers elle.

— Rassurez-vous, tante Arthémise. Vos volontés seront respectées.

Elle laissa retomber sa tête sur les oreillers. Son visage au teint d'ordinaire fleuri était livide. Elle saisit la main d'Olivier.

— Je te lègue le domaine. Clovis n'en aurait pas l'utilité, il ne quittera pas Apt ni, surtout, sa mère. Toi, en revanche, tu es un vrai Bonnafé. Promets-moi de garder mes chiens.

L'obscurité gagnait la chambre. Oppressé, Olivier promit. Il avait hâte que son père arrive.

Arthémise cherchait son souffle. La garde envoyée par le docteur Calmet se rapprocha du lit.

— Il faudrait que Madame se repose, glissa-t-elle.

Arthémise repoussa son intervention d'un geste exaspéré.

— J'ai toute l'éternité devant moi pour me reposer ! protesta-t-elle. Approche... reprit-elle à l'intention d'Olivier. Tu diras à ton père qu'il est grand temps de lever les secrets. N'oublie pas... Martin comprendra.

Elle lut l'incompréhension sur le visage d'Olivier, leva la main pour lui caresser la joue. La douleur dans sa poitrine, plus forte que les précédentes, la suffoqua. Elle ne put retenir un gémissement sourd.

La garde, bousculant Olivier, lui prit le pouls.

— Le secret, répéta Arthémise avant de retomber en arrière.

La garde se pencha, lui ferma les yeux.

— C'est fini, annonça-t-elle à Olivier d'une voix neutre.

Avertis par leur instinct, les chiens dans le chenil se mirent à hurler.

Olivier frissonna. Il savait que la mort d'Arthémise marquait, de façon inexorable, la fin d'une époque.

21

1912

De la fenêtre de sa chambre, Arthémise apercevait le chenil mais aussi les chênes verts et les pins parasols du parc.

Dès qu'il était arrivé à Saignon, Martin avait demandé à Olivier de l'aider à tourner le lit afin que leur tante puisse profiter une dernière fois de la vue, et ce même si elle avait les yeux fermés. Elle avait tant aimé cette maison, ce paysage, qu'elle ne devait pas les avoir quittés tout de suite, avait murmuré Martin, les yeux pleins de larmes. Olivier l'avait approuvé. Il voyait son père si abattu qu'il ne se sentait pas le goût de le contredire. D'ailleurs... il avait peut-être raison !

La garde avait procédé à la toilette d'Arthémise avec l'aide de Donatienne, sa vieille servante. Celle-ci, au grand dam de la garde, avait insisté pour lui passer ses habits de chasse, longue jupe d'amazone en velours feuille-morte, veste fourrée et chemise blanche à col cassé. Martin, appelé à la rescousse par la garde scandalisée, avait approuvé le choix de Donatienne. Oui, c'était tout à fait ce qui convenait. Pas de bijoux, Arthémise n'en portait jamais, seulement un petit chapelet d'ambre. Victorine, la cuisinière, s'était chargée de fermer les volets, de couvrir les miroirs et les portraits d'un drap blanc et d'arrêter les pendules. Elle avait aussi tendu de blanc la lourde porte d'entrée, parce qu'Arthémise, vieille fille, ne s'était jamais mariée. Olivier avait esquissé un sourire. Il imaginait fort bien la réaction furibonde de sa grand-tante. « Du blanc ! Tout cela parce que je n'ai pas voulu d'homme dans ma maison ! »

Hubert, le cocher, avait été envoyé à Saignon prévenir la vieille Lison. C'était une personne nécessiteuse qui avait pour fonction de *faire leis assaché*, « faire savoir » la mort aux voisins et aux habitants du pays. Elle gagnait quelques pièces en échange et s'acquittait de sa tâche avec une conscience proportionnelle à l'argent qu'elle espérait en tirer. Les employés des pompes funèbres n'avaient pas tardé. Martin leur avait laissé le champ libre, entraînant son fils sous le prétexte d'aller vérifier que l'on avait bien placé la table recouverte d'un tapis noir, le porte-plume, l'encre et le livre de condoléances devant la demeure.

C'était la coutume, en effet, lorsqu'on refusait les visites à domicile. Chacun écrivait quelques mots célébrant la bonté d'âme ou le caractère exceptionnel du défunt. Victorine avait aussi posé sur la table de chevet une veilleuse à huile devant le crucifix. Personne ne devait la souffler, elle s'éteindrait faute d'huile, le plus naturellement du monde.

Le père et le fils firent crisser les feuilles mortes sous leurs pas. Une odeur d'humus et de champignons montait du sous-bois. Olivier éprouvait un étrange sentiment d'irréalité. Il toussota.

— Père... tante Arthémise a parlé d'un secret que tu devrais me confier.

Il y eut un silence. Durant quelques instants, Olivier eut la fort désagréable impression que son père allait le planter là. Au lieu de quoi, Martin toussota, se racla la gorge.

— Un secret ? répéta-t-il. Tu dois avoir mal compris, Olivier. Ta pauvre tante était diminuée, après sa première attaque. Elle n'avait plus toute sa tête, j'en ai peur.

A cet instant, Olivier éprouva la certitude que son père lui mentait. Malgré la dégradation de son état de santé, Arthémise avait gardé toute sa raison.

Il lut dans le regard de son père qu'il valait mieux ne pas insister. Si secret il y avait, Martin n'était pas décidé à le lui confier. D'ailleurs, il fallait répondre au menuisier qui parlait bois de noyer ciré, billes de chêne, bois de cyprès ou bois de pin d'Alep. Martin commanda un cercueil de chêne en ajoutant à l'intention de son fils :

— Notre chère Arthémise a si souvent chassé sous le couvert des chênes ou bien traqué la truffe. C'est une sorte d'hommage...

Olivier comprenait. Lui aussi avait le sentiment d'une perte irréparable.

Le surlendemain, le village tout entier s'était déplacé pour assister aux obsèques d'Arthémise Bonnafé. De nombreux Aptésiens étaient venus eux aussi, notamment des fabricants de fruits confits, en hommage au nom qu'Arthémise portait. Clovis, pâle et triste, avait accompagné sa mère. Tous deux se tenaient un peu à l'écart, certainement parce qu'ils n'avaient jamais été très proches de la vieille dame. On chuchota sur le passage du corbillard, décoré de noir et sur le cheval caparaçonné comme s'il portait le deuil lui aussi.

L'entrée de l'église était ornée de tentures noires.

« Un enterrement de riche », murmuraient les bonnes âmes. Arthémise « avait du bien », ce n'était un secret pour personne mais Olivier pensait qu'elle n'aurait pas souhaité autant de pompe. C'était sa mère qui avait insisté.

« Il faut tenir notre rang », avait-elle répété. De guerre lasse, son père avait cédé. En revanche, Martin comme Olivier avaient tenu bon pour la présence des chiens au cimetière. Que le curé soit d'accord ou non, la volonté d'Arthémise serait respectée.

La messe fut sobre, empreinte d'émotion. La propriétaire du pavillon qui ouvrait sa porte aux pauvres était estimée dans le pays. Incommodé par le parfum d'encens, Clovis dut sortir de l'église romane. Olivier le rejoignit dehors afin de le soutenir. Le corps trop mince de son frère cadet était agité de spasmes et de quintes de toux.

— Respire lentement, lui recommanda Olivier.

Il aurait souhaité lui communiquer de sa force. Clovis était fragile, hypersensible, et beaucoup trop dépendant de leur mère. Olivier insista pour lui faire faire quelques pas. Le cheval attelé au corbillard faisait peser sur les deux frères un œil morne. Une brume légère s'accrochait aux branches des arbres.

Arthémise aurait aimé aller chasser par ce temps, songea Olivier. Il ne pouvait s'empêcher de s'interroger au sujet de ses dernières paroles. Etant enfant, il avait souvent eu l'impression qu'on lui dissimulait quelque chose. C'était indéfinissable. Une retenue dans certains gestes de sa mère, quelques mots échappés à la vieille Eulalie, qui s'était éteinte trois ans auparavant…

— Olivier…

La voix de Clovis le fit sursauter.

— Ça t'arrive aussi de penser à la mort ? questionna son frère. Je me sens parfois si vieux, malgré mes dix-sept ans…

Olivier lui donna une bourrade affectueuse.

— Idiot, sombre crétin ! Tu vas me faire le plaisir de sortir un peu. Tiens…

Il fallait l'inciter à se libérer de la tutelle de leur mère. Pourquoi ne se rendraient-ils pas à la Grand'Bastide puisque l'on vantait de plus en plus les vertus de l'air du plateau ?

— Rentrons, décida-t-il.

Il avait hâte que la cérémonie soit terminée.

Chacun – même Mathilde – fit semblant d'ignorer la présence des chiens dans le cimetière ensoleillé qui offrait une vue superbe sur la plaine. Le garde-chasse d'Arthémise les tenait solidement en laisse à l'écart du caveau de famille des Bonnafé. Martin, le cœur lourd, tout en écoutant la dernière bénédiction du prêtre, observait discrètement son épouse. Dans sa toilette de grand deuil, le visage en partie dissimulé sous la voilette, elle évoquait pour lui le personnage du tableau d'Emile Friant intitulé *La Toussaint*. Elle était parfaite, comme d'habitude.

Pourquoi, cependant, ne pouvait-il s'empêcher de se demander ce qu'il serait advenu de sa vie s'il n'avait pas abandonné Anna ?

22

1912

Elle avait toujours eu le mois de novembre en horreur, songea Rose-Aimée en remontant le col de son manteau. Un brouillard tenace pesait sur Carpentras, lui serrant le cœur. Elle avait froid, de plus en plus froid, depuis un certain soir de septembre.

Elle aurait dû deviner que Maurice irait chercher fortune ailleurs. Ne le lui avait-il pas fait remarquer le jour de leur deuxième rencontre ?

« Je suis un homme de passage, lui avait-il dit. Je refuse de m'attacher. »

Bien entendu, elle avait pensé qu'avec elle, ce serait différent.

Brune le lui avait rappelé un soir où elle était venue se réfugier au mas et lui avait fait quelques confidences.

« Nous espérons toujours changer les hommes, avait-elle murmuré. En refusant d'admettre que ce sont d'abord leur force et leur différence qui nous ont plu. Mais dis-toi bien, petite, qu'ils ne changent jamais. »

Sa grand-tante avait terminé en lançant un « C'est la vie ! » désinvolte qui ne correspondait pas à son caractère.

Les années avaient opéré leur travail d'érosion. Brune était moins rugueuse, un peu radoucie. Ce qui ne l'empêchait pas de donner son avis, souvent de façon péremptoire, sur la famille.

Rose-Aimée hâta le pas tandis que huit heures sonnaient au clocher de Saint-Siffrein.

Il n'était pas question pour elle d'arriver en retard chez madame Adrienne, qui tenait, passage Boyer, un magasin de frivolités. Là, dans l'arrière-boutique, Rose-Aimée tirait l'aiguille, démontait des tailleurs, rajustait des doublures, cousait des passepoils au bord des chapeaux... Un travail peu payé, qu'elle avait été heureuse d'obtenir grâce aux relations de la mère de Céline.

Combien de semaines pourrait-elle encore tenir ? se demandait-elle avec angoisse chaque fois qu'elle observait son reflet dans le grand miroir destiné aux essayages.

Elle n'oublierait jamais le jour où elle avait fait part de ses doutes à Génin. Il l'avait enveloppée d'un regard suspicieux avant de laisser tomber : « Ma petite, tu n'es pas la première et tu ne seras certainement pas la dernière à essayer de me piéger ! Tu es enceinte… la belle affaire ! qui me prouve que je sois réellement le père ? »

Elle l'avait giflé. Elle le revoyait sortant un grand mouchoir en batiste blanche de sa poche et s'essuyant, lentement, le visage, là où une goutte de sang avait perlé, au coin de la lèvre.

« J'ai toujours été franc avec toi, Rosie, avait-il ajouté, usant de ce diminutif qu'elle détestait. Toi et moi, c'était juste un bout de chemin ensemble. Je ne crois pas au grand amour, je n'y ai jamais cru. Il me semble d'ailleurs que tu étais d'accord. »

Elle aurait dit n'importe quoi, au début de leur relation, pour le convaincre que son jeune âge ne constituait pas une entrave. Elle aurait voulu insulter Maurice, lui rappeler qu'elle lui avait sacrifié ses études, ses parents, mais elle pressentait que cela ne servirait à rien. D'ailleurs, elle ne voulait à aucun prix de sa pitié ni même de sa compassion. Elle s'était redressée.

« Faisons comme si je n'avais rien dit. »

Il avait posé de l'argent sur le guéridon. Elle aurait préféré le refuser mais comment, dans ces conditions, aurait-elle pu trouver la personne dont elle avait besoin ?

Elle l'imaginait prononçant les mots qui lui faisaient si peur, et elle priait silencieusement, elle qui affirmait ne croire en rien, pour qu'il ne le fît pas.

Il s'était contenté de faire peser sur elle un regard indéfinissable. Avait-il éprouvé à cet instant regrets ou remords ? L'avait-il seulement aimée ? La jeune femme avait réprimé une irrésistible envie de hurler.

Maurice avait détourné la tête.

« Je quitte la France », avait-il ajouté.

Elle ne lui avait pas demandé où il comptait se rendre. Il avait parlé à plusieurs reprises des colonies et des possibilités qu'elles offraient encore. Elle avait compris qu'il avait vu trop grand. Il perdait régulièrement des sommes conséquentes au casino d'Aix, avec panache, ou bien lui offrait un bijou, une étole de fourrure, lorsqu'il gagnait. Cette vie menée à grandes brides avait séduit Rose-Aimée jusqu'à ce qu'elle prenne conscience de son état. Fille-mère... la situation était humiliante. Elle se rappelait, étant enfant, avoir accablé de quolibets un gamin du village, né hors mariage. A l'école, on l'appelait « le bâtard », et ses larmes excitaient la cruauté des écoliers. Rose-Aimée refusait ce destin pour son enfant.

On lui avait donné une adresse sous le manteau. « Quoi qu'il arrive, tu tiens ta langue », lui avait-on recommandé. La peur au ventre, elle s'était rendue un soir, en sortant du travail, dans une rue étroite proche de l'ancien ghetto des « Juifs du pape ».

Elle n'oublierait jamais l'odeur d'oignons qui flottait dans le couloir de la maison, ni la corpulence de la matrone qui lui avait ouvert la porte. Elle officiait sur la table de la cuisine, et réclamait tout de suite l'argent. Une fois allongée, les jambes écartées dans une position humiliante, Rose-Aimée n'avait pu supporter la mauvaise haleine de la femme penchée au-dessus d'elle. Elle avait rabattu son jupon, et s'était enfuie, sans même avoir la présence d'esprit de reprendre l'argent. Elle ne désirait qu'une chose, s'éloigner de la matrone, dont le gros rire la poursuivrait longtemps.

« Je n'ai pas pu », avait-elle avoué le soir, à Céline, et son amie l'avait serrée contre elle.

« Ne t'inquiète pas, Rose. Nous nous débrouillerons. »

Rose-Aimée, perdue dans ses pensées, se piqua le bout de l'index. Elle suça aussitôt son doigt afin de ne pas maculer de sang la soie couleur ivoire qu'elle travaillait. Plusieurs essayages étaient prévus ce jour-là, elle devait avoir terminé cette garniture avant midi.

— Rose ! Tu rêves ! la rappela à l'ordre madame Adrienne. Ce n'est vraiment pas le jour !

Céline soupira.

— Quel chameau ! chuchota-t-elle dans le dos de madame Adrienne.

La fille d'Anna se mordit les lèvres. Sans Céline, elle serait partie pour Paris, en sachant que la capitale était pleine de filles comme elle, jolies et sans le sou. Mais le cas de Rose-Aimée était différent. L'enfant de Maurice poussait dans son ventre, et elle ne pourrait bientôt plus le cacher.

Elle arrêta son point d'ourlet, coupa son fil. Elle travaillait à une robe de mariée, une merveille de soie et de dentelle de Calais. Elle n'avait pu s'empêcher d'éprouver une bouffée de jalousie quand la future mariée était venue l'essayer. Elle rayonnait et ne parlait que de Xavier, son fiancé, tout en faisant admirer sa bague, un solitaire. Rose-Aimée, en l'écoutant, avait pensé qu'elle aurait pu, elle aussi, mener ce genre de vie. Elle avait abandonné ses études, était partie de chez ses parents pour Maurice alors que lui ne lui avait jamais accordé le moindre sacrifice.

C'est moi qui l'ai voulu, pensa-t-elle, lucide.

L'après-midi lui parut un peu moins long grâce aux essayages. Les clientes papotaient, l'ambiance était chaleureuse. Elle se surprit à se demander si ses parents s'inquiétaient toujours à son sujet. Elle aurait aimé revoir le mas plus encore que la pâtisserie, se blottir dans les bras de son père et lui confier son fardeau. Cependant, elle connaissait assez Armand pour imaginer qu'il ne l'écouterait pas. Ne lui avait-il pas crié, au matin de son départ :

« Si tu franchis cette porte, c'est inutile de revenir. Jamais » ?

Ils étaient beaucoup trop fiers l'un et l'autre pour renoncer à leur ultimatum. Si quelqu'un pouvait débloquer la situation, ce ne pourrait être qu'Anna. Mais sa mère le désirait-elle ?

— Je partirai dès la naissance du bébé, annonça Rose-Aimée à Céline le soir, alors qu'elles tentaient d'allumer le poêle dans leur chambre.

Partir ? pour où ? s'étonna son amie.

Rose-Aimée avait déjà tout prévu. Elle placerait son enfant en nourrice et chercherait une place de secrétaire dans la capitale ou, pourquoi pas, à l'étranger. Ce serait pour elle le moyen de recommencer une nouvelle vie.

Sans souvenirs.

23

1913

Malgré la beauté de l'ensemble, façade décorée au rez-de-chaussée de frontons évoquant les quatre saisons et toit en terrasse surmonté de six pots à feu imposants, les bâtiments de l'hôtel-Dieu de Carpentras accusaient leur âge vénérable. L'escalier d'honneur, formé d'une montée unique jusqu'au premier palier, était impressionnant. Rose-Aimée avait compté les marches. Soixante-quinze en tout, en pierre de Caromb, d'une seule pièce. Une statue de la Vierge aux yeux baissés conférait une grande douceur au premier palier éclairé par trois vitraux.

On racontait que le sculpteur, Jean Bernard de Bollène, aurait pris pour modèle Marie Sylvestre, une jeune fille de Venasque, qu'il avait ensuite enlevée et épousée. Une histoire romanesque dont Rose-Aimée affectait de sourire. Pour sa part, elle ne croyait plus à l'amour !

Rose-Aimée prit une longue inspiration, comme la sage-femme venait de le lui recommander mais la douleur, une lame traversant le bas de son corps, la rejeta en arrière, trempée de sueur.

La colère bouillonnait en elle. Plus jamais ! pensa-t-elle avec force. Désormais, elle s'arrangerait pour ne pas retomber enceinte. Elle n'avait qu'une hâte, expulser le bébé et partir, loin, pour tenter d'oublier.

Pourquoi fallait-il qu'elle se souvienne de tout ? Des mains de Génin sur son corps, de leurs escapades à Aix, et à Marseille, de leurs étreintes dans une calanque ? Elle l'avait aimé, follement. Et elle se retrouvait seule pour accoucher à l'hôpital, comme une pauvresse.

Une religieuse portant l'habit des augustines se pencha au-dessus d'elle.

— Respirez à fond, mon petit, lui conseilla-t-elle.

Rose-Aimée hocha la tête. Ses cheveux collaient à son front. Elle avait la bouche sèche, d'horribles nausées, et l'impression qu'elle allait mourir, là, sans avoir revu les siens.

Céline l'avait suppliée de retourner chez ses parents. Rose-Aimée avait toujours refusé. Elle connaissait trop bien son père pour ne pas supporter la perspective de lire dans ses yeux à quel point elle l'avait déçu.

Le jour où elle avait suivi Génin, refusant de prêter attention aux mises en garde de sa mère, elle s'était coupée de sa famille, définitivement.

— Encore un effort, nous y sommes presque, reprit la religieuse.

Fille ou garçon, peu lui importait. Elle désirait seulement ne plus souffrir et retrouver sa taille fine. Les dernières semaines avaient été éprouvantes. Rose-Aimée avait pris du poids à compter du septième mois, si bien que madame Adrienne l'avait renvoyée séance tenante.

« Vous ne voudriez tout de même pas que j'encourage le vice dans ma maison ? » lui avait-elle lancé.

En d'autres circonstances, la jeune fille aurait apprécié l'ironie de la situation. Madame Adrienne, en effet, avait un bailleur de fonds qui lui avait permis d'ouvrir son atelier et qui venait lui rendre visite une ou deux nuits par semaine. Mais, comme cela ne se voyait pas, le ventre de madame Adrienne demeurant obstinément plat, l'affaire ne causait pas de scandale. Toute la société reposait-elle sur ces situations hypocrites ? Lorsqu'elle se remémorait l'ambiance chaleureuse régnant dans sa famille, Rose-Aimée avait mal. Mais, corrigeait-elle aussitôt, il était trop tard pour éprouver des regrets ou des remords.

Elle ferma les yeux. Elle n'avait plus de forces. Sa colère elle-même était retombée. Depuis combien d'heures souffrait-elle ainsi ? Elle en avait perdu le compte.

Des bribes de phrases lui parvenaient, de façon lointaine.

« Elle s'en va... » « Il faudrait utiliser les fers. »

Elle était si épuisée qu'elle ne ressentait même pas la peur. Seulement une immense lassitude et cette douleur, qui arquait son corps à intervalles réguliers.

On la souleva, lui massa le dos et le ventre, malgré ses gémissements. Elle se sentit écartelée. La douleur reprenait le dessus, atroce, insupportable.

Elle hurla.

— Nous y sommes presque ! l'encouragea la religieuse.

Elle avait cessé depuis longtemps de compter les délivrances auxquelles elle avait procédé. C'était souvent la même histoire. Une fille jeune, séduite et abandonnée... Du mélodrame pour faire pleurer Margot, qui recouvrait une réalité sociale douloureuse.

A l'hospice de Carpentras, on accueillait les femmes enceintes depuis des décennies.

Sœur Saint-Louis recueillit le bébé dans son tablier blanc. Elle avait beaucoup lu et suivait les préceptes de Pasteur qui avait révélé l'importance de la désinfection et de la stérilisation des instruments. Elle avait frémi d'horreur rétrospective en lisant la situation de l'hôpital dans la première moitié du XIXe siècle. Les chirurgiens, en effet, n'hésitaient pas à pratiquer le matin des autopsies et, s'essuyant à peine les mains sur leur veste déjà souillée, procédaient aux opérations... sur la même table ! On nettoyait le champ opératoire avec une éponge mouillée qui servait maintes et maintes fois... Les plaies n'étaient pas recousues, on y glissait de la charpie pour tenter d'arrêter les saignements ou l'écoulement du pus. Comment s'étonner, dans ces conditions, que quatre-vingts pour cent des opérés mouraient ?

Avant d'aller voir chaque parturiente, sœur Saint-Louis se savonnait longuement les mains et les avant-bras et les passait à l'alcool phénique. Dans son service, il n'existait pratiquement plus de cas de fièvre puerpérale, ce dont elle n'était pas peu fière.

— C'est une petite fille ! annonça-t-elle, sans chercher à dissimuler son émotion.

Le miracle de la vie la bouleversait toujours. Elle attendit une réponse de l'accouchée, en vain.

— Ma sœur, elle se pâme, lui glissa sœur Guillemette, qui l'assistait.

Victime d'une hémorragie, Rose-Aimée venait de s'évanouir. Les deux religieuses s'affairèrent à son chevet tandis qu'une novice, se chargeant du nourrisson, l'emmenait vers la crèche.

Rose-Aimée délira une bonne partie de la nuit. Lorsqu'elle reprit enfin conscience, elle refusa de voir l'enfant.

— Ce sera plus facile pour elle comme pour moi, expliqua-t-elle à sœur Saint-Louis.

La religieuse s'interdisait de juger. Sa vocation de soignante lui permettait de se garder de tout a priori. Elle avait connu les dépôts d'enfants anonymes, un peu avant l'arrêté préfectoral du 31 décembre 1860 qui avait supprimé le tour, soigné des enfants infirmes et des mères désespérées. Son empathie lui permettait de garder un bon contact avec les jeunes mères en situation de détresse.

Elle se pencha au-dessus du lit, tapota la main de Rose-Aimée.

— Mon petit, ne précipitez rien. Des changements peuvent survenir dans votre situation…

Rose-Aimée retint le ricanement qui montait dans sa gorge. Elle ne croyait plus au prince charmant, ni à quelque remords de la part de Génin. Elle avait longuement mûri sa décision. D'ailleurs, Céline était d'accord pour veiller de loin sur l'enfant. Elle réglerait la nourrice grâce à l'argent que Rose-Aimée lui enverrait.

— Au moins, choisissez son prénom, suggéra la religieuse.

La fille d'Anna secoua la tête.

— A quoi bon ? Oh ! Si vous y tenez, nommons-la Philippine.

Le nourrisson serait baptisé dans la journée dans la chapelle de l'hôtel-Dieu.

Sœur Saint-Louis traça rapidement une croix sur le front de la jeune accouchée.

— Reposez-vous, mon enfant. Je reviendrai vous voir tantôt.

Epuisée, Rose-Aimée ferma les yeux. Elle ne voulait pas penser à son enfant, pas plus qu'à ses parents.

Elle désirait tourner la page, vivre une autre vie. Cette fois, elle ferait en sorte de ne plus se laisser manipuler.

Elle voulait garder le pouvoir, pour ne pas souffrir.

24

1914

Chaque été, Anna venait s'installer au mas le temps de procéder à la cueillette des amandes. C'était une tradition à laquelle elle n'aurait dérogé sous aucun prétexte.

Cette année-là, cependant, rien n'était pareil. Par la faute d'un attentat dans un pays au nom imprononçable, la Bosnie-Herzégovine, l'Europe avait été précipitée dans la guerre. Le cœur déchiré, Anna avait vu partir son fils Georges, mobilisé, comme Vincent, comme tant d'autres. Elle n'oublierait jamais le son du tocsin, brisant la douceur d'une belle journée d'été. Elle se trouvait ce jour-là au mas. Elle avait vu Brune pâlir, avant de se signer précipitamment.

Philippine s'était mise à pleurer. Anna avait serré sa petite-fille contre elle.

« Là, mon bébé, ma toute petite, ce n'est rien, avait-elle murmuré sous le regard réprobateur de Brune.

— N'oublie pas que ce n'est pas ta fille, lui avait-elle rappelé, mais celle de Rose-Aimée. »

Anna n'avait rien répondu. Georges lui avait déjà fait la même réflexion, sur un ton sec qu'elle n'avait pas supporté. Il avait mal vécu l'arrivée du bébé à la nougaterie.

Anna n'avait pas pris le temps de réfléchir. Quand Céline était venue, en larmes, lui raconter qu'elle n'avait pas reçu d'argent de Rose-Aimée depuis deux mois et ne pouvait plus, de ce fait, régler la nourrice, elle avait passé sa pèlerine et ordonné d'un ton sans réplique : « Conduis-moi. »

Désormais, un service assurait chaque jour la liaison avec Carpentras. On était loin des six heures de trajet en diligence ! Anna, le nez contre la vitre, avait gardé le silence. Elle pensait à Rose-Aimée, sa fille qui était partie sans donner de nouvelles. Céline, gênée, répétait qu'elle ne voulait pas trahir son amie. Elle s'inquiétait pour sa petite filleule. Un beau bébé, assurément, vif et gai.

La nourrice habitait rue du Mont-de-Piété. Anna ne prononça pas un mot en grimpant les marches branlantes de l'escalier. Le couloir sentait l'oignon et l'urine, un mélange d'odeurs qui vous soulevait le cœur. L'affaire fut rondement menée. L'enfant de Rose-Aimée avait le regard atone, le ventre ballonné, et la nourrice baissait les yeux.

Anna l'emporta dans ses bras séance tenante après avoir posé quelques pièces sur la table et menacé la nourrice de la dénoncer.

Lorsqu'elle était revenue à la nougaterie, Armand avait froncé les sourcils.

« Anna, as-tu conscience de ce que tu fais ? » avait-il demandé à son épouse.

Elle avait souri.

« C'est notre petite-fille, Armand. L'enfant de Rose-Aimée. Si tu avais vu le logis de la nourrice... tu aurais agi comme moi, j'en suis certaine. Regarde... elle meurt de faim, cette petite. »

Armand avait couru chez la mère Baptistine acheter du lait de chèvre bien frais et crémeux. Philippine avait bu goulûment.

Quand Armand l'avait prise dans ses bras et lui avait chantonné une berceuse qu'il fredonnait déjà à sa fille : « Do-do, som-som ! / Le som-som ne veut pas venir ; / Cette petite ne voulait pas dormir ! [1] », Anna avait eu l'impression que son mari reprenait goût à la vie, enfin, après plusieurs années de désespérance. Si elle-même avait toujours le cœur déchiré de n'avoir aucune nouvelle de Rose-Aimée, elle se réjouissait à la perspective de garder la petite chez eux. Qui donc avait eu l'idée de lui donner ce prénom de Philippine, qu'Anna recevait comme un hommage à ses amandiers [2] ?

---

1. Extrait de *La Som-Som* de Saint-Rémy-de-Provence.

2. Deux graines dans la même coque font « philippines ». Lorsqu'on trouvait une amande double, celui qui le rappelait le premier le lendemain à l'autre lui donnait un gage.

Interrogée, Céline avait confessé son ignorance. Il lui semblait bien que c'était Rose-Aimée qui avait insisté pour qu'on baptisât ainsi sa fille. Sœur Saint-Louis avait d'ailleurs ajouté Marie, devant la grimace du prêtre. Elle lui avait rappelé qu'il existait une sainte Philippine, née à Grenoble, disciple de Madeleine-Sophie Barat, fondatrice de la congrégation des Dames du Sacré-Cœur.

« De mon temps », avait marmonné le prêtre, qui se prénommait lui-même Malachie, comme monseigneur d'Inguimbert, célèbre pour avoir doté sa ville natale de l'hôtel-Dieu et d'une bibliothèque.

Anna sourit à sa petite-fille qui tendait les mains vers les amandes.

Philippine marchait depuis deux mois et il fallait sans cesse veiller à ce qu'elle ne s'élance pas dans l'escalier. C'était une enfant vive et curieuse, qui réclamait des chansons et des contes. Elle riait aux éclats quand Anna, l'installant sur ses genoux, lui racontait l'histoire des doigts.

Le pouce *aquéu vai à la casso* : celui-là va à la chasse, l'index *aquéu a tua très cha-cha* : celui-là a tué trois grives, le majeur *aquéu lei plumo, li fait couire* : celui-là les plume et les fait cuire, l'annulaire *aquéu li manjo* : celui-là les mange, et l'auriculaire *aquéu pecaïre a rèn de tout* : et celui-là, le pauvre, n'a rien du tout.

Brune jeta un coup d'œil à sa petite-nièce qui, pendue au collier de Marquis, le gros chien de berger, tentait de grimper sur son dos.

— Doucement, fillette ! s'écria-t-elle, attrapant Philippine par le col.

Elle aussi avait vécu l'arrivée de la petite fille comme une cure de jouvence. Philippine, du haut de ses dix-huit mois, s'intéressait à tout.

— Que feras-tu le jour où sa mère viendra la rechercher ? demanda-t-elle à Anna alors que la petite s'éloignait vers la maison.

Anna releva brusquement la tête. Son regard brûlait.

— Que veux-tu dire, Brune ? Armand et moi élevons Philippine comme notre fille.

La vieille femme n'avait jamais su manier l'hypocrisie. Elle ne baissa pas les yeux.

— Mais, précisément, Philippine n'est pas votre fille, rectifia-t-elle doucement.

Elle était persuadée que la petite fille l'avait déjà deviné et détestait l'idée de lui mentir. Anna haussa les épaules.

— Brune ! Qu'est-ce que tu vas chercher ? La petite n'a pas encore deux ans. Nous avons bien le temps...

— De lui cacher la vérité ? insista Brune, impitoyable. Réfléchissez bien... Un jour, elle risque de vous reprocher de l'avoir trahie.

— Toujours les grands mots... marmonna Anna avec une parfaite mauvaise foi.

Elle savait bien, au fond d'elle-même, que sa tante avait raison. Philippine était leur petite-fille. Pas leur fille.

— Laisse-moi encore un peu de temps, plaida-t-elle. Elle est si jeune...

Un coup de vent fit tomber une bonne poignée d'amandes. Anna frissonna. L'automne était déjà là, tapi sous le ciel un peu moins bleu, un peu plus délavé. Discrètement, Brune tenta de parler d'autre chose. Mais tout les ramenait à la guerre, cette guerre absurde dont elles ne voyaient pas l'utilité.

— As-tu reçu des nouvelles de Georges ? s'enquit-elle.

L'amandière fit la moue.

— Tu connais Georges... Plus prompt à courir les filles qu'à tenir le porte-plume ! Nous avons des nouvelles, oui, grâce à Vincent. Pour le moment, tous deux se trouvent dans le même secteur. Vincent nous écrit très régulièrement deux fois par semaine.

— Un bon gamin, confirma Brune. Dommage que...

Elle ne termina pas sa phrase mais Anna avait compris ce qu'elle voulait dire. Dommage que la guerre soit venue perturber l'existence de ces jeunes gens qui ne demandaient qu'à rire et à s'amuser lorsqu'ils ne travaillaient pas.

— Ecoute ça, reprit Anna, tirant une lettre soigneusement pliée de la poche de son tablier.

Elle se revoyait faisant réciter son alphabet à Georges, sur la table de la salle. Il venait plus volontiers au mas que sa sœur, citadine dans l'âme.

Un soupir lui échappa.

« Nous sommes du côté de Baccarat, qui a été totalement bombardée et même incendiée à la torche. Georges et moi n'allons pas trop mal. Le plus dur à supporter, c'est la pluie, qui tombe sans discontinuer. Nous pataugeons dans la boue, nous dormons dans la boue, mais le moral reste bon. Nous espérons rentrer bientôt. Ne comptez pas fêter Noël sans nous ! »

— Il fait son coq, commenta Brune, lucide.

Plusieurs personnes lui avaient déjà parlé de la pluie, incessante, et de cette maudite boue qui imprégnait tout.

— Heureusement, Armand n'a pas été mobilisé, reprit-elle.

— On lui a trouvé un voile au poumon. De toute façon, à quarante-cinq ans, il n'aurait pu être que réserviste. C'est autant ! Je suis bien aise d'avoir gardé mon homme !

La vie s'organisait tant bien que mal. Les hommes ayant échappé à la mobilisation générale, soit à cause de leur âge, soit à cause de leur mauvaise santé, donnaient la main aux femmes et aux enfants pour les travaux des champs. L'entraide était générale, dans la crainte d'un hiver que les anciens annonçaient rigoureux. Là-haut, à l'autre bout de la France, les soldats s'enterraient dans les tranchées pour une guerre longue et éprouvante.

« Il faut tenir », répétait Armand, s'occupant seul de la confiserie et ayant repris la cuisson du pain, puisque l'unique boulanger se trouvait sur la Somme. Un gamin de quinze ans, Patrice, venait « aider ». Il était distrait, gâchait un peu trop de pâte et faisait brûler le caramel mais, au moins, Armand avait un peu de compagnie.

Anna suivit la démarche encore hésitante de Philippine d'un regard rêveur.

— On voudrait tout épargner à ses enfants, murmura-t-elle, ne garder pour eux que le meilleur. Et puis… la vie se charge de nous donner des leçons.

Sa voix se brisa. Brune, devinant à qui elle pensait, lui tapota le bras.

— C'est si loin, ma belle ! Tu n'as rien à regretter. Armand a toujours été un bon mari...

— Oui, acquiesça Anna.

Certes, Armand était un époux exemplaire. Pourtant, Anna ne pouvait s'empêcher, de temps à autre, de se demander quelle aurait été sa vie aux côtés de Martin. Un seul homme l'avait marquée à vie, et c'était lui. Comment aurait-elle pu ne pas l'évoquer ? Tel qu'elle l'avait connu, il était fort capable de s'être engagé malgré ses quarante-quatre ans. A moins qu'il n'ait beaucoup changé... Après tout, n'avait-il pas choisi de faire un mariage de raison ?

Elle venait de croquer dans une amande. Elle la trouva horriblement amère, et la recracha.

Le soleil brillait encore, mais il paraissait étrangement pâle. Un soleil fantôme comme tous ces hommes qui se battaient là-haut, des Flandres à l'Alsace.

25

1915

« Ma chère femme,

Ces quelques mots griffonnés pendant la pause. Tout va bien. Ou, plutôt, la situation pourrait être encore plus dramatique.

La boue, les poux, les rats... nous faisons avec. En revanche, je ne m'habituerai jamais à la perte de bons camarades, frappés juste à côté de moi. Pourquoi celui-ci plutôt que celui-là ? Je suis trop las pour me livrer à quelque interrogation métaphysique.

Avez-vous de bonnes nouvelles d'Olivier ? Clovis réussit-il à travailler à la fabrique ? A-t-il réussi à garder le contact avec nos clients étrangers ? Et vous, Mathilde, comment vous portez-vous ?

Je vous assure de mes pensées les plus affectueuses, à partager avec Clovis. »

Mathilde replia posément la lettre de Martin, qu'elle venait de relire pour la seconde fois, et la rangea avec les autres dans un petit coffret incrusté de nacre. Son mari lui écrivait fort régulièrement alors qu'elle-même peinait à prendre la plume. Elle devait le reconnaître, ses missives ressemblaient plus à des comptes rendus qu'à des lettres d'amour ! C'était plus fort qu'elle, elle avait toujours l'impression de devoir faire ses preuves vis-à-vis de la famille Bonnafé, parce qu'elle n'était pas née dans le fruit confit !

De plus, qu'aurait-elle pu raconter à Martin, excepté lui rappeler qu'il lui manquait ? Ce n'était peut-être même pas vrai, d'ailleurs, car elle ne s'était jamais sentie aussi libre. Sa belle-mère était morte l'an passé, son beau-père était claquemuré dans sa chambre et n'en sortait plus. Son attaque avait fait de lui un vieillard impotent, ayant perdu tout pouvoir. Mathilde était seule, ou presque. Clovis ne comptait pas. Dès qu'il pénétrait dans les ateliers, il souffrait de violentes quintes de toux qui le laissaient exsangue et sans forces. Il s'obstinait, cependant, parce qu'il tenait à prouver à son père qu'il était capable de le remplacer. Mathilde, si elle aimait tendrement Clovis, ne pouvait s'empêcher de se sentir coupable vis-à-vis de lui. Elle se demandait souvent si le manque d'amour entre Martin et elle n'avait pas favorisé la mauvaise santé de leur fils.

« Ma *petitoun*, tu n'as pas eu de chance avec la famille Bonnafé », lui répétait autrefois sa vieille Eulalie.

Elle aurait voulu insuffler de sa force à son cadet. Malgré les apparences, elle lui avait toujours préféré Olivier, même s'ils ne s'entendaient guère. Olivier était plus proche de Martin ou d'Arthémise. Un vrai Bonnafé. Le destin avait parfois de ces ironies…

Elle releva la tête. On avait frappé à la porte de son bureau. Barthélemy, le responsable de la production, se tenait sur le seuil, la casquette à la main.

— Madame Mathilde… c'est rapport aux bigarreaux… Vous savez comme moi que nous avons une récolte exceptionnelle. Les ouvrières ne suffisent plus à la tâche. Surtout que la demande est de plus en plus forte.

Mathilde posa son porte-plume. L'absence de Martin lui pesait dans ces moments-là. Elle avait toujours été plus à l'aise avec les chiffres qu'avec les hommes. Barthélemy était son interlocuteur privilégié, ce qui lui permettait de se rendre le moins possible dans les ateliers. Martin, lui, savait parler aux ouvriers, s'intéressait à leur vie, retenait les événements familiaux et n'oubliait jamais de se déplacer, pour les mariages comme pour les enterrements. Un comportement que Mathilde était incapable d'imiter. Elle avait peur des autres, se sentait mal à l'aise face au personnel qui l'appelait « madame Bonnafé » alors que son époux et ses fils étaient « monsieur Martin », « monsieur Olivier » et « monsieur Clovis ».

Une différence à laquelle elle était sensible car elle révélait son défaut d'intégration.

Demandez à Martin, pensa-t-elle. Martin saura, lui. Mais son mari se battait, là-haut, dans le Nord. Lorsqu'il lui avait annoncé sa décision de s'engager, Mathilde avait songé qu'il avait trouvé le moyen de s'évader. Il y avait si longtemps que tous deux vivaient comme des étrangers, en s'efforçant de se rencontrer le moins possible !

Barthélemy toussota. Les bigarreaux constituaient une source de revenus non négligeables pour la fabrique. Ils remportaient un franc succès présentés en brochettes de fruits candis. Six, huit ou dix bigarreaux, confits pur sucre, lavés dans un sirop de sucre à trente-deux degrés Baumé, séchés en étuve et passés à la candissoire, étaient enfilés sur une tige d'osier et emballés dans des coffrets en bois de peuplier, moins fragiles que les boîtes en carton fabriquées sur place.

Mathilde se tourna vers le contremaître.

— Nous n'avons pas trente-six solutions. Il faut donner les bigarreaux à dénoyauter à façon.

Lorsque la récolte était aussi abondante, c'était le seul moyen de réaliser le moins de pertes possible. Il convenait de faire vite. Louer un charreton, une petite charrette à deux roues, tirée par un âne, afin de livrer les paniers de fruits aux ouvrières à domicile. Chercher dans les documents de la fabrique les noms des plus habiles, auxquelles on avait déjà eu affaire. Fixer le salaire, un forfait, toujours dans le but de favoriser la rapidité du dénoyautage. Chaque ouvrière travaillait devant sa porte. Enveloppée d'un grand tablier de toile épaisse, assise sur une chaise basse, elle dénoyautait les cerises au moyen d'une « broque », un petit outil en forme de cuiller fixée sur un manche en bois. Expertes, les ouvrières équeutaient et dénoyautaient les cerises sans laisser de traces. Chaque panier de dix kilos contenait un ticket. Il fallait rapporter les tickets à la fabrique pour être payée.

— Nous avons besoin des plus rapides, reprit Mathilde.

Barthélemy cita plusieurs noms. Il promit de s'en occuper, ce qui arrangeait Mathilde.

— C'est étrange… murmura-t-elle.

Ils continuaient de vendre et d'exporter leurs boîtes de fruits confits alors qu'on s'entre-tuait au nord de la Loire.

Barthélemy haussa les épaules.

— Si nous ne produisions plus rien, la concurrence ne se gênerait pas pour prendre notre place ! La vie continue.

Sans le savoir, il venait de prononcer une phrase que Mathilde ne supportait pas. On la lui avait si souvent répétée, à la mort de Guy… si elle avait eu le courage, elle se serait tuée. Mais elle n'était pas seule.

— Je sais, dit-elle froidement.

Elle piqua du nez sur ses livres de comptes afin de signifier à Barthélemy que leur entretien était terminé. Comme si elle n'avait pas pu tout bonnement le saluer ! songea le contremaître, exaspéré. La « patronne » ne parvenait pas à se rapprocher des ouvriers. Quels que soient ses efforts, elle ne serait jamais considérée comme une Bonnafé mais resterait une fille de notaire. Une femme de comptes, qui ne se salissait pas les mains.

Monsieur Martin ne l'aurait jamais laissé partir sans lui offrir un verre de carthagène ou de beaumes-de-venise, ni surtout, sans lui demander des nouvelles de son fils, qui se battait lui aussi sur le front. Sa femme, elle, n'y songeait même pas. Une question d'éducation et de cœur, pensa le contremaître avec une pointe de désenchantement.

S'il la respectait, il n'aimait guère madame Bonnafé.

Si je reviens de cet enfer... pensa Olivier.

Parce qu'il était jeune et en bonne santé, il s'était cru immortel les premiers temps. C'était bien fini. La situation avait basculé avec l'enlisement dans les tranchées. On ne vivait plus debout, on se courbait ou bien on rampait, dans la boue et le froid. Il avait assisté à tant d'horreurs qu'il avait l'impression de ne plus pouvoir dormir sans faire d'affreux cauchemars. Ici, les plaines avaient été fertiles, les fermes cossues. Il ne restait plus rien, la terre était éventrée, ravinée par les éclats d'obus.

Partout, des tombes creusées à la hâte, surmontées d'une croix en bois ou, parfois, d'une simple bouteille retournée dans laquelle on avait glissé les papiers d'identité du soldat mort. Pitoyable tentative de sauvegarder un nom, une mémoire... tant d'hommes tombés... pour quoi ? un mètre de terre, autant dire rien !

Olivier frissonna. Sa vie durant, il aurait toujours froid, désormais, lui semblait-il. Un rire amer lui échappa. Il avait vu tant de camarades s'effondrer autour de lui qu'il ne se faisait plus d'illusions. Leur espérance de vie était plus que limitée.

La tranchée dans laquelle il se trouvait était étayée par des cadavres à peine recouverts de terre. Dès que la pluie ruisselait un peu trop fort, la terre s'éboulait, laissant apparaître une main ou un pied.

Le pire était qu'Olivier et ses camarades ne réagissaient même plus à ces visions d'horreur. Une seule idée le taraudait. Tenir. Survivre. Sortir de cet enfer. Chaque lettre de son père était pour lui une preuve d'espoir. Olivier ignorait cependant où Martin se trouvait car il était strictement interdit de donner la moindre indication sur l'endroit du cantonnement.

Olivier avait renoncé à écrire à sa mère. Manifestement, Mathilde était à cent lieues d'imaginer la réalité de ce que vivaient les poilus et ne semblait se soucier que de la pérennité de la fabrique familiale. Comme si les fruits confits avaient encore quelque importance !

Il jeta un regard chargé d'amertume au ciel bas et gris. Les couleurs franches de sa Provence natale lui manquaient. Le soleil paraissait avoir déserté le paysage morne et dévasté.

Recroquevillé au fond de son trou, il sortit de la poche de sa capote le carnet recouvert de moleskine et le crayon dont il ne se séparait pas et griffonna quelques notes.

S'il avait la chance d'être rescapé, il devrait témoigner.

26

1916

« Ceux d'en face » venaient d'envoyer leurs fusées pour éclairer le terrain. Bébert inclina légèrement son casque et remarqua d'une voix gouailleuse :

— Tiens ! ce soir, il y a cinéma.

Sourire, pour ne pas hurler sa peur. Certains jours, Vincent luttait contre l'irrépressible désir de tourner les talons et de s'enfuir, vers le soleil, vers la vie. Dire qu'il s'était engagé, certain que la guerre serait finie avant Noël 1914 ! Il y avait déjà deux ans qu'il vivait cet enfer, et plus rien ne serait pareil, jamais.

Georges et lui étaient partis la fleur au fusil. Ils allaient reconduire les Boches au-delà de la frontière, et fissa ! Comment auraient-ils pu imaginer ce qui les attendait ?

Leurs chemins s'étaient séparés au printemps 1915. Georges avait réussi à obtenir une permission et, à son retour, Vincent avait été versé dans une division de brancardiers. Un pâtissier infirmier…

ce n'était pas pour lui déplaire, même s'il était confronté chaque jour à des tragédies. Lorsqu'il avait eu une perm d'une semaine, au début de l'année, il avait mal supporté le retour à une vie normale, celle d'avant. D'ailleurs, il se chuchotait que s'il était si difficile pour les poilus de quitter le front, c'était bel et bien à cause du contraste choquant avec l'arrière. Deux mondes, que tout séparait. Les soldats gênaient, les civils détournaient les yeux, ne supportant pas de lire l'horreur dans leur regard. On se répétait le bon mot accompagnant la caricature de Forain, parue dans *L'Opinion* du 9 janvier 1915, qui représentait deux poilus dans leur tranchée : « Pourvu qu'ils tiennent… – Qui ça ? – Les civils ! » C'était tragiquement vrai. Le poilu n'éprouvait que mépris pour « les planqués de l'arrière ».

La nuit, quand les bombes traçaient leur chemin de feu dans le ciel, Vincent se remémorait quelques recettes, comme un autre eût égrené ses prières.

Un soir, au repos dans une boulangerie désertée par ses occupants, il avait confectionné des tartes et des sablés, ce qui lui avait valu une certaine popularité. Il avait éprouvé un plaisir physique à travailler la pâte, comme s'il était revenu chez lui après une longue absence. Chez lui… c'était à la nougaterie. Vincent n'avait plus ses parents. Il lui tardait de revoir Anna et Amand. Anna lui écrivait régulièrement, comme elle le faisait pour son fils. Les images qu'elle évoquait – les champs de cerisiers en fleur, un reste de neige sur les flancs du Ventoux – le bouleversaient. Il n'avait qu'un but, rentrer au pays, de préférence en bon état.

Au loin, le bombardement reprit, avec encore plus d'intensité.

— Brancardiers ! héla le docteur Grandvoisin.

Grand et sec, il donnait l'impression que rien ne pouvait l'atteindre. Pourtant, Vincent l'avait surpris les yeux pleins de larmes le jour où il avait dû amputer d'une jambe un gamin de dix-huit ans. Cette humanité le rassurait un peu.

En compagnie de Bébert, il courut rejoindre le médecin. Celui-ci leur désigna d'un coup de menton le blessé le plus atteint, qu'ils chargèrent sur un brancard et amenèrent au poste de secours. De là, ils le transportèrent à l'ambulance de corps, située à environ sept kilomètres à l'arrière. Vincent avait appris à conduire en moins de trois jours. Il se débrouillait au volant et, comme il l'avait écrit à Anna, ce serait plus facile, à son retour au pays, pour effectuer les livraisons.

Il désirait rentrer. De toute son âme. Il lui restait tant et tant à accomplir.

Le blessé n'avait même plus la force de gémir. Bébert et Vincent avaient compris la gravité de son état en remarquant le sang qui coulait à flots d'une blessure au cou.

— L'artère est touchée, chuchota Bébert.

Il fallait faire vite. Le chirurgien, à l'arrière, qui vous coupait un bras ou une jambe en moins de dix minutes, avait des pinces spéciales à artères. Vincent, qui avait déjà assisté à nombre d'interventions, admirait son savoir-faire et son habileté. Il avait l'impression, cependant, en période de bombardements intenses, que les médecins ne devaient surtout pas marquer de pauses. Sinon, ils étaient perdus, ils prenaient conscience du nombre de blessés qu'ils tentaient de sauver, ils voyaient le sang partout, ils entendaient les cris d'agonie, et ils risquaient fort de perdre la raison.

Quand il le pouvait, Vincent jouait les agents de liaison sur le cheval d'un sous-officier, Tibère. Blanc à l'origine, le hongre avait été badigeonné de permanganate afin qu'il soit moins repérable par l'ennemi. Sa robe était désormais beige sale, couleur isabelle. On faisait un grand usage de permanganate, notamment pour assainir les mares. Mais aucun remède ne permettait de venir à bout des rats, des poux et des puces qui pullulaient dans les tranchées. Les rats, Vincent en avait pris son parti, tout en regrettant la présence de Négus, le gros chat blanc qui les chassait avec efficacité à la pâtisserie. Sur le front, un régiment de matous n'aurait pas été de trop ! En revanche, poux et puces le rendaient fou. Comment n'auraient-ils pas proliféré dans la boue, et la crasse ? Rares étaient les occasions de se débarrasser de ses vêtements et de se laver à fond. Les poilus mijotaient dans leurs capotes souillées de boue et de sang et parfois, le soir, s'épouillaient mutuellement en faisant « la chasse aux totos ». Anna lui avait envoyé de la Marie-Rose dans son dernier colis.

« Un cautère sur une jambe de bois ! » affirmait le docteur Grandvoisin.

Il lui arrivait de se gratter, lui aussi, et il réprimait alors un demi-sourire, comme pour dire aux hommes qui l'entouraient : « Vous voyez… vous et moi sommes logés à la même enseigne ! »

Vincent n'en avait jamais douté. En revanche, il s'interrogeait quant à l'implication « des gens de l'arrière ». Le contraste entre civils et combattants était devenu trop important, la cassure paraissait irrémédiable. Parfois, quand les bombes tombaient autour de lui avec ce sifflement caractéristique, il avait envie de se boucher les oreilles et de se terrer au fond d'un trou d'obus. Georges, avant qu'ils ne soient séparés, lui avait fait une confidence similaire. Ils se sentaient sacrifiés. Et, s'ils n'avaient eu aussi peur du conseil de guerre comme du déshonneur jeté sur leur nom et leur famille, ils auraient déserté depuis longtemps !

Tenir était inhumain. Peu importait. La consigne était claire. « Le front doit tenir. » A quel prix ? se demandait Vincent. Evoquer ses meilleures recettes ne le détendait même plus. Il évoluait dans un univers de cauchemar, en demandant à Luc, le frère convers qui travaillait avec le docteur Grandvoisin, de rayer chaque jour écoulé sur son calendrier de poche. Comme une preuve qu'ils avaient tenu vingt-deux mois et douze jours.

Un exploit.

« Olivier, mon garçon, j'écris pour ne pas mourir mais, en même temps, je prie pour que tu ne vives pas ce que nous connaissons à Verdun. Tu avais raison, la guerre ne devrait pas exister. Comment l'expliquer à ceux qui n'ont pas connu les tirs incessants, le roulement de tonnerre de l'artillerie allemande, l'enfer du corps-à-corps où l'ennemi disparaît pour ne plus être qu'une bête nuisible à exterminer. Sommes-nous encore des

hommes ? Je me le demande, alors que nous enjambons des morts, jetons à peine un regard aux blessés qui agonisent dans les trous d'obus. Il faut courir, sous le feu meurtrier, se terrer et résister, jusqu'au bout. Si notre régiment de réservistes a été appelé en première ligne, c'est bien qu'il peut encore être utile ! mais quelle abomination que la guerre... Pourtant, nous résistons, par je ne sais quel miracle. Pas de véritables abris, rien que des "marmites" provoquées par un bombardement inimaginable, une puissance de feu désespérante, des brancardiers qui se font tuer comme sur un stand de tir, des blessés qui agonisent, faute d'eau et de soins, et des cadavres... partout.

J'ai vu un camarade fouiller la musette d'un mort pour y puiser une paire de chaussettes sèches. Nous manquons d'eau et pataugeons dans les boyaux boueux. Les téléphonistes réalisent des exploits chaque jour. Nos troupes sont exterminées, un gâchis monstrueux, abominable. Un sacrifice inacceptable...

Un officier a déclaré hier : "Le jour où ils viendront, ils vous massacreront jusqu'au dernier et c'est notre devoir de tomber." J'ai honte, mon fils, honte pour les politiciens qui saignent à blanc notre pays. Honte aussi de n'avoir pu t'épargner ces visions d'enfer. Je me suis engagé pour ne pas rester à l'arrière, j'aurais voulu faire plus, beaucoup plus... »

Martin rangea posément son papier, son porte-plume et le flacon de verre dans lequel il diluait une pastille d'encre. Il ne voulait plus penser. Le fait d'écrire cette lettre à son aîné avait rouvert en lui une blessure qu'il pensait pourtant cicatrisée.

Autour de lui, les abords de la tranchée étaient étrangement calmes. La dernière attaque des *feldgrau* avait été particulièrement meurtrière. Combien de temps, encore, pourraient-ils résister ? Martin refusait de boire les deux litres de vin auxquels chaque poilu avait droit. A ce propos, une phrase circulait dans les tranchées.

« Casse-toi la gueule par terre mais renverse pas le pinard », recommandait-on aux bleuets. On pouvait aussi se procurer du « rembours », le remboursable, au prix de trente-quatre sous le litre. Certains dépassaient allégrement une consommation quotidienne de six ou sept litres. Sonnés par l'alcool, ils partaient à l'attaque sans prendre réellement conscience des risques encourus. Cela valait peut-être mieux, estimait Martin, révolté par l'épouvantable gâchis de vies humaines.

Il tira une bouffée de sa pipe. Il s'était mis à fumer depuis son engagement. C'était pour lui un moyen de se réchauffer un peu, et une fraternité de plus avec ses camarades.

Les bombardements reprirent brusquement, avec encore plus d'intensité. Martin avait dans les oreilles le son métallique des canons, et l'impression que le silence ne retomberait jamais sur le bois où il s'était réfugié. Pourtant, il avait l'obscure prescience que, lorsque tout redeviendrait paisible, ce serait encore pire. Les morts occuperaient alors le terrain.

Partout, des hommes gémissaient, d'autres volaient dans les airs tels des pantins, et retombaient lourdement, prisonniers des chevaux de frise. Les cadavres s'amoncelaient, formant un nouveau rempart.

— Quelle chiennerie que la guerre, marmonna René-Louis, un réserviste vendéen.

Dans une autre vie, il avait été prêtre. Désormais, il n'était plus que de la « chair à canon », et ne se gênait pas pour critiquer les conditions de survie des poilus.

— Si nous sortons vivants de cet enfer, reprit René-Louis, nous serons à jamais différents.

Martin savait qu'il n'avait pas le choix. Il lui fallait rentrer à Apt. Pour ses fils. Et aussi pour Anna. Il lui devait une explication.

27

1917

Décidément, l'année 1917 avait mal commencé ! Philippine avait attrapé le croup. Anna et Armand étaient restés à son chevet plusieurs nuits de suite, jusqu'à ce que la petite soit hors de danger.

Tout en priant, Anna avait songé qu'ils n'avaient aucun moyen de contacter Rose-Aimée. Leur fille avait cessé d'écrire à son amie Céline. Elle ne lui pardonnait pas d'avoir confié Philippine à ses parents. Se trouvait-elle toujours à Paris ?

Rose-Aimée constituait une source permanente d'angoisses pour Anna, une épine fichée dans son cœur. Armand avait résolu le problème à sa façon. Pour lui, il n'avait plus de fille. Malgré la présence de Philippine à leur foyer, il demeurait triste. Comment, d'ailleurs, aurait-il pu en aller autrement ? Rose-Aimée disparue, Georges et Vincent sur le front, et cette guerre qui n'en finissait pas...

Le bourg fonctionnait au ralenti avec seulement quelques hommes, trop âgés ou trop mal en point pour rendre de réels services. Les femmes avaient pris les rênes de l'économie. Elles se chargeaient des travaux les plus durs, tout en continuant d'exercer leurs tâches habituelles. Anna avait embauché une petite jeune fille, Lou, pour la remplacer à la boutique. Elle-même était retournée au laboratoire seconder Armand qui n'avait plus le goût, comme il disait d'un air perdu. Un nougatier qui se désintéressait de son métier...

Dieu juste ! Anna avait parfois envie de l'attraper par le col et de le secouer d'importance. Comment pouvait-il se plaindre ? Alors que leur fils se battait dans la boue, sous des déluges de mitraille ?

« Justement... » avait soufflé Armand, tête baissée.

Il ne supportait plus l'idée d'être considéré comme un « planqué ». Pourtant à près de cinquante ans, il était exempté. D'autant que son voile au poumon s'était encore aggravé. Rien n'y faisait. Armand avait sombré dans une neurasthénie tenace, et Anna se sentait impuissante à l'en sortir. Leur couple était fragilisé, elle s'en rendait bien compte sans parvenir pour autant à rendre le sourire à son époux. Tous deux s'étaient éloignés l'un de l'autre. Rose-Aimée pesait entre eux, comme un contentieux qui ne serait jamais réglé. Armand n'avait pas supporté que leur fille choisisse une autre vie. Il redoutait désormais le pire pour Georges, et toutes les phrases optimistes d'Anna l'exaspéraient.

« Tu parles sans savoir », lui reprochait-il.

Elle ne reconnaissait plus l'homme solide, rassurant, qui avait su lui rendre confiance. Pouvait-on changer à ce point ? Anna n'osait pas poser de questions à ses belles-sœurs. Elles ne s'entendaient pas trop mal, mais se voyaient peu. Paule avait eu des malheurs. Un mari qui buvait trop, un fils qui se cognait la tête contre les murs... Vaillante, elle faisait la lessive, les marchés. Anna lui apportait souvent quelques douceurs et réglait les études de sa petite-fille, qui désirait « faire institutrice ». Rose, la cadette, mariée à un gars du chemin de fer, après avoir fugué en compagnie d'un colporteur, était partie s'installer à Buis-les-Baronnies. Son fils se battait lui aussi là-bas, entre l'Aisne et la Marne. Les deux belles-sœurs auraient pu se soutenir mutuellement mais Rose était une « taiseuse », comme Armand. « A quoi bon ? » répondait-elle quand Anna lui proposait de se retrouver à Sault ou à Carpentras.

Songeuse, Anna finit de couper le nougat en barres.

Dès demain, elle enverrait un colis à Georges et à Vincent. Elle savait que le nougat Jouve était particulièrement apprécié dans les tranchées. Elle n'oubliait pas de glisser dans le carton des chaussettes de laine, tricotées par Brune, du linge de corps fleurant bon la lavande, des boîtes de pâté et de biscuits. A la réception du premier colis, son fils avait répondu : « Si je ferme les yeux, j'oublie ce décor de cauchemar et je vois les champs de lavande du plateau. » Bouleversée, Anna avait écrasé une larme d'une main rageuse. Maudite guerre !

Elle alla se changer dans sa chambre, ôtant sa blouse et passant une jupe et un caraco.

— Je vais au mas, annonça-t-elle à Lise, qui gardait Philippine.

La petite fille se jeta dans les bras d'Anna.

— Tu m'emmènes ?

Moue câline, sourire enjôleur... Philippine savait jouer de son charme. Sa grand-mère, cependant, ne s'y laissa pas prendre.

— Pas aujourd'hui, ma puce. Il fait froid et tu es enrhumée. Tu seras beaucoup mieux ici avec Lise. Et... tu dois réviser ton abécédaire.

Si elle adorait la petite, elle n'avait pas l'intention de céder à ses caprices.

Elle lui adressa un baiser du bout des doigts et s'éclipsa. En bas, Lou emballait des plaques de nougat destinées à une grande épicerie de Paris.

— A qui vendent-ils tout ça ? demanda-t-elle à Anna.

L'amandière sourit tristement.

— Paris n'est pas le front. Les poilus le répètent, pas encore assez fort, j'en ai peur. Il existe un décalage intolérable entre le front et l'arrière. C'est cela qui est insupportable, précisément. Bon, Lou, je file. Je serai rentrée avant la nuit.

Elle s'enveloppa d'une pèlerine bien chaude en drap bleu marine, attela elle-même l'unique cheval qu'il leur restait à la jardinière. Elle fit claquer sa langue. Bella, la vieille jument, se mit en route. Elle était encore vaillante et trotta allégrement sur la route poudrée de givre. Tout en respirant l'air vif, en admirant le paysage, Anna songeait à Armand, qui était parti depuis la veille au soir. Il lui arrivait de disparaître ainsi de plus en plus souvent. Il grimpait au sommet du Ventoux, en prenant son temps, histoire de se retrouver seul avec lui-même. Anna aurait compris sa démarche si seulement il avait pris la peine de la prévenir. Au lieu de quoi, il s'éclipsait comme un voleur, sans passer par la boutique.

Elle secoua la tête. Il était grand temps que cette maudite guerre s'arrête.

Son cœur battit un peu plus fort lorsqu'elle aperçut le toit de tuiles du mas et la cime du grand cyprès qui dominait tous les autres arbres de la propriété.

Bella accéléra le train et la jardinière s'engagea dans l'allée en faisant crisser les cailloux. Brune surgit sur le seuil de la maison, la main en visière devant ses yeux. Son visage était fermé.

— Qu'avais-tu donc besoin de venir aujourd'hui ? lança-t-elle à sa nièce d'un ton courroucé.

Surprise, Anna la contempla quelques instants d'un air interloqué avant de tourner la tête vers le champ d'amandiers. Elle ne put réprimer un gémissement de douleur. Le gel avait frappé les arbres tout juste en fleur.

— Rentre donc, lui conseilla Brune d'un ton bourru. A quoi ça t'avancera de prendre mal, toi aussi ? Le vent est glacial, il va encore geler cette nuit, pour sûr.

La soupe mijotait sur la cuisinière. Une délicieuse odeur flottait dans la salle, rappelant à Anna les soirs d'hiver. Elle revoyait son père rentrant fourbu des champs. La nostalgie lui pinça le cœur. Il y avait si longtemps, déjà, qu'Aimé les avait quittées, Brune et elle. Et, pourtant, il lui manquait toujours autant, plus encore en cette période.

Elle posa la main sur celle, ridée et tavelée, de Brune.

— Penses-tu que nous pourrons sauver quelques kilos ?

La vieille dame poussa un soupir exaspéré.

— Les amandes, toujours les amandes ! Aujourd'hui, je m'en moque. Ce que je demande, c'est la paix, rien que la paix.

— Je n'ai pas besoin de leçon, Brune, protesta Anna. Dans ma tête, dans mon cœur, mon fils et les amandiers se mélangent. J'ai si peur, vois-tu... Il me semble que si les fleurs ne sont pas toutes brûlées, nous aurons plus de chances de voir revenir Georges et Vincent. Je sais, c'est stupide...

Elle se mordit la lèvre pour ne pas pleurer.

Brune se releva, alla fouiller dans le premier tiroir du buffet et en sortit une enveloppe épaisse.

— Tiens, ma fille. Cette lettre est arrivée la semaine dernière. C'est rare que tu reçoives du courrier, surtout à ton nom de jeune fille.

Anna lut distraitement l'adresse.

« Mademoiselle Anna Donat.

Mas des Amandiers. Rouvion Vaucluse. »

L'enveloppe portait les timbres de l'armée. Pourtant, elle ne reconnaissait pas l'écriture de Vincent ni celle de Georges.

— Quelque mauvais plaisant... murmura-t-elle.

Brune haussa les épaules.

— Quel serait son intérêt ? Franchement, ceux qui sont au front n'ont pas de temps à perdre à faire des farces.

Elle avait suivi le même raisonnement et, pourtant, elle avait peur. Comme si son instinct lui avait soufflé de ne pas ouvrir cette lettre. Brune n'insista pas.

Les deux femmes mangèrent leur soupe en silence. Le vent s'était levé et ronflait dans la cheminée. Anna resserra son châle.

— Et Armand qui est dehors par ce temps, bougonna-t-elle. Je me demande parfois ce qui lui passe par la tête.

— Il est malheureux, voilà tout ! glissa Brune. Les hommes, ça se renferme, ça rumine… Regarde ton père… Après la mort de ta mère, il n'a plus jamais été le même. Ton Armand ne supporte plus sa vie. Rose-Aimée fille-mère, Georges à la guerre… et toi qui fais comme si tu étais la mère de Philippine… Il faut garder sa place dans une famille.

Anna ne pipa mot. C'était là une idée chère à sa tante et, au fond d'elle-même, elle devait reconnaître que Brune n'avait pas tort. Même si elle avait été bouleversée le jour où Philippine lui avait tendu les bras en l'appelant « maman », elle aurait dû tout de suite dissiper le malentendu. Elle avait triché. Et elle avait peur qu'il ne soit désormais trop tard. Etait-ce son attitude qui blessait Armand ?

Brune lui tendit la miche de pain, durcie par le froid, et le grand couteau cranté de son père.

— A toi l'honneur, ma fille. Tu es chez toi au mas.

Un soupçon d'inquiétude perçait dans la voix de sa tante. Comme si elle avait eu peur de se retrouver un jour à la rue. Après tout... elle avait trimé depuis plus de quarante-cinq ans au mas pour une maison et une terre qui ne lui appartenaient pas.

Il faut que je protège Brune, pensa Anna. Socrate n'était plus là pour la conseiller. Le vieux clerc de notaire était mort une nuit d'hiver, après un repas trop bien arrosé. Le village tout entier l'avait accompagné jusqu'au cimetière en entonnant sa chanson préférée : *La Valse brune*.

De nouveau, Anna posa la main sur celle de sa tante.

— Tu es chez toi au mas, déclara-t-elle avec force.

Sur la table, la lettre la défiait.

Elle mangea une belle part de fromage en se disant qu'elle la lirait tantôt. Il faisait trop mauvais pour retourner à Rouvion, elle dormirait au mas. La lettre lui tiendrait compagnie.

28

1917

Le givre craquait sous les pas d'Anna. Le ciel, d'un bleu de vitrail, aurait voulu faire croire que l'hiver était déjà passé. Pourtant, les fleurs rose et blanc, brûlées par le gel, dispersées par le vent, témoignaient de l'âpreté du climat.

« Il faut que je vous dise enfin la vérité, Anna », avait écrit Martin et, au fond de son lit, elle avait eu la tentation de froisser la lettre et de la jeter dans la cheminée. Le vent hurlait, secouait les portes, menaçait d'arracher les volets, et Anna pensait que ce n'était rien, comparé aux bombardements qui pouvaient durer plus de trente heures. Il le lui avait écrit. L'enfer à M.H. Elle avait cherché dans sa mémoire. Chaque jour, elle se précipitait sur le journal afin de lire les comptes rendus des batailles mais, bien sûr, elle ne pouvait pas retenir tous les noms. Armand s'était moqué d'elle, d'ailleurs, à ce propos, et lui avait suggéré de se procurer une carte d'état-major.

M.H... Que pouvaient signifier ces deux initiales ? Cet endroit se trouvait-il du côté de Verdun, ou bien du Chemin des Dames ? Elle avait frissonné. Si elle pensait à Martin, elle revoyait la borie dans laquelle ils s'étaient aimés, la première fois. Tout lui paraissait si simple, alors. Comme une évidence.

Elle avait froncé les sourcils en lisant la suite de la lettre.

« De bons camarades sont fauchés chaque jour, avait-il écrit.

« Un véritable jeu de massacre, qui cessera je ne sais quand. En tout cas, je ne vois pas au nom de quoi je serais épargné. J'ai bâti ma vie d'homme sur un mensonge que j'ai besoin de vous confier. Connaissez-vous ce fort beau poème qu'a écrit Guillaume Apollinaire ?

"Et toi mon cœur pourquoi bats-tu ?

Comme un guetteur mélancolique
J'observe la nuit et la mort."

Sans vous à mes côtés, ma belle et douce Anna, ma vie est à jamais gâchée. Sachez que je ne vous ai pas lâchement abandonnée. C'est la mort dans l'âme que j'ai dû épouser la fiancée de mon frère. Question d'honneur…

Si je ne l'avais pas fait, elle aurait été exclue de la société.

Je pense sincèrement que s'il s'était trouvé à ma place, Guy aurait réparé ma faute. Je ne pouvais faire moins… même si, ce jour-là, j'ai eu l'impression de mourir.

Je n'ai jamais aimé que vous, Anna. Hier, et maintenant. Pour toujours. »

Elle avait pleuré sans même en prendre conscience. Des larmes à la fois douces et amères. Il n'avait pas cessé de l'aimer. Et, pourtant, le destin les avait séparés.

Elle s'était levée, était allée se réfugier dans la salle où elle avait longuement grelotté, sans même songer à s'envelopper d'un châle. Il lui semblait qu'elle était morte à l'intérieur d'elle-même, et que rien ni personne ne parviendrait à la ranimer.

Lentement, avec des gestes précautionneux de vieille femme, elle était retournée s'habiller dans sa chambre. Des vêtements chauds, la lampe-tempête… Elle était sortie, avait marché en direction du champ d'amandiers. Elle s'était arrêtée au pied du plus vieil arbre, avait posé la tête et le buste contre son tronc, comme pour y puiser de la force. Elle revoyait son père agir de même. Elle l'avait surpris, un jour, pleurant, tout en enlaçant un amandier Princesse.

Au lieu de se cacher ou de fuir, il avait soutenu le regard perplexe de sa fille.

« Parfois c'est trop dur, ta maman me manque trop », lui avait-il expliqué, et elle s'était sentie émue, et fière, parce qu'ils partageaient un secret.

A cet instant, elle comprenait mieux ce qu'Aimé avait voulu dire. Toutes ces années durant lesquelles elle avait tenté de se persuader que Martin ne l'avait pas aimée... Tout ce temps perdu... De toute manière, son retour de la guerre ne changerait rien. Ils étaient l'un et l'autre mariés, chacun de son côté. Elle avait su se contenter d'une vie de famille paisible, auprès d'un homme rassurant même si, au fond d'elle-même, elle n'avait jamais oublié son premier amour.

La démarche de Martin l'émouvait. Après tout... rien ne l'obligeait à lui révéler la vérité !

Elle assista au lever du jour. Elle ne sentait pas le froid, avait seulement besoin de rester auprès de ses amandiers, comme pour se persuader que le cycle de la vie continuait, malgré tout. Lentement, les silhouettes des arbres émergeaient de l'obscurité, tandis qu'un soleil pâle peinait à percer la brume.

Lorsqu'elle regagna le mas, elle avait l'impression que ses pieds étaient gelés. Brune l'accueillit d'un : « Tu cherches donc à attraper la mort » qui l'agaça. D'autant plus qu'elle se mit à éternuer. Sa tante lui prépara d'autorité une infusion de thym, additionnée de miel.

— Bois ! lui ordonna-t-elle d'un ton sans réplique. Et mets tes pieds devant la cheminée comme le faisait ton père.

Les deux femmes se regardèrent. Brusquement, Anna se rappelait… Aimé, frileux, s'installait ainsi au retour de la chasse. Et Brune, que cela gênait dans ses allées et venues, s'arrangeait pour faire tomber quelques gouttes d'eau bouillante sur les jambes de son beau-frère. Lequel se relevait en bougonnant.

— J'avais oublié, souffla Anna.

Sa marraine lui sourit.

— Tu crois ça ! On n'oublie pas. On fait semblant, voilà tout, parce que certains souvenirs font trop mal.

De nouveau, les deux femmes échangèrent un regard complice. Elles n'avaient pas besoin de se parler pour savoir qu'elles avaient vécu l'une et l'autre une expérience cruelle.

Le silence retomba sur la salle. Dans sa boîte de bois, l'horloge égrenait les minutes.

— Que pensais-tu de Martin Bonnafé ? questionna Anna tout à trac.

Brune ne manifesta pas de réelle surprise.

— Tu l'aimais, et il t'aimait. La vie vous a séparés… c'est presque dans l'ordre des choses quand on éprouve des sentiments trop forts. Ma mère disait qu'il fallait se défier de la passion.

Une ombre avait voilé le regard de la vieille dame.

— Tu n'es jamais retournée en Italie, osa demander Anna. Cela ne t'a pas trop manqué ?

D'un geste ample, Brune ouvrit les bras.

— J'avais décidé de venir aider Allegra. Ensuite… je ne pouvais pas laisser Aimé seul avec un bébé. Je suis restée. Chaque année, à Noël, je disais : « Le Noël prochain, je ne serai plus ici », et Aimé souriait, tu sais, de ce drôle de sourire qui faisait briller ses yeux. Il avait compris depuis longtemps que je ne repartirais pas. Mais… pourquoi me poses-tu toutes ces questions aujourd'hui ?

— Je ne sais pas… murmura rêveusement Anna.

Elle devait rentrer chez elle. Philippine l'attendait. Et Armand ? Elle se sentait coupable, tout à coup, vis-à-vis de son mari alors qu'en conscience, elle n'avait rien à se reprocher. Excepté, peut-être, de n'avoir jamais pu oublier Martin…

Il faisait bon dans sa maison, qui n'était pas tout à fait la sienne car le mas garderait toujours la première place. Armand, comme pour se faire pardonner son escapade, avait préparé une fournée de pain.

Les femmes du bourg attendaient patiemment à la porte de la boutique. Anna les salua avant de dételer Bella.

Philippine vint la rejoindre à l'écurie.

— Méchante ! Tu avais promis de rentrer vite ! lança-t-elle à sa grand-mère d'un ton furibond.

Anna se pencha, la prit dans ses bras et la fit tourbillonner.

— Tu apprendras, jeune fille, qu'on ne fait pas toujours ce qu'on veut dans la vie. J'ai été retenue au mas à cause du mauvais temps. Mais… regarde ! Tante Brune t'envoie de la pâte d'amandes.

Armand lui-même affirmait qu'il ne pouvait pas rivaliser avec Brune pour la confection des massepains. Elle gardait sa recette secrète. Sa pâte d'amandes était tout simplement... sublime, ni trop sucrée ni trop amère, une merveille d'équilibre et de goût.

— Tu pourras retourner la voir, accorda Philippine après avoir goûté le dessert.

— Petit monstre ! s'écria Anna, la mangeant de baisers.

Elle était particulièrement fière lorsqu'on la complimentait, à Sault ou à Carpentras, sur la beauté de sa fille. Philippine lui donnait une sorte de seconde chance. Réussir là où elle avait échoué avec Rose-Aimée. Etait-ce grave pour autant ? Elle ne disait pas à la fillette qu'elle était leur fille, mais elle ne lui rappelait pas non plus qu'elle était leur petite-fille. Elle gardait un silence prudent.

La main dans la main de Philippine, Anna monta voir Armand. Il leur sourit.

— Désolé de t'avoir abandonnée, lui dit-il en la serrant contre lui. Il fallait que j'aille marcher dans la montagne.

Tout comme lui, elle connaissait l'angoisse des jours et des nuits trop longs, à ressasser les mêmes questions condamnées à demeurer sans réponse. Où Georges se trouvait-il ? Et Vincent ? Et leur neveu Albert ? Chaque famille avait ses poilus. Un souci permanent qui vous rongeait le cœur, vous empêchant de vivre.

— Je sais, dit-elle simplement.

Coupable. Elle était coupable. Parce qu'en regardant l'homme qui partageait sa vie depuis vingt-quatre ans, elle songeait à l'autre, à Martin. Et brûlait du désir de le revoir.

29

1917

En resserrant ses bandes molletières, Georges confia à Jacques, son camarade de tranchées :

— Aujourd'hui, j'ai plus peur que d'habitude. Comme un mauvais pressentiment…

Jacques, un garçon boucher de Lille, tenta de le réconforter. Vu ce qu'ils vivaient depuis des mois, il y avait de quoi traverser des phases de découragement ! A se demander, d'ailleurs, comment ils tenaient encore, sous la mitraille incessante.

Ils pensaient avoir connu le pire à Verdun mais ce n'était qu'un avant-goût de l'enfer comparé au Chemin des Dames. L'offensive meurtrière lancée contre les forteresses inexpugnables des plateaux tout autour de Craonne était surnommée par les poilus le « casse-pipe ».

Les soldats étaient envoyés à l'aveuglette, en ignorant les batteries ennemies comme l'emplacement des mitrailleuses.

— Tout le terrain est miné, reprit Georges. Il paraît qu'il existe des cavernes, des boyaux et même des souterrains. Les Boches ont eu le temps de s'y installer. Nous, on essaie de grignoter le plateau, et on est tout juste bons à y laisser notre peau !

Pour être cruel, le constat n'en était pas moins juste.

Le fils d'Anna était épuisé par des semaines d'attente avant la grande offensive.

Offensive annoncée par l'état-major comme déterminante, au point que de pauvres diables avaient renoncé à leur permission pour être certains d'y participer ! Ne racontait-on pas que les objectifs seraient atteints avant midi et que l'on jouerait *La Marseillaise* à l'emplacement des lignes ennemies ?

La plupart des soldats gisaient à présent sur la terre boueuse de Champagne. La fameuse offensive s'était brisée contre le mur des mitrailleuses allemandes que les avions envoyés en repérage n'avaient pas pu photographier. Les morts se comptaient par milliers et, au fond de leurs boyaux qu'ils n'osaient même plus appeler « tranchées », les poilus se désespéraient. Tant de rêves de paix, d'espoirs, venus se briser sur le plateau de Craonne…

Jacques but à la régalade son quart de gnôle après avoir siroté un café tiédasse, qu'il qualifiait de « jus de chaussette ». Lui, le Lillois, avait promis à Georges de lui faire goûter du « vrai café », celui de sa mère, qui tenait un estaminet. « Après la guerre », avait-il ajouté, et les deux camarades avaient observé un silence prudent après cette précision. Ce temps-là viendrait-il enfin ?

Georges se contenta de café. Il n'aimait pas la gnôle qu'on leur servait même si, pour certains, elle permettait d'oublier un peu leurs conditions de survie. Il fit la grimace en croquant dans le « pain de gueux », les biscuits du soldat qui leur étaient distribués. Certains jours, en fermant les yeux, il parvenait à retrouver le délicieux parfum d'amandes, de vanille et de sucre du nougat de son père. Cela lui paraissait si loin…

— Fais-le donc passer avec du pinard, lui conseilla Jacques.

Georges refusa. Il tenait à garder la tête froide. Il vérifia que son livret militaire se trouvait toujours dans la poche intérieure de sa capote, en compagnie de sa montre de gousset, et d'un jeu de cartes.

Des camarades ne se séparaient pas de leur nécessaire à écrire. Georges avait renoncé à donner des nouvelles aux siens. Que pouvait-il leur dire ? Qu'il crevait de peur et n'en pouvait plus ? Qu'il rêvait de « la bonne blessure », celle qui vous mettait à l'abri pour plusieurs semaines, voire quelques mois ? Il imaginait déjà le sursaut de son père. « Et le sens du devoir, Georges ? » Il en avait trop vu pour se nourrir encore d'illusions. La guerre... Seigneur ! quelle chiennerie ! Ses camarades et lui en parlaient, le soir, tout en tapant des pieds pour éviter de geler sur place. Ils n'avaient plus confiance en leurs chefs et compris depuis longtemps qu'on les sacrifiait en attendant l'arrivée des troupes américaines.

Il se tourna vers Jacques.

— S'il m'arrive quelque chose... n'oublie pas de prévenir mes vieux. La pâtisserie Jouve, à Rouvion.

Jacques secoua la tête.

— Parle pas comme ça, mon Geo, ça porte malheur.

Son camarade ricana.

— Parce que tu crois, toi, qu'on a une chance de s'en tirer ? Mon pauvre gars ! Ils nous ont condamnés depuis longtemps, à l'état-major !

L'armée grondait. La guerre durait depuis trop longtemps, il y avait trop de morts... Les bleuets de la classe 17 tombaient par milliers, et avec eux des hommes aguerris, des officiers respectés. On n'en voyait pas la fin, à croire qu'ils allaient tous crever au pied du plateau.

Jacques cligna de l'œil. Envers et contre tout, il tenait à garder son humour.

— T'inquiète pas, dit-il à Georges. Nous en réchapperons toi et moi. Les mauvaises bêtes ont la vie dure.

Georges esquissa une moue. Il se souvenait du temps déjà lointain où il menait la diligence reliant Sault à Carpentras. Il aimait la communication qu'il avait avec ses chevaux, et la solitude du voiturier. La morsure du froid, la brûlure du soleil lui importaient peu, il était son propre maître.

— Et toi... tu as quelqu'un à prévenir ? demanda-t-il brusquement à Jacques.

Le garçon boucher haussa les épaules.

— La mère est veuve et j'ai deux petits frères. Telle que je la connais, elle doit brûler des cierges tous les jours à l'église mais, de toute manière, le courrier ne passe pas. A Dieu vat !

Un pâle soleil tentait de percer lorsqu'ils partirent à l'assaut. Le temps, couvert et brumeux, ne permettait pas de distinguer grand-chose. Georges avait vérifié deux fois son équipement avant de s'élancer hors du boyau qui leur avait servi d'abri. Il avait rangé cent vingt cartouches dans sa cartouchière, croisé sur sa poitrine les courroies de la musette à grenades, n'avait pas oublié son lebel, ni la pelle et le masque à gaz. Il faisait d'ailleurs plus confiance à la pelle qui lui avait déjà permis à plusieurs reprises de dégager des camarades prisonniers des éboulis qu'au

« groin de cochon », le masque beaucoup trop encombrant.

— A Dieu vat, répéta Georges.

Un déluge d'acier s'abattit sur les fantassins. Courbés, tête baissée sous la mitraille, ils avançaient tout de même, la grenade à la main, progressant d'un trou d'obus à l'autre. Les mitrailleuses allemandes semblaient sorties de terre. L'artillerie lourde accompagnait le bal. Georges comprit vite qu'il leur serait impossible de respecter la progression de cent mètres en trois minutes ordonnée par l'état-major. De toute manière, cette offensive était une véritable opération suicide !

Il se retourna pour vérifier que Jacques le suivait toujours. On le lui avait pourtant répété, à Verdun : il fallait continuer sur sa lancée, ne jamais tourner le dos. Une, deux secondes, pas plus, avait-il pensé. La rafale de mitrailleuse le coucha sur le sol. Il eut l'impression que le ciel lui éclatait dans la poitrine.

Pastor était trempé de sueur malgré le froid. Depuis le petit jour, il transportait les blessés avec Boulier, territorial tout comme lui. Instituteurs dans le civil, les deux hommes appréciaient de faire équipe ensemble.

Le soir, ils se récitaient des poèmes, comme si cela pouvait les aider à oublier l'enfer où ils se trouvaient. Auprès d'eux, on ronflait, on s'épouillait, on fredonnait même, comme un pied de nez à la mort qui rôdait, en embuscade.

« Si tu veux... faire mon bonheur... Marguerite, Marguerite...

Si tu veux faire mon bonheur, Marguerite, prête-moi ton cœur ! »

A mi-journée, il n'en pouvait plus. Ce n'était pas tant l'épuisement que la tension nerveuse. La vision de tant de morts et de blessés le bouleversait, même après une année de service actif. Il avait déjà travaillé comme vaguemestre avant de demander à rallier le front. Le jour où il avait appris la mort de son fils unique à Verdun, Pastor n'avait pas supporté de rester à l'arrière. Il lui fallait en découdre, agir, pour ne pas sombrer. Chaque blessé qu'il sauvait était un hommage rendu à son fils.

La journée était épouvantable. Vivants et morts se côtoyaient dans une proximité choquante. Pastor avait marché sur ce qu'il croyait être un cadavre. Le poilu avait protesté en gémissant. Pastor l'avait évacué en priorité au vu de ses blessures à la tête, à la cuisse et au bras mais il n'était pas certain que le pauvre gars survive. Avant d'atteindre l'antenne chirurgicale, en effet, il devait subir plusieurs heures de transport sur des brancards puis dans une voiture hippomobile.

Le garçon avait sensiblement le même âge que son fils. Pastor l'avait pansé sommairement et avait tenté d'arrêter l'hémorragie de la cuisse en faisant un garrot. Il ne se faisait guère d'illusions, cependant. Les chiffres étaient formels : environ un quart des blessés graves mouraient avant d'arriver à l'antenne chirurgicale.

— Ça va aller, mon gars, répéta-t-il en lui humectant les lèvres.

Une ambiance de chaos régnait à l'antenne. Pierre Masson, chirurgien militaire, opérait depuis treize heures à la lueur des lampes à acétylène. Il était jeune, à peine vingt-huit ans, mais avait de plus en plus l'impression d'être sans âge.

Il adressa un sourire mélancolique à Pastor qui portait lui-même « son » blessé.

— N'êtes-vous pas las de tout ceci ? lui demanda-t-il.

Le brancardier tressaillit.

— Tant que je puis agir... Il ne faut pas parler ainsi, docteur, même si nous sommes tous bien fatigués. Là-bas, c'est l'horreur.

— Oui, bien sûr, acquiesça Masson.

Il avait honte d'avoir exprimé sa lassitude. Il opérait dans une baraque de planches, dans des conditions d'hygiène si rudimentaires qu'il avait parfois envie de s'enfuir.

— Enlevez-lui sa capote, pria-t-il.

Le blessé gémissait sourdement. Le chirurgien nettoya comme il le put les plaies souillées de boue et de sang séché.

— Crâne à trépaner, décida-t-il. La cuisse... eh bien, il va falloir éviter la gangrène. Quant au bras, ce n'est pas trop grave... Préparez de l'éther, monsieur Pastor. Ce pauvre garçon a déjà assez souffert...

Pastor aurait pu opérer lui-même tant il avait assisté à des trépanations. On racontait d'ailleurs qu'on guérissait désormais près de soixante-dix pour cent des blessures du crâne, contre dix pour cent en 1914.

« La guerre nous fait réaliser des progrès en chirurgie », lui avait confié un soir le docteur Masson. Tous deux fumaient une cigarette devant la baraque pompeusement nommée « ambulance ». La nuit avait été calme.

Le chirurgien, à l'aide d'une pince gouge, procéda rapidement à la trépanation. Il se pencha ensuite sur la jambe blessée. Tout en désinfectant les chairs, il soliloquait.

— Le Chemin des Dames… un nom bien trop joli pour ce carnage ! Le saviez-vous, Pastor ? Il s'agit d'une ancienne voie romaine, reprenant elle-même le tracé d'un sentier gaulois. L'anecdote veut que la gouvernante des filles de Louis XV, Françoise de Chalus, fit empierrer cette route dans la seconde moitié du XVIIIe siècle afin de relier plus aisément Versailles au château de La Bove.

« Mais, Dieu du ciel, pourquoi les gradés en haut lieu refusent-ils d'admettre qu'ils sacrifient inutilement des milliers d'hommes ? Le plateau est quasiment imprenable…

— Si la victoire est à ce prix… remarqua Pastor.

Masson le foudroya du regard.

— Parce que vous croyez encore à tous leurs beaux discours ? Tant d'hommes sont morts, pour quelques mètres de terre… je suis certain que, dans plus de cinquante ans, on retrouvera encore des cadavres. Les pauvres diables n'en peuvent plus, et moi non plus. La paix… voilà à quoi j'aspire. J'ai essayé de sauver sa jambe, reprit-il. Ai-je eu raison ? Recommandez bien à l'infirmière de le surveiller. S'il passe la nuit, il aura peut-être une chance de s'en tirer.

Le blessé reprenait lentement conscience. Sa tête et sa jambe le faisaient horriblement souffrir.

Je vais mourir, pensa-t-il.

Il n'avait qu'une hâte, sentir à nouveau le parfum des amandes grillées.

30

1919

Chaque fois qu'elle pénétrait dans la chambre de son fils, Anna avait envie de tourner les talons et de fuir. Ce sentiment la culpabilisait tant que, maladroite, elle faisait tomber le plateau ou posait des questions stupides, du genre : « Comment vas-tu ? », auxquelles Georges répondait par un haussement d'épaules exaspéré. Face à son fils blessé, mutilé, et à son désespoir, Anna se sentait impuissante.

Georges était revenu de l'hôpital militaire au cours de l'été précédent. Son voyage de retour dans un train bondé avait été éprouvant. Il avait horriblement souffert de migraines et de douleurs fantômes. Malgré les efforts du chirurgien militaire de Craonne, il avait fallu l'amputer à cause de la gangrène. Georges avait si mal qu'il suppliait alors qu'on lui coupe cette maudite jambe. Il ne pouvait imaginer que les douleurs reviendraient le harceler, bien qu'il n'eût plus qu'un moignon. Il n'oublierait jamais le regard horrifié de sa mère accroché à sa jambe de pantalon flottante et à ses béquilles. Elle s'était reprise aussitôt après, mais c'était trop tard.

Georges avait compris que, face à n'importe quelle femme, il se souviendrait de ce regard. Infirme. Il n'était plus qu'un pauvre infirme, à vingt-trois ans.

Son père, lui, avait détourné les yeux, et ç'avait été encore pire. Comment aurait-il pu accepter son état alors que son propre père n'avait pas le courage de le regarder en face ?

Il avait tant rêvé de retrouver la chaleureuse atmosphère de la maison familiale qu'il se sentit déçu en pénétrant dans sa chambre. Une poupée de Philippine traînait sur le parquet. Il l'envoya valser d'un coup de béquille. C'était « son » domaine.

Son pansement à la tête effraya la petite fille. Elle se mit à pleurer en désignant son oncle d'une main tremblante, et son ressentiment s'accentua. Cette gamine ne pouvait donc pas se taire ? Il avait mal à la tête, depuis sa trépanation, il supportait mal le bruit comme la lumière vive.

Il s'installa dans sa chambre après avoir fermé la porte. Il répondit par la négative aux questions inquiètes de sa mère. Non, il n'avait besoin de rien, seulement de tranquillité. A moins qu'un peu de vin ? Il y avait pris goût au front. Rien de tel pour vous faire oublier la sinistre réalité.

Lentement, le bourg reprenait vie avec le retour des soldats. Plus de quatre ans de guerre, interrompus par quelques semaines de permission, une misère, avaient marqué les esprits. Onze gars de Rouvion n'étaient pas revenus. Ils gisaient, dans la terre de la Meuse, de l'Aisne ou de la Somme, et la municipalité réfléchissait au monument sur lequel leurs noms seraient gravés. Une piètre consolation pour leurs familles, pensait Armand.

Il ne savait plus s'il devait se réjouir du retour de son fils. Il y avait plus d'un an que Georges était revenu mais, refermé sur lui-même, il ne parlait pratiquement pas à ses parents. Vincent, gazé mais lui aussi en vie, continuait à leur écrire depuis l'Allemagne où il avait été envoyé avec les forces d'occupation. Il leur expédiait des cartes postales et écrivait à Philippine en lui demandant si elle était toujours aussi jolie. La petite, qui savait lire depuis peu, rougissait de plaisir.

« Il est quand même temps que Vincent nous revienne », bougonnait Armand, qui peinait de plus en plus pour gravir les trois étages menant au laboratoire. Il avait une mauvaise toux, qui inquiétait Anna. Mais, plus entêté qu'une mule, il refusait de consulter.

« Mon père toussait, lui aussi, répondait-il invariablement à son épouse. C'est à force de travailler la farine. »

Persuadée que l'air du plateau était le meilleur qui soit, Anna emmenait chaque dimanche Armand et Philippine au mas. Brune, ravie, leur préparait le régal d'Armand, son chevreau aux amandes et, après le déjeuner, alors qu'Armand s'accordait une petite sieste sous la treille, Anna et sa petite-fille allaient se promener dans le champ d'amandiers.

Georges refusait toujours de les accompagner. Il préférait rester dans sa chambre, à lire ou à ruminer de sombres pensées. Anna osait à peine s'avouer que c'était mieux ainsi. La certitude que leur fils était devenu un étranger la faisait horriblement souffrir.

Au fond d'elle-même, elle se sentait coupable. Comme si elle avait été la seule responsable du fiasco de leur famille. N'était-ce pas en partie vrai ? Puisqu'elle ne parvenait pas à oublier Martin.

Armand le lui avait fait remarquer à la fin de l'année 1917. « Tu n'es plus la même, Anna », lui avait-il dit avec tristesse.

Elle avait protesté, bien sûr, en se détestant. Ne valait-il pas mieux avouer la vérité à son époux ? Mais quelle vérité ? Elle lui était toujours restée fidèle et, cependant, elle le trahissait chaque jour et chaque nuit en pensée. C'était peut-être pire, se disait-elle.

Pourtant, elle n'avait pas revu Martin. Elle ignorait même, d'ailleurs, s'il était toujours en vie. Et cette incertitude la rongeait.

Elle secoua la tête avec impatience. Ses cheveux, toujours longs et épais, retenus à grand-peine par toute une armada d'épingles, menacèrent de s'écrouler.

Brune lui jeta un coup d'œil pénétrant.

— Qu'est-ce que Georges envisage de faire ?

On lui posait cette question avec de plus en plus d'insistance et Anna, au supplice, ne savait plus quoi répondre.

Elle soutint le regard de sa tante.

— Je n'ose plus lui en parler, avoua-t-elle, les joues empourprées. A chaque fois, c'est la crise. Il se met en colère, répète qu'il est infirme, que sa vie est fichue… J'ai mal pour lui, si tu savais, Brune… et, en même temps, je ne peux pas le comprendre. Je n'ai pas vécu ce qu'il a connu, là-haut, dans le Nord. Il souffre de terribles migraines, et est lourdement handicapé à cause de son amputation mais il aurait la possibilité de demander un emploi dans l'administration. Seulement, tu connais Georges... Il ne s'est jamais intéressé aux études, n'a même pas son certificat. Il m'a ri au nez le jour où je lui ai proposé de préparer un concours. « Ma pauvre mère, tu ne veux donc pas admettre que je n'ai pas d'avenir ? » m'a-t-il lancé. Ce choc dans ma poitrine, Brune ! Tu ne peux pas imaginer...

Brusquement, Anna se mit à pleurer. Des sanglots silencieux, d'autant plus difficiles à supporter pour sa marraine.

— Là, là, mon petit... lui dit-elle en l'attirant contre elle. Pleure un bon coup, si cela te soulage. Il faut faire confiance au temps. Georges finira bien par reprendre goût à la vie.

Ce disant, elle avait conscience de prononcer des paroles lénifiantes auxquelles ni l'une ni l'autre ne croyait. Georges s'était volontairement retiré du monde et refusait même de descendre aider à la boutique.

« Les clients viendraient voir l'infirme, je ne supporte pas leur curiosité malsaine », avait-il expliqué à Anna. Cela, au moins, elle pouvait le comprendre, tout en se disant que son fils n'était pas le seul à être revenu grièvement blessé.

Le fils de Rose était une gueule cassée, ce qui ne l'avait pas empêché de reprendre son métier de facteur.

Onze jeunes gens n'étaient pas rentrés. Une hémorragie, un drame sans nom pour le bourg. Anna avait vécu au jour le jour les attentes, les espoirs puis la désespérance de ses clientes. Elle les avait partagés. Sans relâche, elle s'interrogeait. Comment venir en aide à son fils ?

Elle releva la tête, s'essuya les yeux d'un revers de la main.

— Pardonne-moi, Brune. Je voudrais être plus forte mais... quel gâchis, Seigneur !

Elle ne prononça pas le prénom de Rose-Aimée. Elle savait par Céline que sa fille avait épousé un soldat britannique et vivait désormais dans le Kent. Rose-Aimée ne leur avait jamais écrit et semblait s'être totalement désintéressée de Philippine. Etait-ce parce qu'elle désirait oublier jusqu'au souvenir de Génin ? Ou bien avait-elle caché à son mari l'existence de sa fille ? En tout cas, que ce soit avec Rose-Aimée ou avec Georges, Anna avait la détestable impression d'avoir été une mère déplorable.

Elle ne pouvait pas en parler avec Armand qui refusait tout bonnement d'aborder ce sujet.

« C'est leur choix, avait-il dit un jour à sa femme. Nous ne pouvons aller contre. »

Il n'empêchait... Anna se rappelait le temps des veillées passées à dégover, les repas à la table du mas, toujours animés, malgré la mélancolie d'Aimé, les merveilleux moments de bonheur partagé pendant la cueillette des amandes. Sa tante et son père s'étaient efforcés de lui faire vivre une enfance heureuse et ils y étaient parvenus. Apparemment, Armand et Anna n'avaient pas eu cette chance.

— Je voudrais le meilleur de la vie pour Philippine, souffla Anna.

Brune soupira.

— Le meilleur de la vie… comme tu y vas ! Nous ne décidons pas, petite, souviens-t'en.

Toutes deux songeaient à Martin Bonnafé, Anna le savait. Elle posa les mains sur la table de bois patiné et questionna tout à trac :

— Que dois-je faire, à ton avis, Brune ? Faut-il chercher à le revoir ?

Un an auparavant, elle avait résumé à sa tante la teneur de la lettre de Martin. Brune avait esquissé un sourire teinté de nostalgie.

« Ta mère et toi suscitez les passions », avait-elle déclaré d'une voix indéfinissable.

Anna lui avait serré la main. Très fort.

« Je ne sais pas si nous avons été heureuses pour autant. »

Elle était consciente, bien sûr, que sa vie aurait été radicalement différente si elle avait épousé Martin. Mais il ne servait à rien d'y penser. Mathilde et Armand ne méritaient pas d'être trahis, et Anna ne supportait pas cette idée.

« Mon père disait souvent qu'il suffit de suivre le sillon qu'on a tracé », avait repris Brune.

Anna s'était blottie contre elle.

« T'ai-je jamais dit ma reconnaissance ? Tu as toujours été là pour moi. »

Brune n'avait rien répondu. Pas question de laisser voir à quel point elle était émue ! Elle s'était contentée de serrer la main d'Anna. Très fort.

— Il faut garder confiance, reprit Brune.

Anna lui sourit.

— Dieu merci, nous avons Philippine.

Brune ne répondit pas. Elle avait cessé de mettre sa filleule en garde. Après tout, Rose-Aimée semblait avoir tiré un trait définitif sur sa famille.

31

1919

Les fenêtres du salon ouvraient sur le jardin, entretenu depuis des lustres par Ferdinand. Il s'entendait bien avec Mathilde Bonnafé qui exécrait tout ce qui n'était pas rangé, aligné au cordeau. Ferdinand taillait donc aussi bien la glycine que les rosiers, les buis et le figuier. Pas de fouillis exubérant à l'anglaise, mais des massifs stricts, austères, bien ordonnés.

Olivier se détourna de la fenêtre, s'appuya à une console Restauration comme pour se donner du courage.

— Je ne reviendrai pas travailler à l'usine, annonça-t-il à ses parents.

Une nouvelle fois, Martin le trouva changé. L'homme qui se tenait face à lui était quasiment un étranger. S'ils avaient noué une étrange correspondance durant les années de guerre, le père et le fils avaient de nouveau repris leurs distances depuis qu'ils étaient revenus à Apt. Martin se demandait parfois si ce n'était pas la faute de la maison familiale – « le mausolée », comme il l'appelait en son for intérieur. Lui-même s'était toujours senti plus à l'aise à la Grand'Bastide ou bien chez Arthémise.

Il se racla la gorge. Parfois, il se réveillait en sueur, persuadé qu'il dormait encore au fond d'une tranchée, avec sa couverture rabattue sur le visage pour tenter de se protéger des rats. Il aurait désiré échanger des souvenirs avec Olivier, tout en devinant que celui-ci ne le souhaitait pas. Cependant, quand il l'observait à la dérobée, Martin remarquait que son fils aîné avait un regard sans âge. Celui des rescapés.

— Que comptes-tu faire exactement ? s'enquit-il.

Le retour à la vie civile, curieusement, constituait une nouvelle épreuve. Les années de guerre les avaient marqués à jamais. Il fallait oublier le vacarme assourdissant, retrouver une existence normale.

Mathilde avait accueilli son mari comme s'il était revenu d'une expédition de chasse. Froide et distante, sans émotion superflue, elle lui avait demandé si tout allait bien et avait enchaîné à propos des bigarreaux. Elle n'avait pas compris l'accès d'hilarité de Martin. Après tout… ils n'avaient jamais été proches, ni amis. Seules de tragiques circonstances leur avaient imposé, non pas de vivre ensemble, mais dans la même maison.

Olivier soutint le regard intrigué de son père. Il se sentait étonnamment proche de lui à cet instant, parce qu'ils avaient vécu le même enfer.

— J'ai réfléchi, confia-t-il. Au fond de ma tranchée, je me suis promis de vivre comme je l'entendais si je réussissais à m'en sortir.

Sa voix baissa d'un ton. Il songeait à Alex, cet excellent camarade, mort dans ses bras d'un éclat d'obus. Il avait été touché au ventre. Tous deux savaient qu'il était perdu. Alex ne survivrait pas au transport vers l'ambulance. Olivier l'avait aidé à se soulever un peu tout en tentant de comprimer l'hémorragie.

« Promets-moi... lui avait soufflé Alex. Promets-moi de vivre pour nous deux, à ta guise. Nous avons assez souffert pour mériter un peu de bon. »

Olivier avait promis. Il savait qu'il n'était pas fait pour fabriquer des fruits confits. Il caressait un autre rêve. Se retirer à la campagne, et « faire » de la lavande.

Il l'expliqua calmement à ses parents. Mathilde fut la première à réagir avec colère alors que Martin gardait le silence.

— Aurais-tu perdu la raison, Olivier Bonnafé ? questionna-t-elle, insistant sur le nom de famille. Te rends-tu compte que ton frère a ruiné sa santé pendant que tu jouais à la guerre ?

— Mathilde !

La voix de Martin tonna.

Surprise, son épouse se tourna vers lui.

— Des excuses, immédiatement ! ordonna Martin. Vous n'avez pas le droit de traiter ainsi notre fils.

— *Notre* fils ? répliqua Mathilde d'un ton indéfinissable.

La colère et la rancœur la submergeaient. Deux plaques rouges marquaient ses joues.

— Auriez-vous la mémoire courte, mon cher époux ? reprit-elle avec une ironie mordante. Ou bien dois-je vous rappeler qu'Olivier n'est pas votre fils ?

Bizarrement, à cet instant, l'aîné des Bonnafé éprouva un sentiment de soulagement intense. Il songea à Arthémise.

« Tu diras à ton père qu'il est grand temps de lever les secrets. N'oublie pas, Martin comprendra », lui avait-elle confié avant de mourir.

Martin soutint le regard venimeux de Mathilde.

— Pourquoi cherchez-vous à nous faire du mal, aux uns et aux autres ?

Elle secoua la tête. Son chignon se défit. Elle évoquait pour Martin une Médée vengeresse. Il ne l'avait jamais aimée, se dit-il. Au fond de lui, il l'avait même détestée parce qu'à cause d'elle, il avait dû se séparer d'Anna. Et, tout comme Olivier, il se sentait soulagé de voir tomber les masques.

— Je ne vous comprends pas, répondit Mathilde, faisant un effort visible pour garder son calme. Vous avez toujours sacrifié Clovis, votre vrai fils, au profit du fils de votre frère.

Un silence effrayant tomba sur le salon.

Je l'ai toujours deviné au fond de moi, pensa Olivier.

Il se rapprocha de Martin. Celui qu'il considérerait toujours comme son père était extrêmement pâle.

— Je suis désolé, Olivier, articula-t-il avec peine. J'aurais préféré t'épargner ce genre de révélation.

Mathilde ricana.

— Je n'ai jamais supporté votre attitude noble et détachée. Parce que, précisément, même si vous n'en parliez pas, je savais que vous me méprisiez. La fiancée engrossée par le frère aîné... Il fallait à tout prix étouffer le scandale. Aussi, m'avez-vous épousée, parce que votre père a fait pression sur vous. J'avais osé lui laisser entrevoir la vérité, poussée par Eulalie.

— Je ne vous ai jamais méprisée, corrigea doucement Martin. En revanche, j'étais très fâché contre Guy.

— Parce qu'il avait su me séduire ? Guy était charmeur, séduisant. Avec lui, j'avais l'impression de vivre, enfin ! Mais vous... comment auriez-vous pu supporter la comparaison avec votre aîné ?

La haine affleurait. Martin eut comme un vertige. Toutes ces années, durant lesquelles Mathilde et lui avaient vécu côte à côte...

— J'aimerais qu'on m'explique, fit Olivier.

L'agressivité dont sa mère faisait preuve le sidérait. A sa place... Il se reprit. Il ne voulait pas porter de jugement sur elle. Sa situation avait assurément été pénible et difficile.

Mathilde poussa un énorme soupir.

— C'est assez clair, non ? fit-elle. Tu es le fils de Guy Bonnafé, Olivier. L'homme que je devais épouser.

De nouveau, il se tourna vers son père, comme pour chercher à le protéger.

— Il aurait été beaucoup plus simple de dire la vérité, glissa-t-il.

Mathilde se récria aussitôt.

— Pour qu'on se moque de moi ? Merci bien ! Tu raisonnes en homme. Une femme, surtout dans notre milieu, n'a pas le droit de déroger. Coupable. Je ne pouvais être que coupable.

Martin se dirigea vers l'armoire à liqueurs et sortit deux verres ballons.

— Un cognac, proposa-t-il à Olivier.

Son calme apparent porta à son comble l'exaspération de son épouse.

— Vous n'avez jamais prêté attention à moi, ne m'avez jamais demandé si j'étais heureuse de cet « arrangement » et, à présent, vous vous comportez comme s'il s'agissait d'une broutille ?

Martin reposa la bouteille de cognac sur la desserte un peu trop fort. Les verres tremblèrent.

— Brisons là, voulez-vous ? grinça-t-il. Et moi ? Pensez-vous que j'aie été heureux de sauver l'honneur familial ? Je n'aurais jamais rien dit, cependant, par respect pour vous, pour Olivier et pour la mémoire de mon frère. Mais, puisque vous avez décidé de dévoiler ce secret plutôt sordide, assumez-en la responsabilité !

Ils s'affrontèrent du regard comme deux duellistes. Olivier en eut la nausée.

— Réglez vos comptes sans moi ! jeta-t-il en quittant la pièce.

La colère bouillonnait en lui, mêlée à l'amertume. Il regagna sa chambre, manquant bousculer au passage Clovis, qui se tenait dans le couloir.

— Désolé, mon vieux, mais il me faut changer d'air, lui dit Olivier.

Clovis sourit tristement.

— Ne t'en fais pas pour moi. J'ai fini par prendre goût aux fruits confits.

Les années de guerre avaient permis à Olivier d'aller à l'essentiel. Il refusait de se sentir coupable à propos de son frère cadet. Après tout, Clovis pouvait fort bien refuser de s'occuper de la fabrique lui aussi ! Il avait son libre arbitre. Olivier, pour sa part, ne supportait plus l'atmosphère compassée de la demeure ni les secrets qu'elle dissimulait. Pour l'instant, il ne parvenait pas à réaliser vraiment ce que signifiait la révélation qui lui avait été faite. Martin n'était pas son père ? Pourtant, c'était lui qui l'avait emmené à la chasse, lui qui l'avait soigné lorsqu'il avait eu le croup, Mathilde redoutant la contagion pour Clovis, lui avec qui il échangeait une longue correspondance... Martin avait toujours agi avec lui comme s'il avait été réellement son fils, et Olivier ne l'oublierait jamais.

Clovis suivit son frère jusqu'à sa chambre.

— Que vas-tu faire ? s'enquit-il.

Olivier se mit à rire. Il se sentait libre, enfin !

— Vivre à ma guise, répondit-il sans hésiter.

32

1926

Sous le ciel d'un bleu dur, les abeilles, ivres de parfum, bourdonnaient à l'envi parmi les « routes » de lavande. Olivier, la main placée en visière devant les yeux, contempla ses champs avec satisfaction. Même si les premières années avaient été difficiles, il parvenait désormais à tirer un revenu substantiel de ses terres. Il « faisait » de la lavande, du miel et du fromage de chèvre tout en menant la vie qu'il souhaitait.

Il était heureux sur le plateau, dans la maison qu'il avait bâtie lui-même, avec l'aide de Toine, l'homme toutes mains qui était devenu un ami. C'était un bastidon en pierre, avec une génoise en retour sur le mur pignon, des ouvertures réduites pour se protéger du soleil, le tout recouvert d'un bel enduit composé de chaux grasse et de pigment naturel extrait de la région d'Apt. Le puits de la cour fournissait l'eau. L'intérieur était sobrement décoré. Murs badigeonnés de blanc chaque année, meubles confectionnés par le menuisier de Sault, vaisselle réduite au strict minimum. Les fenêtres étaient dépourvues de rideaux. « Pour quoi faire ? » avait répondu Olivier à Clovis qui s'en étonnait. Il n'avait pas de voisins aux alentours et souhaitait profiter de la vue sur ses champs même depuis son lit ! En revanche, Olivier avait des livres, beaucoup de livres, aussi bien des recueils de poésie que des romans de Jules Verne ou des ouvrages de Montaigne… Le soir, recru de fatigue, il s'installait devant la cheminée et lisait, jusqu'à ce que ses yeux se ferment. Son chien, un épagneul nommé Merlin, posait sa tête sur ses genoux. Il était bien…

Pourtant, ce n'était pas le bonheur complet. Olivier avait encore beaucoup de problèmes à régler. Mais il refusait de les laisser le dévorer.

Il vérifia que les cabanons et les granges étaient prêts à accueillir les coupeurs. Certains lavandiculteurs laissaient dormir « leurs Italiens » à la belle étoile. Rien de tel ne se produisait chez Olivier

Bonnafé. En l'espace de quelques années, il avait acquis une réputation d'intégrité dont il était fier. Pas pour lui mais bel et bien pour prouver à sa famille ce dont il était capable.

Il se rendait peu à Apt. Martin et Clovis montaient lui rendre visite à la belle saison. Sa mère ne quittait plus l'hôtel particulier familial depuis qu'elle avait été victime d'une attaque en 1921. Restée hémiplégique, elle circulait à l'étage en fauteuil roulant mais refusait de sortir.

« Pas question qu'on me voie dans cet état ! » avait-elle déclaré d'une voix rauque. Martin laissait faire. Il lui avait fallu plusieurs mois pour se remettre du coup d'éclat de Mathilde. Il ne parvenait pas à lui pardonner ses révélations. Leurs deux fils en avaient été profondément ébranlés.

« Pour moi, tu seras toujours mon père », lui avait un jour déclaré Olivier, et Martin, trop ému pour répondre, s'était contenté d'incliner la tête. Olivier n'avait pas posé de questions concernant Guy mais Martin avait préparé à son intention un album contenant des photographies et des lettres de son frère aîné. De son côté, Mathilde lui avait fermé sa porte.

« Je te maudis, lui avait-elle assené. Tu fais reposer tout le poids de la fabrique sur les épaules de Clovis. »

Peu décidé à se laisser impressionner par les sorties grandiloquentes de sa mère, Olivier l'avait saluée avant de s'en aller. Clovis, qui expérimentait un nouveau traitement, ne semblait pas se porter si mal. D'ailleurs, c'était Martin qui gérait de nouveau l'entreprise familiale.

Olivier prit une longue inspiration. Le parfum de la lavande pénétrait par tous les pores de sa peau, provoquant chez lui une sensation de bien-être. Après les années de guerre, qu'il n'avait pas oubliées, et qu'il n'oublierait certainement jamais, la vision des champs de lavande l'apaisait. Grâce à l'héritage d'Arthémise, il avait pu acheter des terres sur lesquelles, suivant l'exemple des frères Marie, de Sault, il avait repiqué de jeunes plants arrachés dans les lavanderaies naturelles de la montagne.

L'essor avait été rapide. Les parfumeurs de Grasse avaient vite compris l'intérêt de la lavandiculture dans le val de Sault et la vision magique des champs en fleur attirait encore plus d'estivants, venus aussi bien de Marseille que de la région parisienne, de Lyon ou même d'Angleterre.

Olivier se retourna et siffla Merlin. L'épagneul le rejoignit aussitôt.

— La récolte va être belle, mon petit père, dit Olivier en lui caressant le sommet de la tête.

Il avait passé du temps à nettoyer ses baïasses, enlevant les cailloux, éclaircissant les plants trop serrés, binant et désherbant les terres. C'était un travail rude, qu'il appréciait parce qu'il était au contact de la nature. Lorsque son dos le faisait souffrir, il se redressait, contemplait le ciel et se sentait bien. Chez lui.

Ses voisins les plus proches habitaient à près d'un kilomètre. La famille Brosset vivait dans le val de Sault depuis près de deux siècles. Ils avaient observé d'un air sceptique les travaux d'Olivier avant de se lancer à leur tour dans la lavande. « Ça vient bien », commentait le père Brosset, étonné de constater l'envolée des cours.

Olivier sourit. Le moment tant attendu de la cueillette constituait pour lui la récompense d'une année de labeur. Et puis, il allait revoir Silvia, la belle Silvia, que tous les coupeurs courtisaient. Le premier été, il l'avait contemplée, ébloui, sans parvenir à prononcer un mot. Toine lui avait décoché une bourrade.

— Hé, Olivier !

La belle Piémontaise s'avançait pieds nus sur le chemin caillouteux menant au bastidon. Elle avait une démarche de reine, qui contrastait avec ses vêtements raccommodés. Elle portait un baluchon et une paire de sandales de toile qu'elle balançait. Avec ses seins arrogants et sa taille fine, elle affolait les hommes.

« Tu n'as pas peur d'introduire la louve dans la bergerie ! » lui avait fait remarquer Toine en riant.

Elle avait planté son regard sombre dans les yeux verts d'Olivier.

— *Padrone ?* avait-elle demandé d'une voix sourde.

Il avait eu envie de refermer les bras sur elle et de l'attirer contre lui.

Marinette, qui venait cuisiner chez lui le temps de la cueillette, avait glissé :

« Lou ven, la fremo e la fourtuno
Soun mouvedis coumo la luno. »
(Vent, femme et fortune
Sont changeants comme la lune.)

Il en avait été fâché. Décidément, il était plus à l'aise avec une faucille qu'avec une femme !

Marinette, une accorte quadragénaire, avait posé la main sur son bras.

« Ne fais pas cette mine de carême, Olivier. La vie est belle... si tu en es convaincu ! »

Il n'oublierait jamais cet été-là. La lavande et le corps de Silvia étaient pour toujours liés dans ses souvenirs. Ils n'avaient pas échangé de serments. Silvia revendiquait sa liberté. Elle avait posé la main sur les lèvres d'Olivier lorsqu'il avait voulu lui proposer de rester au bastidon.

« Chut ! avait-elle soufflé. Ma famille m'attend, en Italie. »

Il s'était inquiété. Etait-elle mariée ? Silvia avait ri.

« Tu es trop curieux. »

Elle était repartie avec ses camarades alors que la première brume estompait les reliefs. La récolte avait été particulièrement abondante et Olivier s'était montré généreux. Planté au bout du chemin, il avait suivi des yeux la dizaine d'Italiens qui repartaient en chantant, leur baluchon sur l'épaule. Il attendait, il espérait même que Silvia se retournerait mais elle l'avait ignoré. Marinette, qui l'avait rejoint, avait commenté :

« Ce n'est pas une femme pour toi. Ce qui compte pour elle, c'est sa liberté. »

Il s'était senti à la fois triste et presque soulagé. Parce que Marinette avait exprimé tout haut ce qu'il redoutait d'entendre. Silvia refusait toute attache, fût-elle sentimentale.

Elle était revenue l'été suivant, toujours belle, souriante, et insouciante. Elle avait rejoint Olivier dans sa chambre dès le premier soir, s'était blottie contre lui.

« Tu m'as manqué, Livio. »

Ils s'étaient aimés avec fièvre. Silvia aurait assurément souri si Olivier lui avait avoué qu'il n'avait pas regardé une autre femme depuis son départ, l'année précédente. Elle ne l'aurait peut-être pas compris.

Il haussa les épaules. Il était certainement trop sentimental, même s'il refusait de croire à l'amour. L'histoire familiale l'avait rendu défiant.

Une quarantaine de draps épais étaient entassés dans la grange. C'étaient des draps de ménage en fil de chanvre, qu'il avait achetés au colporteur dans le but d'y faire sécher sa récolte.

Marinette, la saison passée, les avait lavés dans le cuvier pendant toute une journée avant de les transporter jusqu'au lavoir où elle les avait battus. Ils étaient en effet si épais qu'il était impossible de les tordre ! Une fois rincés, les draps étaient étendus sur des cordes dans le pré, à l'ombre des abricotiers. Il n'était pas nécessaire de parfumer l'eau de la lessive. La toile était si imprégnée de lavande que l'odeur persistait malgré les lavages. Les draps secs étaient pliés sans être repassés. Beaucoup trop épais, ils auraient occasionné un travail de titan.

Marinette s'occupait du linge, comme de beaucoup d'autres choses au bastidon. Veuve sans enfants, elle avait fini par s'installer chez Olivier en décrétant qu'elle en avait assez de grimper jusque chez lui chaque matin. En revanche, le dimanche, elle redescendait à Sault où elle astiquait son petit logement après s'être rendue à la première messe.

« Il faut bien que je prie pour toi, mécréant ! » reprochait-elle à Olivier qui ne dissimulait pas son scepticisme. La guerre l'avait trop marqué pour qu'il ait gardé la foi.

Marinette l'attendait sur le seuil du bastidon.

— Cette lavande… Ça m'enivre ! s'écria-t-elle avec bonne humeur.

Elle s'apprêtait à vivre le meilleur moment de l'année. L'animation de la cueillette, les allées et venues des coupeurs, les chants joyeux qui se répondaient d'une lavanderaie à l'autre la réjouissaient.

Et puis, se disait-elle, peut-être qu'enfin Olivier se déciderait à prendre femme ?

Il était grand temps, il allait sur ses trente-cinq ans…

33

1928

Quand le temps lui paraissait s'écouler trop lentement, Philippine cherchait instinctivement du regard le mont Ventoux. C'était pour elle mieux qu'un repère, son point d'ancrage. La certitude qu'un jour prochain, elle retournerait au pays.

Elle avait gardé tant de souvenirs heureux de son enfance, se partageant entre la boutique et le mas ! Elle aimait se faufiler dans le laboratoire et observer les tours de main de son grand-père et de Vincent…

Le parfum des amandes grillées, plus que tout autre, la transportait.

Elle avait supplié Armand. « Quand je serai assez grande, tu me laisseras faire mon nougat ? » et il avait promis. Elle avait d'abord obtenu la permission de faire griller les amandes dans le torréfacteur.

Manana montait, elle aussi, et fronçait le nez.

« Hum... j'ai l'impression qu'il y a un marmiton de trop ici ! »

C'était Philippine qui avait baptisé ainsi sa grand-mère. Elle avait connu une période difficile, vers l'âge de six ans, lorsqu'elle était allée à l'école. Elle avait d'abord subi des remarques désagréables, puis l'insulte – « bâtarde » – avait fusé, reprise par les autres enfants. Elle était revenue en larmes à la boutique, suivie par une Lise essoufflée.

Philippine, sanglotant, avait réclamé des explications. Brune, qui était venue au bourg ce jour-là, avait levé les yeux au ciel. « Je l'avais bien dit ! » avait-elle marmonné, assez fort pour que tout le monde l'entende. Anna avait entraîné sa petite-fille dans sa chambre et l'avait serrée dans ses bras avant de tenter de lui expliquer... elle ne savait quoi. Elle cherchait ses mots, racontait Rose-Aimée, ses rêves, son désir de partir, comme on fuit. Que pouvait comprendre une petite fille de six ans alors qu'Anna avait renoncé depuis longtemps à s'expliquer les motivations de sa fille ? Anna avait répété à Philippine qu'Armand, elle, Brune, Georges et beaucoup d'autres l'aimaient et seraient toujours là pour elle. Philippine avait alors secoué ses boucles couleur de châtaigne.

« Pas Georges, avait-elle déclaré d'une voix nette. Georges ne m'aime pas. »

Et Anna n'avait pas trouvé les mots pour la détromper. Il y avait beau temps qu'elle avait compris, en effet, que son fils infirme jalousait Philippine. La petite fille était trop jolie, trop vive pour lui. De toute manière, Georges ne supportait plus grand-monde. De temps à autre, il prenait la jardinière et disparaissait un ou deux jours dans la montagne. Quand il revenait, Anna ne savait pas dire si elle en était triste ou soulagée. Elle en souffrait, sans oser aborder ce sujet avec Armand.

Si elle y réfléchissait, d'ailleurs, elle parlait de moins en moins avec son mari. La guerre, leurs enfants et, peut-être encore plus sûrement, la lettre de Martin les avaient séparés.

Philippine marcha jusqu'au rocher des Doms. Elle aimait Avignon mais ce n'était pas sa ville, ni son pays. Comme Anna, elle avait besoin d'aller se ressourcer régulièrement au mas. Elle aussi enlaçait le tronc d'un amandier, celui de Rose-Aimée, qui avait été planté le mois suivant sa naissance. C'était Brune qui le lui avait raconté. Brune, sa « grand-marraine », toujours vaillante, malgré son âge avancé. A près de soixante-quinze ans, elle refusait de passer la main et de venir s'installer au bourg comme Anna l'y invitait. « Le mas, c'est ma maison, depuis le temps, protestait-elle. J'y mourrai, comme Allegra, comme Aimé. »

La certitude d'être inscrite dans cette lignée familiale avait souvent rassuré Philippine. Elle lui permettait de mieux assumer l'absence de sa mère, l'ignorance du sort de son père. Maurice Génin n'était jamais revenu dans le val de Sault ni sur le plateau. Un couple avait réalisé son rêve d'hôtel-restaurant destiné aux vacanciers pressés de changer d'air.

L'hôtel des Lavandes, construit sur la place de Rouvion, presque en face de la pâtisserie, attirait nombre de touristes. Ceux-ci ne retournaient pas chez eux sans avoir franchi le seuil de la maison Jouve. Il suffisait d'une fois... La plupart devenaient ensuite inconditionnels du nougat Jouve.

Philippine sourit à cette évocation. Elle aussi aimait l'atmosphère particulière de la boutique et ne comprenait pas son oncle. Puisqu'il ne pouvait plus exercer son métier de voiturier, pourquoi n'allait-il pas aider grand-père Armand ? Celui-ci paraissait plus âgé que ses soixante ans. Sa toux s'intensifiait et, malgré les remontrances d'Anna, il refusait de consulter. Il se bornait à lui réclamer des infusions de thym réputées souveraines pour dégager les voies respiratoires. Pendant les vacances, Philippine montait souvent jouer le marmiton. Elle aimait utiliser les grandes bassines en cuivre mais, si elle avait dû choisir un ustensile, elle aurait opté pour le torréfacteur, indispensable pour griller les amandes. Parfois, elle se demandait si elle ne se trompait pas de voie. Devenir institutrice était pour elle un moyen de chercher à se rapprocher de sa mère qui avait tout arrêté sur un coup de tête. Philippine aurait tant aimé la rencontrer, parler avec elle, tout un jour et toute une nuit, pour rattraper toutes ces années, enfin. Elle savait bien, pourtant, au fond d'elle-même que c'était impossible. Rose-Aimée vivait en Grande-Bretagne, où elle s'était mariée. Son époux connaissait-il seulement l'existence de sa fille ? Philippine en doutait.

Dans leur entourage, on évitait de prononcer le prénom de la fille d'Anna et d'Armand, de crainte de blesser les grands-parents de Philippine. Mais elle, qui y songeait ? Elle gardait le souvenir de conciliabules s'interrompant net lorsqu'elle pénétrait dans une pièce. « On » jasait, naturellement, au sujet de Rose-Aimée, sans mesurer à quel point sa fille pouvait en être blessée. Seule Brune se gardait de toute critique.

« Elle était amoureuse », avait-elle confié à l'adolescente, qui s'était sentie rassérénée. Enfin, quelqu'un refusait de juger Rose-Aimée ! Parfois, Philippine s'enfermait dans sa chambre, qui avait été celle de sa mère, et feuilletait l'album de photos familial. Elle cherchait quelque ressemblance avec le visage et la silhouette de sa mère. La plupart du temps, Rose-Aimée ne présentait qu'un profil perdu, ce qui décourageait sa fille. Cette mère absente l'avait-elle aimée ? Certes, ses grands-parents l'entouraient de tout leur amour mais il demeurait en elle un manque, une faille. Faille que Georges n'hésitait pas à creuser, comme une plaie qu'on aurait grattée sans répit.

« Je t'admire, fillette, lui avait-il déclaré un jour. Garder la tête haute en connaissant le secret de ta naissance… Plus tard, tu risques d'avoir de la peine à te trouver un mari. Les enfants illégitimes sont toujours regardés de travers. »

La première fois, elle s'était laissé prendre à son ton doucereux. Par la suite, elle avait rendu pique pour pique. Comme elle l'avait expliqué à Anna, elle ne voulait en aucun cas culpabiliser ni se couvrir la tête de cendres. Après tout, Philippine n'était pas responsable de la situation.

« La bâtardise se portait très bien au Moyen Age », avait-elle répondu à son oncle un jour où il revenait à la charge. Elle avait compris que Georges ne s'attaquerait plus à elle s'il la sentait forte et déterminée.

Ne plus penser à Georges, se dit-elle.

Elle avait rendez-vous avec son amie Marie-Mélanie devant le palais des Papes, toujours en travaux. Depuis 1906, en effet, date à laquelle les militaires avaient quitté le palais-forteresse, la restauration n'en finissait pas. Un siècle « d'occupation » avait laissé des traces !

Elle aurait voulu éprouver de la compassion pour son oncle sans pour autant y parvenir. Georges était trop aigri, trop amer.

Un tourbillon de tussor bleu la rejoignit en courant. Marie-Mélanie, d'un an son aînée, portait des bas de soie, ce qui suscitait l'admiration de Philippine. Elle habitait Avignon où ses parents tenaient un commerce de vins et spiritueux. Elle se demandait parfois pourquoi elle poursuivait ses études puisque son mariage avec le fils de voisins était prévu depuis longtemps. Cela faisait hurler Philippine. Son amie n'allait tout de même pas épouser ce garçon pour faire plaisir à ses parents ? Philippine était de la graine de suffragette, la digne petite-fille d'Anna. Elle-même ne s'imaginait pas en puissance d'époux avant très longtemps.

Bras dessus bras dessous, les deux jeunes filles se dirigèrent vers la place de l'Horloge, toujours animée. Un petit kiosque à musique était édifié sur les promenades. Il s'agissait d'une plate-forme recouverte d'un dôme polygonal. A l'ombre des platanes, il était agréable d'écouter les grands airs du répertoire. Cependant, malgré le soleil, malgré les regards appuyés des jeunes gens, Philippine ne se sentait pas vraiment heureuse.

— Mon pays me manque, souffla-t-elle.

34

1928

Le parfum de la lavande, insidieux, entêtant, imprégnait les vêtements, la toile des bourras, la peau et les cheveux des coupeurs. Olivier le humait avec bonheur. Depuis deux semaines, les coupeurs « pelaient » la lavande à la faucille. Tout était bleu, un tableau dont Olivier ne se lassait pas.

Les coupeurs travaillaient avec dextérité, malgré la chaleur, et entassaient des poignées de tiges fleuries dans la « trousse », le grand sac qu'ils portaient autour du cou.

Pour l'instant, personne n'avait été mordu par une vipère. Il arrivait que certaines se dissimulent sous les touffes. C'était la grande peur de Marinette, qui ne s'aventurait pas dans les champs de lavande pour cette raison. Elle se contentait de préparer des soupes conséquentes. A l'heure du dîner, les coupeurs mangeaient sur le pouce, du pain, des tomates et des oignons, du fromage et des fruits.

Olivier travaillait autant que ses coupeurs. Il avait les mains calleuses, criblées d'écorchures qu'il soignait avec de l'huile essentielle de lavande, panacée reconnue contre coupures, brûlures et piqûres.

Il sourit en songeant à son père. Martin lui avait rendu visite au début de la cueillette. Il avait hésité à reconnaître son fils qui portait la traditionnelle « saquette » et s'activait en compagnie des Italiens.

A près de soixante ans, Martin Bonnafé était encore un homme séduisant. La pratique de l'équitation et de la marche pendant la saison de chasse lui avait permis de ne pas s'empâter. Ses cheveux teintés de blanc aux tempes faisaient ressortir le bleu de ses yeux. Il dirigeait toujours la fabrique familiale, et avait mené depuis son retour de la guerre une politique d'investissements destinée à moderniser l'entreprise.

Olivier se disait parfois que la guerre avait permis à Martin de prendre ses distances, de s'affranchir de l'autorité de Mathilde. Les deux hommes, réservés de nature, avaient échangé peu de confidences mais Olivier savait que le soutien de Martin lui avait toujours été acquis.

De son côté, Clovis s'était marié avec Hortense, la fille d'un libraire qui partageait sa passion pour la lecture. Ils projetaient de prendre la succession de monsieur Maury, au grand dam de Mathilde. La dernière fois qu'Olivier s'était rendu à Apt, il avait constaté que sa mère avait fait modifier l'accès aux bureaux, afin de pouvoir se déplacer en fauteuil roulant au rez-de-chaussée de la fabrique. A force de volonté, elle avait réussi à recouvrer l'usage de son bras et de sa main droits, et sortait de nouveau de la demeure familiale.

Olivier éprouvait des sentiments ambivalents à son égard. Même si elle demeurait sa mère et qu'il la respectait, il ne pouvait oublier le mal qu'elle leur avait fait en révélant son douloureux secret. Désormais, il se défierait toujours des femmes !

Il l'avait dit un jour à Marinette. Elle s'était esclaffée.

« Pardi ! Nous sommes bien plus fortes que vous ! »

Il aimait bien Marinette, qu'il considérait plus comme une amie que comme une domestique. D'ailleurs, elle ne se privait pas de le lui faire savoir lorsqu'elle désapprouvait sa conduite !

Ainsi, l'an passé, alors qu'il s'était mis en tête de proposer le mariage à Silvia.

« On n'épouse pas les filles comme elle, lui avait-elle reproché. Qui sait... elle est peut-être déjà mariée ! »

Il s'était demandé si Marinette n'était pas dotée d'un sixième sens quand il avait appris de Léa, l'amie de Silvia, que celle-ci ne viendrait pas cette année-là. « Ni les prochaines », avait-elle précisé. Et, comme Olivier lui réclamait des explications, Léa avait lancé : « Hé ! son mari est revenu d'Afrique. Il ne veut pas qu'elle aille travailler chez les autres. »

Silvia se pliant aux ordres de ce mari dont elle n'avait jamais parlé ? Olivier avait de la peine à l'imaginer. Il avait tenté de questionner plus avant

Léa, qui avait secoué la tête. Silvia n'avait pas pour habitude de rendre des comptes, Léa n'en savait pas plus. D'ailleurs, elles n'habitaient pas le même village.

Elle lui avait manqué pendant toute cette période de la cueillette. Ou, plutôt, c'était son corps souple et ferme qui lui avait manqué. Après qu'il eut distillé sa lavande, il avait sagement pensé qu'il ne reverrait plus la belle Silvia.

Elle resterait liée dans sa mémoire aux journées passées à « peler » la lavande et aux soirées chaudes, durant lesquelles les cigales continuaient de striduler.

Il savait cependant qu'il n'était pas vraiment épris d'elle et que l'épouser aurait constitué une folie. Etait-il condamné à demeurer célibataire, comme sa mère le prétendait ? Olivier n'était pas pressé. Il restait convaincu qu'il finirait bien par rencontrer la femme qui lui était destinée. Ce n'était pas sa priorité. Il se défiait du mariage qui, pour ses parents, n'avait été qu'une mascarade.

Olivier rêvait. Il rêvait de passion tout en cherchant à se protéger de l'amour. Il esquissa un sourire, comme pour se moquer de lui-même. Il avait peu de chances de rencontrer la femme de sa vie devant son bastidon ! Cela lui convenait assez.

Son regard embrassa avec fierté ses lavanderaies. La récolte, cette année, avait été exceptionnelle et, cependant, les prix de l'essence de lavande continuaient de grimper. Olivier envisageait de remplacer son alambic à feu nu par un alambic à vapeur. Il savait qu'il exerçait le métier pour lequel il était fait et en tirait une satisfaction profonde. Parfois, il songeait à son père, se demandant comment il avait pu tenir, face à une épouse et à une profession qu'il n'avait pas choisies. Ses relations avec Martin avaient été marquées par une certaine gêne mutuelle jusqu'à ce que le confiseur ait réussi à lui dire un jour : « Tu es mon fils, Olivier. Peut-être encore plus que Clovis. Je ne peux pas te l'expliquer, c'est ainsi ! »

Olivier pensait qu'il comprenait. Les deux hommes, aussi réservés l'un que l'autre, n'aimaient guère s'épancher.

De temps à autre, Olivier se posait des questions au sujet de Guy, mort à vingt-quatre ans. Il aurait voulu mieux le connaître par l'intermédiaire de sa mère, tout en sachant que c'était impossible. Mathilde ne reviendrait jamais sur cette période de sa vie. Quel gâchis ! songeait Olivier.

Il aperçut la jardinière de madame Jouve, qui s'engageait sous le couvert. Il avait fait sa connaissance deux ans auparavant, au cours d'une soirée de dégovage. Il l'avait revue un peu plus tard, et lui avait demandé conseil. Il souhaitait en effet planter un amandier le long du chemin menant à son bastidon. Son visage s'était éclairé. C'était encore une belle femme, avait-il pensé, sensible au charme émanant de ses traits fins, de la masse de cheveux enroulés en chignon lâche, de son sourire, à la fois empreint de douceur et de détermination.

« Avoir un amandier, c'est du bonheur », lui avait-elle confié.

Avant d'ajouter, rieuse : « Je suis très partiale, vous vous en rendrez vite compte. »

Elle lui avait donné des explications. Il devrait planter son arbre aux environs de la

Sainte-Catherine, à un endroit très protégé des vents du nord, dans un trou d'au moins quatre-vingts centimètres de profondeur et d'un stère de volume.

« Vous remplirez ce trou de sable et de gravier au fond, puis de terreau et d'humus et enfin de terre », avait précisé son interlocutrice.

Elle avait proposé : « Venez choisir votre arbre au mas. Cela me fait plaisir de vous l'offrir. C'est une longue histoire d'amour entre l'amandier et ma famille. »

Il l'avait accompagnée, était tombé sous le charme de la double allée d'amandiers avec, en toile de fond, le mont chauve du Ventoux se détachant sur le ciel très bleu. Elle lui avait présenté ses arbres – celui de son père, le sien, ceux de ses enfants et de sa petite-fille – avant de l'encourager à faire son choix parmi les amandiers âgés de trois ans, mesurant un mètre de haut environ. Après avoir hésité et s'être fait expliquer différentes caractéristiques, il avait arrêté son choix sur un arbre déjà de belle taille dont les pousses avaient un aspect broussailleux.

« C'est la plus tendre des amandes de table, avait commenté l'amandière. De plus, ce qui ne gâte rien, elle résiste bien à la gelée et est vigoureuse. Il faudra juste veiller à ce que les pies et les corbeaux ne pillent pas les amandons avant vous ! »

Elle lui avait proposé de venir boire un café au mas et il avait fait la connaissance de Brune qui l'avait observé durant une bonne minute avant de l'inviter à s'asseoir.

Olivier avait eu l'impression dérangeante que la vieille femme toute vêtue de noir connaissait tout de lui. Elle n'avait pas laissé à sa nièce le soin de servir le café dans la vaisselle en faïence blanche.

Ses mains ridées ne tremblaient pas pour tenir la cafetière en émail.

Olivier s'y était réchauffé les mains.

— Vous êtes l'aîné des Bonnafé, d'Apt, avait déclaré Brune d'une voix indéfinissable.

— Désormais, je suis Olivier Bonnafé, du plateau, rectifia-t-il. Je ne suis pas fait pour vivre en ville.

Il attendait que madame Jouve s'exprime à son tour mais elle paraissait perdue dans quelque rêve intérieur. Lorsqu'elle s'était ressaisie, Olivier prenait congé.

Depuis, ils se revoyaient de temps à autre. Olivier avait planté l'amandier Aï exactement le 25 novembre, avait butté l'arbre et l'avait arrosé régulièrement jusqu'au mois de mai suivant. Lorsqu'il apercevait madame Jouve, il venait lui donner des nouvelles de son arbre, et elle l'écoutait en souriant. Elle passait une ou deux journées au mas, résidant le reste du temps à Rouvion. C'était une personne aimable mais Olivier avait l'impression qu'elle se défiait de lui. Ou, pire encore, qu'elle ne le prenait guère au sérieux. Pourtant, il pensait avoir fait ses preuves dans la culture de la lavande.

La main en visière devant les yeux, il se demanda où madame Jouve pouvait se rendre. Le chemin qu'elle avait emprunté était un raccourci pour gagner la Grand'Bastide mais que serait-elle allée faire là-bas ? Depuis la mort de la vieille Blanche, la « campagne » des Bonnafé demeurait close. Seul Martin y venait pendant la saison de la chasse.

Clovis avait parlé un moment d'y séjourner mais, curieusement, leur père ne l'y avait pas incité et, depuis sa rencontre avec Hortense, ce projet n'était plus à l'ordre du jour.

Haussant les épaules, Olivier siffla son chien et rentra chez lui. Il devait s'occuper de tout l'aspect administratif de son exploitation, ce qui l'exaspérait. Il refusait cependant de se faire aider par un comptable. Les années de guerre avaient développé en lui un individualisme exacerbé.

Il ne voulait plus dépendre de quiconque.

Un jour, ils se feraient surprendre, et les langues se délieraient, songeait Anna en guidant sa jument vers les frondaisons de la Grand'Bastide. Elle le savait sans pour autant que cette certitude l'empêche de rejoindre son amour. Elle refusait d'employer le mot « amant », beaucoup trop réducteur à son goût. L'homme qu'elle allait retrouver n'avait-il pas été son premier, son plus grand amour ? De même, elle avait cessé de se sentir coupable. La vie, ou le destin, leur devait, à Martin et à elle, non pas une revanche, mais un peu de bonheur pour toutes les années perdues. Elle aurait eu scrupule à tromper Armand s'il était resté le même, dynamique et rieur. Mais la guerre avait fait de son époux un homme atrabilaire et désespéré, qui s'enfermait dans le bureau pour éviter Anna. Avait-il deviné quelque chose ? Ou bien s'était-il éloigné de l'amandière comme pour se punir de n'avoir pu sauver son fils de l'amputation ? Armand était solitaire et taciturne. La fuite de Rose-Aimée, la mutilation de Georges l'avaient transformé.

« Je suis vieux », disait-il parfois, en se laissant tomber sur l'assise paillée d'une chaise, et Anna protestait avec force. Elle ne supportait pas le fait de le voir ou de l'entendre se déprécier. Elle aurait voulu qu'il fût un roc, pour mieux la soutenir. Mais Armand avait lâché prise, jusque dans son laboratoire. Vincent avait repris la fabrication, et innové.

Le plateau attirait toujours beaucoup de vacanciers. Son air pur était réputé souverain et nombre d'anciens combattants qui avaient été gazés venaient y séjourner, ainsi que des rentiers et des retraités. Ils étaient souvent gourmands, et contribuaient à la renommée du nougat Jouve.

La jument marqua une hésitation à l'embranchement. Anna secoua légèrement les rênes et la jardinière s'ébranla de nouveau en direction de la Grand'Bastide, là où Martin l'attendait.

Chaque fois qu'elle s'apprêtait à retrouver l'homme qu'elle aimait, Anna n'éprouvait plus de doutes, ni d'incertitudes. Elle franchit les grilles ouvertes du domaine, aperçut la haute silhouette de Martin au pied du perron, et son cœur s'emballa. Elle avait à nouveau dix-sept ans.

35

1929

Il avait plu deux jours et deux nuits sans interruption. Un temps insupportable pour Georges qui revivait l'atmosphère des tranchées. Même s'il sortait peu, essentiellement à la nuit tombée, il avait besoin de soleil.

Il se leva avec peine, ajusta sa prothèse en bois qui avait une fâcheuse tendance à glisser.

— Pauvre infirme, lança-t-il à son reflet.

Il ne lui restait plus qu'un petit miroir, indispensable pour se raser. Un matin, il avait tiré un coup de fusil dans la glace de l'armoire. Elle s'était brisée en mille morceaux. Attirées par le bruit, sa mère et sa nièce étaient accourues. Georges n'oublierait jamais le regard douloureux d'Anna. Il avait lu dans ce regard à quel point elle le plaignait, et la pitié de sa mère lui avait été intolérable. Il aurait préféré mourir plutôt que de revenir dans cet état. Malheureusement, il se savait trop lâche pour se tirer une balle. Ce n'était peut-être même pas de la lâcheté, d'ailleurs, plutôt une immense lassitude. Plus rien ne serait comme avant, jamais. Il l'avait définitivement compris le jour où il était allé à Avignon en compagnie de Nestor, un copain d'école.

Ils avaient prévu de bambocher et étaient partis dans la voiture flambant neuve de Nestor, une Renault.

Délicieux repas pris sur les bords du Rhône, largement arrosé de châteauneuf-du-pape, puis soirée passée dans une maison de tolérance de la vieille ville. Malgré le professionnalisme de la fille qui était montée avec lui, Georges avait perçu son recul lorsqu'il s'était dévêtu. Furieux et humilié, il s'était montré brutal, sans pour autant parvenir à ses fins. Il était parti, après avoir jeté quelques billets sur le lit, avait attendu Nestor dans sa voiture. Pâle, les lèvres serrées, il n'avait pas ouvert la bouche durant le trajet de retour, alors que Nestor, volubile, racontait ses exploits par le menu.

« Vas-tu te taire ? » avait-il fini par hurler, les mains tendues vers le cou de son ami, alors que celui-ci quittait Carpentras.

La voiture avait fait une embardée. Nestor, blême, l'avait redressée d'un coup de volant avant de se tourner vers Georges.

« Tu deviens fou, mon vieux », lui avait-il fait remarquer, d'une drôle de voix à la fois inquiète et incrédule. Georges, sonné, s'était recroquevillé contre la portière. Les deux hommes n'avaient plus échangé un mot jusqu'à ce que Georges propose, avant d'atteindre Rouvion :

« Laisse-moi là, je rentrerai à pied.

— Pauvre type ! » lui avait lancé Nestor avant de redémarrer.

Ils ne s'étaient plus revus. De toute manière, Georges préférait qu'il en fût ainsi. Devenu impuissant, il s'était refermé de plus en plus sur lui-même, passant l'essentiel de son temps à bricoler des appareils photo que des clients de ses parents déposaient à la boutique. Les exhortations d'Anna demeuraient lettre morte. Georges ne voyait pas l'intérêt de sortir, d'affronter les regards des autres. Celui de Philippine, surtout, le tétanisait. Il était sensible, presque à son cœur défendant, au charme et à la beauté de sa nièce mais ne supportait pas sa compassion. En face d'elle, il se sentait encore plus infirme, plus disgracié, comme si la beauté lumineuse de la jeune fille avait joué le rôle d'un repoussoir vis-à-vis de lui. Il ne le lui pardonnait pas.

Georges se laissa tomber lourdement sur une chaise. Il avait aménagé une chambre noire dans un débarras et développait lui-même ses clichés. Il prenait des photos sans se montrer, à la façon d'un guetteur immobile. Parfois, il grimpait jusqu'au mas, s'installait dans la grange, et photographiait l'allée des amandiers à différents moments de la journée. Les sujets humains lui réservaient parfois de désagréables surprises. Il n'avait jamais surpris Brune, qui détestait l'idée même d'être prise en photo.

« Je ne tiens pas à ce que tu me voles mon âme ! » lui avait-elle lancé sans sourire.

Il se défiait de Brune. Malgré son âge avancé, sa grand-tante ne se laissait pas faire et avait la réplique vive.

« Ce n'est pas parce que tu clopines que tu vas me dicter ma conduite ! » s'était-elle écriée et, curieusement, il ne s'était pas vexé.

Elle, au moins, avait le courage de le regarder en face et de lui parler de sa jambe.

Un sacré personnage, Brune ! Dommage, elle partageait l'amour de sa mère pour les amandiers. Des arbres ! Qu'avait-il à faire d'arbres, alors que tant d'hommes étaient tombés ?

Un ricanement lui échappa. Il détestait la vie qu'il menait.

Armand se retourna vers Vincent, qui procédait à l'émulsion du miel de lavande et des blancs d'œufs.

— Il fait un bon temps. Je crois bien que je vais monter jusque là-haut.

Vincent opina du chef. Depuis le temps qu'il travaillait à la nougaterie, il savait que « le patron » s'accordait de temps à autre une récréation et en profitait pour grimper jusqu'au sommet du Ventoux. C'était pour lui un moyen de se détendre après une période chargée.

Le nougat Jouve était fort recherché grâce au bouche-à-oreille. Armand refusait obstinément de faire de la réclame, se contentant en sus de la vente directe de vendre du nougat aux représentants de bonbons qui passaient à intervalles réguliers.

« Notre nougat se mérite », affirmait-il, ce qui lui valait quelques soupirs irrités de la part de son épouse. Anna, en effet, estimait qu'il fallait sacrifier aux temps modernes et ne pas se laisser supplanter par la concurrence. Emile Loubet, sénateur-maire de Montélimar avant de devenir président du Sénat puis président de la République, avait beaucoup œuvré pour le nougat de Montélimar, en offrant des boîtes et des barres de nougat aux visiteurs étrangers. Il existait d'ailleurs avant la guerre une carte postale qui était glissée dans chaque colis. Elle affirmait fièrement :

« Le nougat de Montélimar
Se reconnaît entre mille
C'est le meilleur, le plus fin, car

C'est celui que préfère Emile ».

Le nougat Jouve avait sa particularité, Anna pensait qu'il était essentiel d'insister sur l'excellence des produits le composant.

« Je n'ai pas l'intention de me vendre ! » lui avait rétorqué Armand, presque méchamment.

Le cœur serré, elle avait choisi de ne pas lui répondre, de ne pas le suivre sur le terrain de la querelle. Elle avait compris depuis longtemps que la souffrance le rendait amer. Il n'avait toujours pas accepté le départ de Rose-Aimée, ni son statut de fille-mère. Le retour – dans quel état ! – de Georges l'avait anéanti. Armand se désespérait car il n'avait personne pour lui succéder. Personne, à l'exception de Vincent. Qui ne lui était rien.

Chaque fois qu'il tentait d'aborder ce sujet avec Anna, elle faisait la sourde oreille.

« Nous verrons bien le moment venu », éludait-elle. A cinquante-cinq ans, elle était toujours aussi vaillante. Armand, qui avait dépassé la soixantaine, sentait la fatigue peser. Toujours monter les escaliers, rester des heures et des heures debout dans le laboratoire, se pencher pour la découpe... Les douleurs ralentissaient ses gestes, sa toux le gênait de plus en plus, même s'il refusait de l'admettre.

Oui, il avait bien besoin de cette escapade. Là-haut, il lui semblait qu'il respirait mieux.

Il vérifia que tout était en ordre, gratifia Vincent d'une amicale bourrade et alla se préparer. Georges était enfermé dans sa chambre noire. Armand préférait qu'il en fût ainsi. C'était affreux à dire mais la culpabilité le rongeait, encore plus fort que la gangrène qui avait provoqué l'amputation de son fils. C'est moi qui aurais dû partir, moi qui aurais dû revenir amputé et trépané, se répétait Armand. Si seulement il avait pu en parler avec Anna... Mais Anna lui donnait l'impression de le fuir, elle aussi.

Il chaussa ses godillots ferrés, passa une canadienne fourrée offerte par sa femme. Sa femme... Il l'aimait toujours, sa belle Anna, même s'il la sentait lointaine, différente. A croire que tout avait changé pour eux depuis cette maudite guerre... Il descendit l'escalier raide qu'il connaissait par cœur, passa par la boutique. Anna était occupée avec un couple de Marseillais qui désiraient tout goûter. En réponse à son signe de la main, elle lui adressa un petit sourire mélancolique.

Elle n'était pas heureuse. Cette certitude poursuivit Armand tout au long de son ascension.

Il y songeait si fort qu'il ne parvint pas à faire le vide dans sa tête comme d'habitude.

Anna ne s'était jamais confiée à lui mais il avait deviné l'essentiel. Elle ne savait pas mentir, et Brune avait l'art de glisser quelques remarques innocentes en apparence dans la conversation. De son côté, il avait entendu jaser, près de quarante ans auparavant, à propos de l'amandière et du fils Bonnafé. Anna regrettait-elle encore son premier amour ? Armand n'avait jamais osé le lui demander.

Lui était tombé en amour dès leur première rencontre. Ce serait elle, et personne d'autre, avait-il prévenu son père. Le pauvre Hector n'avait pas songé à protester. Il connaissait son fils et avait lu sa détermination dans son regard. En revanche, Fine, qui lisait trop de romans d'amour, avait émis quelques réserves.

« Il y en a toujours un des deux qui aime plus que l'autre, avait-elle fait remarquer à son fils. Ce sera toi, mon pauvre Armand. A toi de savoir si tu es prêt à l'accepter. »

Cette conversation avait eu lieu dans ce que Fine nommait « le petit salon », en fait une sorte de cabinet doté d'un poêle et d'un oculus, ce qui permettait à sa mère de lire à satiété. Armand se rappelait encore le visage chiffonné d'inquiétude de sa mère. Il l'avait rassurée. Il était prêt à tout pour pouvoir épouser Anna. Il n'avait pas prévu, cependant, ce que Rose-Aimée leur réservait. Sa fille, sa blessure… Il mourait à petit feu d'ignorer ce qu'elle était devenue mais se serait damné plutôt que de chercher à obtenir des nouvelles de sa part.

Il haussa les épaules, prit appui sur son bâton de marche et se retourna pour contempler le chemin parcouru. Au long des années, il avait assisté aux transformations opérées sur « son » Ventoux. Il était encore gamin, en 1882, lorsqu'on avait posé la première pierre du futur observatoire météorologique. Le ministre François de Mahy s'était déplacé pour l'occasion en compagnie de tout un aréopage de députés, du préfet et de personnalités locales. Depuis 1889, un hôtelier de Bedouin avait obtenu l'autorisation de transformer une partie de l'observatoire en hôtel-restaurant.

Les visiteurs s'étaient pressés de plus en plus nombreux pour venir goûter l'omelette aux truffes, les grives au genièvre ou le salmis de perdreau.

En 1903, l'hôtel du Mont-Ventoux s'était ouvert en contrebas de l'observatoire. Il avait tout de suite connu l'affluence grâce aux courses de côte automobiles lancées à l'assaut du géant de Provence.

Désormais, chaque été, les courses automobiles et cyclistes se succédaient. C'était le genre de distraction qu'Armand fuyait. Il désirait conserver une montagne secrète et sauvage, réservée aux seuls initiés.

Il reprit son ascension, malgré ses poumons en feu. Anna avait peut-être raison, il devrait se résoudre à consulter mais cela lui faisait peur. Il se voulait fort, invincible. Sa femme, son fils et la petite avaient besoin de lui.

Un aigle tournoyait au-dessus du chemin escarpé. Armand, émerveillé, le suivit des yeux. Anna avait ses amandiers, lui son Ventoux. Dommage qu'ils n'aient pas réussi à s'intéresser à la préférence de l'autre... L'aigle montait, toujours plus haut, jusqu'à toucher le ciel.

Une douleur atroce broya le cœur d'Armand. Il s'affaissa sur le sol caillouteux en murmurant le prénom d'Anna.

36

1932

Si elle avait cherché à décrire le laboratoire, Philippine aurait utilisé une palette de couleurs allant du blanc au brun. Blancs, le marbre, les œufs battus en neige, le papier hostie chemisant les moules. Brun rutilant les chaudrons de cuivre, brun chaud les amandes grillées, presque noir, le chocolat dont on enrobait les amandes.

Elle jeta un coup d'œil satisfait autour d'elle. Le marbre, les chaudrons, les poêlons, astiqués à grand renfort d'huile de coude, reluisaient.

Grand-père Armand serait-il fier d'elle ? se demanda une nouvelle fois la jeune fille.

Elle n'avait pas eu besoin de réfléchir longtemps. Au retour du cimetière, alors qu'elle soutenait une Anna ravagée par le chagrin, elle avait annoncé à sa grand-mère : « Si tu veux bien, je reprends la boutique. » Elle n'oublierait jamais les yeux brillants d'Anna, pas plus que le regard noir de Georges. Lui n'en avait pas eu l'idée mais ne lui pardonnerait pas de succéder à son père. C'était là une attitude fort logique pour qui connaissait le caractère tourmenté de Georges.

Philippine avait refusé d'écouter les protestations d'Anna et, d'ailleurs, celle-ci les avait émises sans trop de conviction. Pourtant, c'était pure folie d'abandonner une carrière toute tracée dans l'enseignement pour se lancer dans la production artisanale de nougat !

La famille qui leur restait tordit le nez. Philippine aurait-elle perdu l'esprit ? Anna laissa dire. Ses oncles et son beau-père étaient morts, ses belles-sœurs ne s'étaient jamais vraiment intéressées à la pâtisserie. Elle avait compris depuis longtemps que « la petite » avait l'amande dans le sang, elle aussi. Ce que confirma Brune, dûment consultée.

— Si c'est son destin, tu ne pourras aller contre, prévint-elle Anna. Nina a toujours su ce qu'elle voulait.

Elle l'appelait ainsi, Nina car elle trouvait que, décidément, son prénom de Philippine était beaucoup trop long ! Elle vivait toujours au mas, un peu plus ridée, un peu plus courbée sur le bâton qui lui servait de canne. Elle refusait avec force de venir s'installer au bourg.

Anna savait bien pourquoi. Au mas, Brune se sentait plus proche d'Aimé, son unique amour.

Alice s'était mariée, avait eu des enfants. Manon lui avait succédé. Visage de fouine, mangé par des yeux violets qui surprenaient, silhouette gracile... Elle avait eu des malheurs, disait-elle pudiquement, et s'était tout de suite sentie comme chez elle au mas. Brune et elle s'entendaient bien, même si Manon pouvait faire preuve d'un fichu caractère. Grâce à la présence de cette petite, Anna se sentait plus tranquille.

Elle jeta un coup d'œil rapide à la liste de leurs contacts. Tout allait trop vite ces derniers temps, les innovations lancées par Philippine lui donnaient un peu le tournis. Anna devait reconnaître, cependant, que l'embauche d'un voyageur avait constitué une bonne initiative. Monsieur Lorrain, propriétaire d'une camionnette Renault, sillonnait les routes de la région, faisant goûter les barres de nougat Jouve. Il importait en effet de ne pas se laisser distancer par le nougat de Montélimar qui exploitait la situation géographique de la ville. La route nationale 7 traversant la sous-préfecture, on avait transformé en magasins de nougat les rez-de-chaussée des hôtels particuliers du quartier bourgeois faisant face au jardin public. Les vendeuses avaient pour consigne de faire déguster le nougat à chaque automobiliste. Certaines allaient même jusqu'à se disputer le client à coups de plateau ! Rien de tel à Rouvion ! On ne gagnait pas de nouveaux clients en se crêpant le chignon mais grâce à l'excellence de son produit.

C'était une idée chère à Armand et Anna comme Philippine tenaient à la respecter. Les deux femmes sauvegardaient avant tout la qualité et l'image du nougat Jouve.

Vincent les y avait aidées. Le jeune apprenti timide avait acquis une certaine assurance durant les années de guerre. Ou, plutôt, comme beaucoup, il allait désormais à l'essentiel. Son travail. Et Philippine.

Lorsqu'il se laissait aller à quelque introspection, Vincent se disait que Philippine avait toujours compté dans sa vie. Il la revoyait bébé, faisant ses premiers pas. Le patron bataillait pour lui interdire l'accès au laboratoire. Il redoutait toujours qu'elle ne se blesse en faisant tomber sur elle le contenu bouillant d'un poêlon. Philippine riait en découvrant des gencives édentées. Vincent se penchait, la prenait dans ses bras. La petite gigotait, se trémoussait de bonheur. Il avait envoyé à Nina des cartes postales du front, lui avait rapporté les célèbres « Nénette et Rintintin », les deux petites poupées fabriquées avec des bouts de laine, nées à Paris au printemps 1918, et réputées être des fétiches protecteurs contre les bombardements meurtriers.

Il avait éprouvé un choc en la revoyant, à la fin de l'année 1919, à son retour d'Allemagne. Philippine n'était plus vraiment une petite fille. Elle avait le regard grave des enfants qui ont grandi trop vite.

« Oncle Georges me fait peur », avait-elle confié à Vincent.

Il avait tenté de la rassurer. Georges souffrait, elle ne devait pas l'oublier. Philippine avait retenu cette explication.

Par la suite, Vincent avait assisté, admiratif, aux transformations opérées chez Philippine. Armand ou Georges se moquaient de lui, lui demandant s'il avait l'intention de rester célibataire, et il souriait sans répondre. Lui savait qu'une seule personne comptait pour lui. Philippine. Il attendait qu'elle grandisse.

Il avait eu peur, à la mort du patron, qu'Anna et elle ne souhaitent vendre la confiserie. La décision de Philippine de reprendre la succession de son grand-père avait soulagé Vincent tout en l'inquiétant un peu : ne risquaient-ils pas de se quereller en vivant, en travaillant dans le même endroit ?

Finalement, ils s'entendaient fort bien. Deux amis qui partageaient fous rires et soucis quotidiens. A tel point que Vincent avait longuement hésité avant de se déclarer. Il se trouvait beaucoup trop vieux pour Philippine. Il avait sauté le pas durant le bal de la fête votive. Philippine et lui dansaient une java. La jeune fille avait insisté pour l'entraîner sur la piste improvisée. Il se sentait gauche et maladroit, d'autant que Georges, assis à une table du café des Tilleuls, les regardait d'un air narquois…

Vincent s'était longtemps senti coupable d'être revenu pratiquement indemne de la guerre. Il était

« seulement » sourd d'une oreille, à cause d'un obus qui avait éclaté trop près de lui.

Georges, lui, avait payé le prix fort. Depuis le retour de Vincent, les deux hommes parlaient peu. De toute manière, Georges s'isolait le plus possible et Vincent avait renoncé à le faire sortir de sa réserve. Trop de souvenirs, trop d'images les séparaient désormais. Une certaine rancœur, aussi. Georges avait toujours refusé de travailler au laboratoire tout en reprochant plus ou moins implicitement à Vincent d'avoir pris sa place... Depuis la mort d'Armand, les tensions s'étaient exacerbées.

Vincent haussa les épaules. Peu lui importait, puisque Philippine avait accepté de l'épouser ! C'était sa grand-mère qui avait émis le plus de réticences.

« Tu l'aimes, c'est certain, avait-elle dit au nougatier, mais elle ? Elle est encore si jeune... Je ne pense pas qu'elle se rende compte... »

Le regard de l'amandière s'était perdu. Elle connaissait le poids de la passion et des amours interdites. Elle avait éprouvé beaucoup de peine lorsque les gendarmes de Bedoin étaient venus lui faire part de la mort de son mari. Mais, quand elle s'était retrouvée devant le corps sans vie d'Armand, elle avait compris que leur couple avait chaviré depuis longtemps. Elle se détestait de ressentir ce soulagement à l'idée que ce ne fût pas Martin. Comment ? Armand était le père de ses enfants, tous deux avaient traversé les épreuves de la vie et pourtant, au moment de lui dire adieu, Anna éprouvait avant tout une impression de gâchis. Comme si leur union n'avait été qu'un leurre, comparée à l'amour qui les unissait, Martin et elle.

Ils se donnaient rendez-vous le plus souvent à la Grand'Bastide. Martin, préoccupé par la crise économique, s'absentait moins qu'auparavant. Mais, chaque fin de semaine, il quittait Apt dans sa Citroën et montait sur le plateau. Anna, qui se rendait ce jour-là au mas, s'éclipsait à la tombée de la nuit sans regarder du côté de Brune. La vieille femme, son chat sur les genoux, tricotait des mitaines tout en écoutant le poste de TSF posé sur le vaisselier. Cette innovation, offerte par Anna, lui avait changé la vie. Sous le charme, Brune découvrait des chanteurs comme Maurice Chevalier, Albert Préjean ou Pills et Tabet.

Philippine lui avait fait présent d'un chaton pour ses quatre-vingts ans. La bestiole, blanche, avec une oreille comiquement repliée, et une tache noire au bout de chaque patte, avait été nommée « Nougat ». L'animal était sourd, comme beaucoup de chats blancs, si bien qu'il ne quittait pas Brune.

Dans les bras de Martin, Anna avait le sentiment de revivre, enfin. Tout naturellement, leurs corps s'unissaient, l'amour qu'ils éprouvaient l'un pour l'autre gommant leurs rides et leurs cheveux gris. Ils avaient comme règle tacite de ne jamais évoquer les années perdues ni Mathilde. La Grand'Bastide, où l'épouse de Martin avait toujours refusé de se rendre, était leur domaine. Depuis leurs retrouvailles, près de quatorze ans auparavant, Martin avait fait réaménager la demeure. Les cloisons abattues, les murs repeints de tons délicats mettaient en valeur le mobilier familial du XIXe siècle. Martin et Anna s'installaient volontiers dans le salon jouxtant leur chambre. Assis devant la cheminée, ils refaisaient le monde, soucieux des événements récents. La crise économique avait entraîné une chute impressionnante des exportations au cours des trois dernières années ainsi qu'un fort recul de la production industrielle. Face à la concurrence italienne qui tentait de ravir le marché anglais aux Français, les confiseurs aptésiens avaient réorganisé leurs usines et innové. Martin, cependant, ne décolorait pas contre la législation française sur les sucres qui donnait l'avantage aux Italiens. Il avait réussi à baisser ses prix de vente de façon conséquente, de même que la plupart de ses confrères, en diminuant les coûts de production. Mais, de ce fait, il avait dû licencier des ouvriers et vivait mal cette situation. Heureusement, depuis le temps qu'il dirigeait la branche commerciale de l'entreprise, il avait noué des relations de confiance mutuelle avec plusieurs industriels britanniques fabriquant des cakes. Il était ainsi passé du stade de producteur de fruits confits de luxe, réservés à une clientèle réduite, à celui de producteur de bigarreaux confits égouttés, utilisés comme matière première pour ses gâteaux par le marché anglais.

Pour ce faire, les bigarreaux Napoléon, à la chair blanche et ferme, convenaient le mieux. Martin avait passé un véritable contrat de confiance avec des agriculteurs qu'il connaissait depuis longtemps afin de les inciter à planter leurs vergers de bigarreautiers bien spécifiques.

« C'est un véritable pari à long terme », avait-il expliqué à Anna. Tous prenaient de gros risques. Heureusement, le marché anglais se fermait de plus en plus aux producteurs italiens à cause du régime politique de Mussolini.

Martin, qui suivait attentivement l'actualité internationale, redoutait la montée du fascisme. Il en discutait avec Anna, concernée en raison de ses origines italiennes. De lointains cousins s'étaient réfugiés à Nice et à Marseille, d'autres étaient venus travailler aux ocres de Roussillon. On s'écrivait une fois l'an, sans pour autant se rencontrer. Anna n'était jamais allée en Italie, elle ne connaissait que quelques mots de sa langue maternelle, transmis par Brune. Le jour où sa tante disparaîtrait, le lien avec la famille d'Allegra risquait fort de se déliter.

De son côté, Anna ne recevait pas de nouvelles de la part de Rose-Aimée. A la mort d'Armand, elle avait tenté, en vain, de joindre sa fille. Elle s'était sentie très seule le jour de l'enterrement de son époux. Il y avait longtemps qu'il avait choisi son emplacement au cimetière, face au Ventoux. Anna et lui en plaisantaient parfois car elle souhaitait avoir un amandier juste à côté de sa tombe. Elle n'avait jamais oublié le regard pensif dont Armand l'avait enveloppée un jour : « Le plus important, c'est d'être ensemble, tu ne crois pas ? »

Ce jour-là, elle avait baissé les yeux.

Parce qu'elle souhaitait reposer aux côtés de Martin.

37

1932

La chambre, tapissée de toile de Jouy bleue et blanche, ouvrait sur la cour intérieure de l'hôtel particulier des Bonnafé. Avec le temps, la pièce était devenue le refuge de Mathilde, le témoin de ses crises de larmes, lorsqu'elle désespérait de recouvrer l'usage de ses jambes. Elle en avait fait le deuil, désormais.

Les derniers jours, elle était si lasse qu'elle n'avait pu descendre à l'usine. Violette, sa servante, qui ne parviendrait jamais à remplacer Eulalie, avait bien tenté de l'inciter à se lever mais Mathilde avait secoué la tête.

« Pas envie », avait-elle marmonné, ce qui avait poussé Violette à alerter la famille. Clovis s'était précipité au chevet de sa mère. Il était venu sans son épouse et avait aussitôt réclamé des explications. Que disait le docteur Perroni ?

« Perroni est un âne », avait répondu Mathilde sur un ton sans réplique.

De toute manière, depuis qu'elle végétait sur sa chaise roulante, elle savait bien qu'un jour ou l'autre son cœur lâcherait prise. C'était curieux, avait-elle ajouté, ponctuant sa remarque d'un drôle de rire un peu cassé, chez les Comparède, on partait toujours du cœur, alors que la famille en était si singulièrement dépourvue.

Adossée à ses oreillers, Mathilde avait guetté l'arrivée de son époux. Il portait encore beau, avait-elle songé. Grand, mince, la taille bien prise dans son veston de velours côtelé, le cheveu toujours dru, bien que grisonnant. Martin était un bel homme. Dommage qu'elle ne l'ait jamais aimé ! Elle avait conscience de lui avoir gâché sa vie, sans parvenir à le regretter. Elle avait retenu, lorsqu'elle se plongeait dans les ouvrages de droit paternels, l'expression : « obligation in solidum ». C'était tout à fait ça. Un membre de la famille Bonnafé devait réparer le dommage causé par Guy Bonnafé.

Olivier, un dommage ? Encore maintenant, Mathilde souffrait de n'avoir jamais pu s'entendre avec son aîné. Il ne l'avait pas rejetée de sa vie. C'était encore pire. Il se comportait comme si elle n'avait pas existé. Et elle, rageuse, cherchait encore à s'en faire aimer.

Une quinte de toux la plia en deux. Son cœur battait la chamade. Elle savait qu'elle allait mourir. Pas besoin du médecin pour remarquer ses chevilles gonflées, ses mains bleuies. L'œdème avait envahi son corps. Sa mère était morte du même mal. Mathilde avait fui, alors, la demeure de la place des Quatre-Ormeaux. Elle se croyait éternelle à cette époque… quelle farce !

— Que puis-je pour vous ? s'enquit Martin.

C'était pour elle un parfait étranger. Ils n'avaient jamais partagé le même lit, se contentant de quelques relations rapides pour avoir un autre enfant. Après la naissance de Clovis, son mari ne l'avait plus approchée. Elle en avait eu l'orgueil agacé sans pour autant en souffrir. Elle ne l'aimait pas d'amour. Leur union n'avait été qu'un marché, pour sauver l'honneur.

Mathilde fit la grimace.

— Me pardonner, peut-être ? Bien que ce soit, j'en ai peur, beaucoup trop tard. Je n'ai pas souhaité vous gâcher la vie, Martin, le hasard s'en est chargé.

« Oh ! Le facteur est-il passé à l'usine ? Qu'en est-il de ce projet de nouveau contrat avec la famille Wilcox ? »

Martin recula d'un pas et se mit à rire.

— Mathilde... vous ne changerez donc jamais ? Vous vous êtes impliquée à fond dans les affaires de la fabrique au point de vous oublier vous-même. Que cherchiez-vous à fuir de cette manière ?

Elle réfléchit quelques instants. Sa respiration était sifflante lorsqu'elle répondit :

— Je ne sais pas, Martin, vraiment pas. Sauf, peut-être, que Guy m'avait donné l'impression d'être belle. A sa mort, ma vie n'a plus eu de sens mais il fallait bien continuer... La fabrique m'a permis de me sentir utile. C'était si important pour moi.

Martin hocha la tête. Il aurait souhaité lui dire qu'elle avait été une bonne compagne, sans toutefois y parvenir. Mathilde avait gâché sa vie. A plus de quarante ans de distance, il se rappelait encore son désespoir lorsqu'il avait compris qu'il devrait l'épouser.

Les deux époux échangèrent un regard entendu. Mathilde était fine, elle avait deviné beaucoup de choses.

— Pour mes biens... reprit-elle.

Martin réprima un sourire. Son épouse n'était pas fille de notaire pour rien !

— Vous avez tout prévu, je pense, fit-il.

Mathilde sourit à son tour.

— Une rente annuelle sera versée à chacun de mes fils. Vous gardez la nue-propriété de la maison de mes parents. Je ne pense pas que cela pose problème. Vous vous êtes toujours plutôt bien entendus, tous les trois.

Elle chercha du regard la pendulette sur la cheminée. Elle étouffait de plus en plus. Martin souffrait pour elle.

— Olivier... souffla-t-elle. Il n'est pas encore arrivé ?

— Il ne va pas tarder, tenta de la rassurer Martin. Je vous laisse quelques minutes avec Clovis.

Il n'ajouta pas : « Ne vous fatiguez pas », tous deux sachant que c'était inutile. Le docteur Perroni avait été clair. Mathilde ne devrait pas passer la nuit. Elle avait refusé avec force d'être hospitalisée.

« Dans ma famille, on meurt dans son lit, docteur. L'hôpital, c'est bon pour les petites gens ! »

Marius Bonnafé, en son temps, avait tenu le même raisonnement. Pas question de le faire changer d'avis. Martin s'était incliné. De toute manière, Mathilde était condamnée. Autant la laisser passer ses dernières heures dans son environnement familier. Entêtée comme elle l'était, elle tiendrait jusqu'à l'arrivée d'Olivier.

Retiré dans son bureau, Martin contempla les flammes d'un air las.

Il avait bien conscience que la mort de Mathilde signerait la fin d'une époque. Il se sentait mélancolique, sans éprouver de réel chagrin. Son épouse et lui avaient emprunté des chemins parallèles. Il n'avait jamais vraiment cherché à la comprendre parce qu'il ne lui avait pas pardonné de lui avoir forcé la main. C'était ainsi. Leurs vies avaient été gâchées à cause des convenances. Pour cette seule raison, Martin admirait Olivier. Lui au moins avait refusé de se soumettre à la tradition familiale.

La bise soufflait, la cheminée ronflait. Novembre était rude cette année. Un temps en harmonie avec la tristesse de Martin.

Un bruit de moteur le fit sursauter. Il ouvrit la fenêtre, reconnut la camionnette d'Olivier. Celui-ci se gara dans la cour, descendit. Le cœur de Martin se gonfla d'amour. Son fils était grand et bel homme. Des épaules larges, le corps robuste, des cheveux châtains un peu trop longs, le visage hâlé. En toute logique, Clovis aurait dû être le fils préféré de Martin. Mais, en matière d'amour, la logique n'avait pas force de loi.

Fermant la fenêtre, il s'élança à la rencontre de son aîné.

Un froid glacial pétrifiait l'assistance qui se pressait aux portes de la cathédrale Sainte-Anne. Ils étaient tous là. Ouvrières et ouvriers de la fabrique au coude-à-coude avec les patrons aptésiens, les personnalités de la ville et du département. On se montrait en chuchotant le somptueux coussin de roses orangées que l'Anglais Wilcox, fidèle client depuis des lustres, avait envoyé à la famille.

« Madame Mathilde aurait été fière », avait murmuré Violette.

Martin et ses fils conduisaient le deuil. Le visage d'Olivier restait impassible alors que celui de Clovis reflétait son désarroi. Le cadet avait eu le sentiment que le monde s'écroulait. Depuis le temps, il croyait sa mère immortelle ! Heureusement, sa femme était assez forte pour le soutenir.

« Faites au mieux », avait recommandé Martin à l'entrepreneur des pompes funèbres. La fin de Mathilde l'avait bouleversé. Après avoir reçu Olivier, son épouse l'avait fait appeler.

« Pardon, Martin », avait-elle soufflé. Et à cet instant seulement, il avait écrasé une larme.

Elle était partie avec son chapelet, la bague de fiançailles que Guy lui avait offerte, et un gros bouquet de lavandes séchées apporté par Olivier. Martin était resté aux côtés de ses fils pour la mise en bière. Il redoutait surtout un malaise de Clovis. Olivier était plus solide, et avait été le témoin de tant d'atrocités durant les années de guerre que Martin ne s'inquiétait pas trop pour lui.

Pourtant, c'était Olivier qui avait chancelé quand les employés avaient cloué le cercueil en chêne massif orné de poignées ciselées. Martin avait cru comprendre ce qu'il ressentait. Il aurait souhaité réclamer des explications à sa mère, comprendre... Il était trop tard, désormais.

La cérémonie, à l'église comme au cimetière, avait constitué une épreuve. Veiller à ce que tout se déroule selon les règles, saluer amis et connaissances, n'oublier personne... tout en se demandant ce que Mathilde aurait pensé de la présence du sous-préfet ou de celle de l'évêque...

Tout au long de ces journées, Martin s'était efforcé de ne pas songer à Anna.

Pourtant, dans le cimetière d'Apt, face au caveau de famille des Bonnafé, il eut comme un vertige. Il refusait d'être enterré avec celle qu'il avait été contraint d'épouser. Son seul amour était Anna.

38

1933

Le fiancé ne devait à aucun prix entrevoir la robe de la mariée. Dans ce but, les essayages se déroulaient au mas, sous la haute autorité de Brune. Philippine, qui avait passé son permis, montait avec la Citroën. Anna l'accompagnait parfois et en profitait pour vérifier discrètement que sa tante se portait bien. Celle-ci, en effet, refusait avec toujours autant de force de venir habiter à Rouvion.

« C'est un peu ma maison, ici, avec le temps », disait-elle.

Manon, la petite de l'Assistance publique, était mariée depuis longtemps et vivait à Banon. C'était désormais la fille aînée d'Alice, Fortunée, qui travaillait au mas, s'occupant des brebis et tenant la maison. Anna et Philippine savaient qu'elles pouvaient lui faire confiance.

Philippine négocia le dernier virage en épingle et se gara devant la grange. Renée, la couturière, était déjà là. Elle avait une voiture hippomobile qui lui permettait de se rendre dans les fermes les plus isolées. Elle procédait aux essayages à domicile, gardant sa machine à coudre dans son atelier de Carpentras.

Son véhicule rouge et noir était tout aussi connu que celui d'Athanase, le colporteur de Vaison.

Portant bien sa cinquantaine, menue et vive, elle avait la détestable habitude de parler à toute vitesse avec des épingles au bord des lèvres, si bien que Philippine redoutait toujours de la voir en avaler une. Renée, cependant, était une institution, et elle n'aurait pas imaginé commander sa toilette à une autre couturière.

Les préparatifs du mariage, ces dernières semaines, s'étaient accélérés, sur l'insistance de Vincent.

« Pourquoi attendre ? » lui répétait-il.

Il avait acheté une maison à la sortie de Rouvion, un mazet doté d'un étage qu'il avait retapé le dimanche après-midi.

Le plombier était venu installer l'eau courante, ce qui avait suscité l'étonnement.

« Je veux le meilleur pour toi », disait Vincent, et la jeune fille souriait, émue. Elle avait choisi avec lui leurs meubles, refusant d'acquérir une salle à manger flambant neuve dans un magasin d'Apt ou de Cavaillon. Elle avait préféré faire appel à un menuisier de Sault qui leur avait fabriqué une grande table de chêne, un vaisselier et une desserte. Du mobilier solide, qui avait une âme.

Parfait, le menuisier, leur avait fait choisir le bois « sur pied », comme il disait, l'année précédente. Philippine avait caressé du plat de la main les planches sèches. « Ecoute, le bois chantonne encore », lui avait déclaré Parfait.

Les armoires étaient pleines de linge, des draps de métis, des serviettes et des nappes damassées, des boutis achetés au colporteur.

Vincent avait rapporté de chez son oncle curé à Saint-Etienne-les-Orgues deux fauteuils Restauration que Philippine avait fait retapisser à Sault. Elle était allée rendre visite à « l'oncle curé », comme disait Vincent, la seule famille qui restât à son fiancé. C'était un personnage affable et sympathique, qui avouait lui-même être aussi passionné par la chasse que par son ministère. Curieusement, à la fin de l'après-midi qu'ils avaient passé dans son presbytère, il avait entraîné Philippine jusqu'à son jardin foisonnant de fleurs.

« Les anciens recommandaient de ne jamais s'endormir à l'ombre du noyer », lui avait-il indiqué, désignant de la tête un arbre imposant.

Il avait ajouté :

« Etes-vous bien sûre de vous, mon enfant ? On ne se marie pas seulement parce qu'on éprouve de l'affection pour l'autre. L'amour a plus d'exigences.

— Mais... j'aime Vincent », avait protesté Philippine.

Elle n'avait pas oublié le demi-sourire énigmatique du prêtre.

« L'amour, mon petit... savez-vous au moins ce que c'est ? » semblait-il penser.

Il lui arrivait de se remémorer cet entretien, et de se demander où l'oncle curé avait voulu en venir.

— Eh bien, ma belle ? s'impatienta Brune.

Retirée dans la chambre, Philippine passa la toilette en crêpe qui accentuait encore sa minceur. Une trentaine de minuscules boutons recouverts de tissu constituaient le principal ornement de cette robe d'une sobre élégance.

La jeune fille avait bataillé pour qu'il n'y ait ni volants ni dentelles.

« Ce n'est pas mon style », avait-elle décrété, et Brune, dont le goût était sûr, l'avait approuvée.

Tordant ses cheveux fauves en torsade, Philippine revint dans la salle.

« Oh ! » s'écrièrent en chœur sa grand-tante et la couturière.

Elle était plus que belle, et les regardait l'une et l'autre d'un air interrogateur.

— Marche un peu, pour voir, fit Brune d'une voix bourrue.

Philippine portait des richelieus noirs, qui gâchaient l'ensemble. Par jeu, elle les ôta, souleva le bas de sa robe et sortit du mas.

— Quels souliers imaginez-vous ? cria-t-elle aux deux femmes, demeurées sur le seuil.

Elle marcha jusqu'au premier amandier, tout en fleur, laissa retomber la traîne sur l'herbe.

— Attention ! l'ourlet est simplement faufilé ! la mit en garde Renée.

Philippine ne l'entendit pas. Elle contemplait l'homme qui grimpait le petit raidillon menant à la grande allée des amandiers. Un chien l'accompagnait. Il lui adressa un signe de la main, la rejoignit alors qu'elle faisait demi-tour. Ses yeux verts brillaient.

— Vous me faites songer au tableau de Léo Lelée, *Les Arlésiennes sous les amandiers en fleur*, lui dit-il.

Son chapeau cabossé et délavé à la main, les cheveux emmêlés par le vent de la course, il paraissait étonnamment juvénile malgré les rides qui marquaient son front et le coin de ses yeux.

— Madame Jouve n'est pas là ? reprit-il. Je venais lui annoncer que mon amandier avait fleuri.

Philippine le regardait toujours. Relevant légèrement sa robe d'un geste empreint de grâce, elle sourit à son interlocuteur.

— Ma grand-mère n'est pas venue au mas aujourd'hui, répondit-elle enfin d'une voix que l'émotion voilait.

Comment était-ce possible ? Face à cet homme bien bâti, simplement vêtu d'une chemise à carreaux et d'un pantalon de velours, Philippine se sentait perdue.

— Vous vous mariez bientôt ? On ne vous a jamais dit qu'il ne fallait pas sortir avec sa robe ?

Ses yeux riaient. Il la considérait comme une gamine ! Il était vieux, pensa Philippine, encore plus vieux que Vincent, mais elle s'en moquait bien. Elle se rappela brusquement la remarque de l'oncle curé – « L'amour, mon petit... savez-vous au moins ce que c'est ? » – et se mit à rire, elle aussi. Brusquement, c'était, plus encore qu'une certitude, une évidence qui s'imposait à elle.

Elle secoua la tête. Ses cheveux croulèrent sur ses épaules. Une masse fauve, couleur d'amande brûlée, vers laquelle, d'instinct, Olivier tendit la main.

— Quelle importance ? répliqua la jeune fille. Je ne me marie plus.

Retroussant sa robe, elle fila vers le mas, vers Brune, qui la reçut en larmes contre sa poitrine.

— Allons, allons, tu as chaud, a-t-on idée de se mettre dans un état pareil, gronda la marraine d'Anna.

Tout en se disant au fond d'elle-même qu'elle redoutait ce moment. Vincent et Philippine, c'était l'eau et le feu. En compagnie de son fiancé, la jeune fille perdait de son éclat. Avec le fils Bonnafé, en revanche, elle aurait un adversaire à sa mesure. Savoir si elle serait plus heureuse pour autant ? Depuis le temps que Brune se défiait de cette famille !

Philippine se dégagea de l'étreinte de Brune. Son visage maculé de larmes exprimait une détermination farouche.

— Manana le connaît, n'est-ce pas ? Toi aussi. Comment s'appelle-t-il ?

Brune fit la moue.

— Olivier Bonnafé. Il cultive la lavande. Et... il est beaucoup trop vieux pour toi !

La jeune fille releva le menton.

— Depuis quand t'occupes-tu de ce qui ne te regarde pas, Brune ?

La vieille femme rompit les chiens. Renée était là, tout près. Brune n'avait pas envie que l'histoire soit colportée dans tout le département.

— Retire cette robe et va te passer de l'eau sur la figure, ordonna-t-elle d'un ton sans réplique. Renée attend, elle n'a pas que nous comme pratiques.

C'était la voix du bon sens. Philippine s'exécuta. Ses mains ne tremblaient pas. Elle savait ce qu'elle devait faire.

Renée repartit dans sa voiture hippomobile, partagée entre la curiosité et la perplexité. Elle avait conscience d'avoir été le témoin d'une situation peu commune mais n'était pas certaine de pouvoir la colporter. Ne valait-il pas mieux faire comme si elle n'avait rien vu ? Le regard sévère dont Brune l'avait gratifiée l'incitait à garder le silence.

Le soir, de retour dans son atelier, elle contempla longuement la robe de crêpe ivoire avant d'attaquer l'ourlet. Malgré les doubles épaisseurs de papier de soie qui protégeaient la toilette de la mariée, quelques fleurs d'amandier, blanches et roses, s'étaient glissées entre les plis.

Anna elle-même ignora ce que Philippine expliqua à Vincent. Elle avait vu sa petite-fille revenir du mas avec le visage à l'envers et s'était aussitôt alarmée. Brune était-elle souffrante ? Pas le moins du monde, avait répondu Philippine en chantonnant. L'instant d'après, elle soupirait. « Je monte voir Vincent. »

Il n'y eut pas de cris, ni de pleurs. Vincent avait toujours su se tenir. En revanche, il quitta la nougaterie le soir même.

— Ne m'en veuillez pas, dit-il à Anna. Je ne pourrais pas continuer à vivre ici, à côtoyer Philippine…

Elle avait acquiescé sans réellement comprendre ce qui s'était passé.

« Je pense que je vais partir pour les colonies », avait repris Vincent.

Derrière lui, Anna avait aperçu le visage livide de Philippine.

« Certains choix sont douloureux », lui avait-elle dit, en la serrant contre elle.

Elle se sentait impuissante à la réconforter, d'autant qu'elle avait mal pour Vincent, qu'elle aimait aussi tendrement.

L'affaire avait fait grand bruit dans le bourg. Dans ces cas-là, il se trouvait toujours quelqu'un pour énoncer « sa » vérité. Vincent, même s'il était unanimement apprécié, n'était pas un enfant du pays mais un gavot. De son côté, Philippine avait contre elle sa naissance illégitime. On se fit fort de le rappeler, bien à l'abri derrière les volets mi-clos. Un matin, Vincent découvrit de la paille répandue devant sa maison. La tradition venait des Basses-Alpes. Parfois, on reliait par un chemin de paille la demeure de l'amoureux éconduit à celle de l'ex-fiancée qui avait repris sa parole.

C'en était trop pour le nougatier. L'après-midi, après avoir confié sa maison aux soins de maître Larose, notaire à Rouvion, il prit l'autobus pour Avignon.

— Bravo ! commenta Georges, en ponctuant ce mot de quelques applaudissements ironiques. Qui confectionnera le nougat, à présent ?

Philippine soutint son regard narquois.

— Moi, bien sûr. La vie continue.

Anna sourit. Pourquoi avait-elle douté ? Elle aurait dû savoir que sa petite-fille avait l'amande et le nougat dans le sang.

39

1937

Début juillet, le plateau tout entier était couleur lavande, un bleu à la fois mauve, violet, indigo, qui variait selon la lumière. Le parfum, en même temps délicat et entêtant, imprégnait l'air, les vêtements, enivrait les abeilles. Une dizaine de coupeurs, le dos courbé, s'activaient dans les lavanderaies d'Olivier. Lui aussi participait à la cueillette, maniant la faucille avec dextérité.

Philippine était venue à pied du mas où elle avait laissé sa bicyclette. Le chien d'Olivier s'élança à sa rencontre et bondit sur elle pour lui lécher les mains. Elle le caressa avant de reprendre son ascension, la main en visière. Elle portait un grand panier dans lequel elle avait entassé macarons et navettes confectionnés le matin même.

Elégante sans apprêt dans sa jupe de coton et sa chemise blanche, elle s'abritait sous un chapeau de paille en forme de capeline. Elle était belle, et Olivier, alerté par son chien, éprouva un coup au cœur en la découvrant au pied des routes de lavande.

Depuis le jour de leur première rencontre, il savait que Philippine était la femme qu'il attendait. Cependant, leur histoire respective les avait incités à observer une certaine défiance. Marqué par le secret de ses origines, Olivier était hostile à l'idée même du mariage. Celui de sa mère et de Martin, qu'il considérait comme son véritable père, avait été une mascarade, seulement un moyen de sauvegarder les apparences. De son côté, Philippine tenait à éclaircir plusieurs points avant d'oser fonder une famille.

Pourquoi sa mère l'avait-elle abandonnée sans renouer un quelconque contact ? Qui était son père ? Autant de questions qui la tourmentaient, même si elle affichait une belle assurance.

Depuis l'enfance, depuis l'école où elle avait dû faire face à ses camarades qui la traitaient de bâtarde, Philippine s'était forgé une carapace.

Elle s'était promis ce jour-là de ne pas pleurer, afin de ne pas donner barre sur elle. Lorsqu'elle avait repris la nougaterie, après le départ brutal de Vincent, elle avait dû s'imposer face aux apprentis prompts à ricaner dans son dos. Le premier soir, seule dans le laboratoire, elle avait éprouvé un sentiment proche de la panique.

« Je n'y arriverai jamais », avait-elle pensé.

Pendant toute la durée de son apprentissage, Vincent avait été à ses côtés pour la guider, la conseiller. Il était son garde-fou. Cette fois, elle se retrouvait seule pour fabriquer le fameux nougat Jouve, dont on se transmettait la recette depuis 1893. Sa grand-mère lui avait bien proposé de monter l'épauler mais Philippine avait deviné qu'Anna n'y tenait guère. Le laboratoire n'était-il pas encore le domaine d'Armand, là où il avait passé tant d'années ?

Elle était si tendue qu'elle avait dû marquer une pause. Appuyée contre le marbre, les mâchoires serrées pour ne pas éclater en sanglots, elle avait pris une longue inspiration par le ventre afin de tenter de se décontracter. Elle apercevait par la fenêtre des lambeaux de ciel d'un délicat ton de bleu cobalt délavé, et elle songeait à cet homme, qui l'avait tant troublée, sous l'amandier en fleur. Etait-il concevable de remettre toute sa vie en question à cause d'un inconnu ? Avait-elle perdu l'esprit, comme Georges le suggérait, de moins en moins discrètement ?

Lentement, ses mains s'étaient dénouées. Elle avait porté à ébullition, à feu très doux, du miel de lavande et du sirop de sucre. Il lui semblait entendre son grand-père répéter : « Tu vois, petite, tout le secret est dans le degré de cuisson. »

Anna était montée la rejoindre alors qu'elle versait les amandes dans la pâte lisse mais souple longuement malaxée. Une pâte parfaite, qu'il ne restait plus qu'à faire couler dans des cadres de bois chemisés de papier d'hostie.

Des larmes, de soulagement et de joie, avaient roulé sur le visage de Philippine et elle n'avait pas pris la peine de les essuyer. La grand-mère et la petite-fille échangèrent un regard empreint de fierté.

— Tu as réussi, ma grande, commenta doucement Anna.

Elle songeait à Armand, à cet instant. Aurait-elle dû, elle aussi, renoncer à se marier parce que, même si elle s'illusionnait, elle savait bien au fond d'elle-même qu'elle n'aimait pas Armand comme elle avait aimé Martin ? Mais elle était, alors, persuadée que Martin s'était joué d'elle, et son cœur débordait de haine.

Le nougat les avait unis, Armand et elle, plus sûrement que des serments d'amour.

« La relève est assurée », avait repris Anna.

Philippine savait combien c'était important pour elle puisque Rose-Aimée et Georges n'avaient pas tenu leur place dans l'histoire familiale. Elle aurait voulu questionner Anna, demander « Parle-moi de ma mère… », sans oser le faire de front.

Dans le bourg, dans la famille, les visages se fermaient lorsque Philippine prononçait le nom de Rose-Aimée. On changeait aussitôt de conversation, ou bien on lui reprochait gentiment :

« Pourquoi ressasser le passé, petite ? »

Georges était le seul à ne pas adopter cette attitude. D'une certaine manière, c'était encore pire car le sourire narquois qu'il arborait alors effrayait Philippine.

« Ta mère aimait les jolies toilettes et l'argent facile », lui avait-il dit.

En retour, Philippine l'avait giflé. Elle revoyait la scène avec une précision troublante, sentait peser sur elle le regard furieux de son oncle.

« Tu me le paieras ! » avait-il menacé.

Depuis, ils avaient l'un et l'autre cessé de se parler. Brune et Anna estimaient que cela valait peut-être mieux.

— Pause goûter ! annonça la jeune femme avec un large sourire.

Les coupeurs étaient épuisés. Ils travaillaient sans relâche depuis l'aube, alors que des vestiges de brume étaient encore accrochés aux sommets des Préalpes, dans le lointain. Ils avaient déjeuné lorsque les clochers, se répondant, sonnaient les douze coups de midi, mais le pain aux tomates et aux oignons, les saucissons faits maison et les petits fromages au poivre d'âne n'étaient déjà plus qu'un lointain souvenir. Aussi, chacun fit honneur aux douceurs apportées par la nougatière.

Marinette, de son côté, avait monté de l'eau fraîchement tirée du puits, et du jus de cerise, rafraîchissant avec son goût acidulé.

Les coupeurs récemment embauchés observaient Philippine avec curiosité. Un *babi* qui venait d'Italie pour la quatrième fois renseigna les autres :

— C'est la bonne amie du patron.

Marisol fit la moue. Réfugiée d'Espagne, comme sa cousine Elena, elle avait besoin de rêver afin de tenter d'oublier les tragédies auxquelles elle avait assisté. Son père, son oncle et ses frères avaient été fusillés sous leurs yeux, sa mère et sa tante emprisonnées. Les adolescentes, envoyées ce jour-là chez leur grand-père, avaient été épargnées.

Elles avaient mis près d'un an pour traverser l'Espagne en guerre et se réfugier dans cet endroit retiré. Pas question pour elles de retourner dans leur pays natal !

Marisol examina Philippine d'un œil critique. Il n'y avait rien à redire, elle formait un beau couple avec le patron.

— Ils ne sont pas mariés ? s'enquit-elle auprès de son informateur.

Il sourit.

— Il faut croire qu'ils sont opposés à l'institution ! Tu sais, en ce moment, tout le monde ne parle que de liberté.

Une ombre voila le regard de Marisol. Trop de drames, trop de violence, avaient accompagné les deux cousines sur les routes de l'exil. Désormais, elle voulait vivre en tentant d'oublier ses souvenirs.

Olivier, d'un geste possessif, enlaça la taille de Philippine. Il lui montra en riant ses mains marquées de multiples écorchures.

Le regard qu'ils échangèrent fit mal à Marisol. Cet homme et cette femme s'aimaient, intensément, passionnément.

Connaître ça une fois... pensa-t-elle.

Elle courba à nouveau le dos, s'appliquant à « peler » la lavande. Maladroite, pour une fois, elle n'évita pas l'abeille qui lui piqua le pouce. Elle s'interrompit, froissa une tige de lavande sur sa piqûre, comme on le lui avait appris. Brusquement, la lavanderaie lui semblait grise sous le soleil dur.

Torse nu, dans la touffeur du soir d'été, Olivier chargeait l'alambic à la fourche. Il fallait faire vite, l'orage grondait au loin.

La récolte s'annonçait excellente. Les coupeurs, tous expérimentés à l'exception des deux petites Espagnoles, connaissaient leur métier. Comme chaque année, Olivier éprouvait un sentiment de joie profonde en humant « sa » lavande. A la différence de certains collègues, attirés par le rendement bien supérieur du lavandin, Olivier s'obstinait à ne cultiver que de la lavande fine. La « belle bleue », comme il la nommait, avait un parfum, un charme incomparables. D'ailleurs, les courtiers de Grasse avec lesquels il travaillait ne s'y trompaient pas. Pour eux, le nom de Bonnafé était synonyme de qualité.

— Laisse-moi t'aider.

Philippine venait de se couler contre lui. Le contact de ses seins libres sous la chemise fit gémir Olivier.

— Ma douce, je dois finir de charger, murmura-t-il d'une voix étouffée.

Philippine esquissa un sourire.

— Cela ne me dérange pas du tout.

Chaque nouveau coup de fourche était pour Olivier une délicieuse torture. Lorsqu'il eut enfin terminé, il prit à peine le temps de tasser les gerbes de lavande et entraîna Philippine à l'abri d'un bosquet de myrtes. Chacune de leurs étreintes leur donnait l'impression de réinventer l'amour. Chemise ouverte, débarrassée de sa jupe, Philippine, belle comme une diablesse, enfiévrait les sens de son amant. L'attente, la chaleur avaient exacerbé leur désir. Ils s'unirent presque brutalement avant de prendre le temps de se caresser, longuement, jusqu'à ce que le plaisir les submerge. Allongée sur sa jupe, Philippine apercevait les étoiles qui s'allumaient l'une après l'autre dans un ciel de velours sombre. Les cigales venaient de se taire, après avoir lancé leurs dernières stridulations.

Penché au-dessus d'elle, Olivier la tenait étroitement serrée contre lui.

— J'aimerais bien t'épouser, souffla-t-il.

Elle garda le silence.

— Nina ? s'inquiéta-t-il, reprenant le diminutif que Brune lui donnait. Il y a un problème ?

Elle ne répondait toujours pas. Olivier la sentit frissonner et devina qu'elle pleurait.

— Je voudrais retrouver ma mère, déclara-t-elle enfin d'une voix assourdie.

40

1939

A mi-chemin entre le mas des Donat et le bastidon d'Olivier, tout près d'une source, se dressait la chapelle romane de la combe Sainte-Luce. Il fallait bien connaître le pays pour la découvrir, au fond d'un sentier serpentant entre vieux amandiers, chênes verts, pins d'Alep, garrigues à thym et à romarin.

« J'aimerais me marier là », avait souhaité Philippine, le jour où une promenade l'avait amenée dans cet endroit préservé. Olivier avait accédé à son désir, d'autant plus volontiers qu'il n'avait pas envie, lui non plus, d'un « mariage à grand tralala », pour reprendre l'expression de Brune. La vieille dame étant trop âgée pour grimper à la chapelle, les plus jeunes lui avaient confectionné une sorte de chaise à porteurs, ce qui l'amusait fort.

Le père Thomas, un prêtre d'une quarantaine d'années ne s'était pas fait prier pour célébrer le mariage à Sainte-Luce, la chapelle étant toujours consacrée. Connaissait-il lui aussi l'histoire des deux familles qui s'unissaient en ce samedi de juin ? Il n'en avait rien laissé voir.

En revanche, Anna et Martin ne parvenaient pas à dissimuler leur émotion. Quarante-neuf ans après, Philippine et Olivier tenaient l'engagement de la nuit de l'amandier, le serment qu'ils avaient prêté sous l'arbre en fleur.

« Tiens-toi surtout », lui avait recommandé Brune le matin même. Comme si Anna était encore la gamine de seize ans qui rêvait de tout partager avec Martin... La vie avait passé, mais elle n'avait rien oublié. Elle refusait, cependant, que ce mariage soit un peu le sien par procuration. C'était le bonheur de Philippine et d'Olivier qui comptait ce jour-là. Georges n'était pas venu.

« Ils n'avaient qu'à se marier au bourg, comme les gens normaux, avait-il grommelé. Je ne vais quand même pas grimper là-haut avec ma patte folle. » Sans oser se l'avouer, Brune, Anna et Philippine avaient été soulagées de cette décision. Brune, cependant, persistait dans sa défiance.

« On n'a pas idée d'épouser un homme aussi vieux ! » marmonnait-elle.

Vieux ! A quarante-huit ans, Olivier était dans la force de l'âge. D'ailleurs, Philippine qui avait fêté ses vingt-six ans n'était plus une gamine. Remarque qui lui valait cette conclusion partiale de la part de Brune : « Toi, ce n'est pas pareil. »

La chapelle composée d'une nef voûtée en berceau et d'une abside semi-circulaire voûtée en cul-de-four, était fleurie de roses roses et de brins de lavande encore en boutons. Il n'y avait pas eu de contrat de mariage, ni d'achat d'ors, comme cela se faisait autrefois. Rien que l'amour fou entre un homme et une femme heureux de s'engager devant ceux qu'ils aimaient.

Juste avant de prononcer le oui solennel, Philippine ne put s'empêcher de jeter un coup d'œil pardessus son épaule. Elle avait attendu, espéré, jusqu'au dernier instant la venue de Rose-Aimée.

Olivier l'avait aidée à rechercher la trace de sa mère. Anna leur avait communiqué les quelques renseignements dont elle disposait et l'avait envoyée chez Céline, installée comme couturière à Vaison.

Céline leur avait confirmé que Rose-Aimée avait épousé un certain Malcolm Roy, citoyen britannique. Forts de ces éléments, Olivier et Philippine avaient contacté le consulat de Grande-Bretagne. Philippine avait longuement hésité avant d'écrire une lettre à sa mère. Celle-ci s'était-elle confiée à son époux ? Philippine avait pesé chacun de ses mots. Elle désirait seulement savoir...

Elle n'oublierait jamais le jour où elle avait reçu l'appel téléphonique de Rose-Aimée à la boutique. Anna se trouvait au mas. Lou, la vendeuse, avait hélé Philippine.

« Un appel pour vous d'Angleterre. Ça a l'air urgent. »

Philippine avait manqué se rompre le cou dans l'escalier. L'appareil était installé dans le couloir jouxtant la boutique. Lou tendit l'écouteur à Philippine qui s'essuya les mains sur son tablier avant de le saisir. Elle n'entendait que son cœur, qui battait à toute allure.

« Allô... » dit-elle, à bout de souffle.

La voix féminine qui lui répondit manquait de chaleur mais peut-être était-elle intimidée, elle aussi.

« Bonjour, Philippine. Tu désirais me parler ? »

Dans ses rêves, rien ne se passait ainsi. La jeune femme avait mille et une questions à poser, mais pas par l'intermédiaire du téléphone.

« Comment allez-vous ? » demanda-t-elle.

Rose-Aimée égrena un joli rire.

« Tu inverses les rôles ! Ce sont les Anglais qui s'enquièrent : *"How do you do ?"* »

Philippine se sentit stupide. Quelle conversation pouvait-elle espérer mener avec cette étrangère qui brouillait les pistes à plaisir ?

« Je vous écrirai, reprit-elle. Donnez-moi votre adresse. »

Il y eut un silence. Terriblement douloureux, ce silence. Philippine avait l'impression de voir son interlocutrice froncer les sourcils. La dernière photo de Rose-Aimée datait de 1912. A qui ressemblait désormais cette mère inconnue ? Et son père ?

Elle sut ce que Rose-Aimée allait lui dire dès que celle-ci toussota.

« Ecrire… ce n'est guère possible. J'ai refait ma vie en Angleterre, mon époux ne comprendrait pas. Il ne faut plus faire intervenir le consulat, Philippine. Il est trop tard, désormais, pour rattraper le temps perdu. »

Pour la première fois, elle s'était révoltée.

« Il n'est jamais trop tard. Dites plutôt que vous ne le souhaitez pas. »

Rose-Aimée avait soupiré.

« C'est une période de mon existence que je préfère oublier, c'est vrai. De toute façon, tu as une famille, tu vas te marier… tu n'as pas besoin de moi.

— Si ! J'ai besoin de connaître tes goûts, de savoir si toi aussi, tu t'endors sur le ventre, et aimes les poèmes d'Apollinaire ! aurait voulu hurler Philippine. Ai-je hérité mon grain de beauté sur l'épaule de toi ou de mon père ? Et cette tristesse qui m'envahit parfois sans raison… l'as-tu déjà éprouvée ? »

Il lui était impossible d'exprimer ce qu'elle ressentait à cette inconnue qui entendait bien le rester. Lentement, les yeux pleins de larmes, elle avait raccroché, était remontée au laboratoire. Là-haut, elle avait mis en route une fournée de macarons pour se passer les nerfs. Elle tenait de Brune le besoin de cuisiner quand elle ne pouvait plus se dominer.

Il lui avait fallu attendre plusieurs semaines avant de parvenir à évoquer cette conversation avec Olivier.

« Quelle mère est-elle donc ? » avait-elle chuchoté.

Anna ne lui avait jamais parlé de l'appel téléphonique d'Angleterre. Pourtant, Lou le lui avait certainement raconté. Lou ne gardait jamais rien pour elle ! Grand-père Armand l'appelait « la gazette », Philippine s'en souvenait fort bien.

Elle comprenait mieux pourquoi il avait sombré dans la neurasthénie après le départ de sa fille. Rien, apparemment, ne pouvait faire dévier Rose-Aimée du chemin qu'elle s'était choisi.

Une pression légère des doigts d'Olivier sur les siens la ramena à la réalité. Leurs familles, leurs amis attendaient sa réponse. Rose-Aimée ne viendrait pas. Elle sourit à Olivier.

— Oui, je le veux, déclara-t-elle d'une voix ferme.

Grand-mère Anna affirmait qu'il ne fallait jamais regarder en arrière. Elle devait avoir raison. Il était temps de grandir, et de caresser d'autres rêves. Avec Olivier.

Marinette avait dressé une grande table devant le bastidon, à l'ombre des mûriers-platanes. Des draps de la Grand'Bastide servaient de nappes. Depuis deux jours, elle préparait le repas de mariage, aidée par une petite nièce. Jacqueline, la fille de l'aubergiste de Rouvion, « ferait l'extra ». Marinette, en accord avec les *novi*, avait confectionné des terrines de grives, des truites du Toulourenc au poivre d'âne, des pâtés en croûte, du gigot accompagné de cocos de Mollans et servi avec une salade de cœurs d'artichauts sauvages, cuisinés avec des truffes et le jus du gigot, un assortiment de fromages de chèvre, et des fraises du Comtat « à la neige du Ventoux ».

Quand toute la noce arriva, ce fut un beau tapage. Olivier et Philippine étaient les premiers. La jeune femme avait ôté ses talons et marchait pieds nus. Elle ne portait pas la toilette choisie six ans auparavant mais une robe en shantung d'un délicat ton ivoire rosé. Pas de voile non plus, un simple chapeau de paille confectionné par le chapelier de Rouvion.

Olivier avait retiré depuis longtemps sa veste noire. Avec sa chemise blanche et son pantalon noir, il paraissait plus jeune que ses quarante-huit ans. Il rayonnait. Martin et Clovis le lui firent remarquer avec un brin d'émotion.

Son mariage, son installation dans une maison en campagne, proche du pont Julien, avaient métamorphosé Clovis. S'il souffrait encore de crises d'asthme, il les gérait mieux grâce à plusieurs cures à La Bourboule. Son épouse Hortense lui avait beaucoup apporté. Sereine et douce, elle contribuait à créer autour de lui une atmosphère douillette. Il venait peu à la fabrique, toujours à cause des odeurs de soufre qui agressaient ses bronches fragiles. Il savait, cependant, que son père fatiguait et aurait voulu le voir passer la main. Martin en riait, parfois.

« Je suis condamné à travailler à vie dans les fruits confits », se lamentait-il. Qui aurait pu lui succéder ? Olivier avait depuis longtemps exprimé son refus et Clovis s'en sentait incapable. Il faudrait vendre... mais ce n'était jamais le bon moment. De plus, Martin aurait eu l'impression de trahir les générations de Bonnafé qui avaient consacré leur vie à la production de fruits confits.

Il sourit tendrement à Anna. Deux ans plus tôt, elle avait commis le sacrilège de faire couper ses cheveux. Il avait piqué une colère folle. Dieu merci, ses cheveux avaient repoussé.

Leurs amis étaient tous venus. Fernand, l'apiculteur qui parlait à ses abeilles, Paulo, le berger, et les frères Zenat, charbonniers, ainsi que tant d'autres.

En entraînant Philippine pour une valse sur la piste de danse improvisée, Olivier lui souffla :

— Je désire te rendre la plus heureuse du monde.

Elle lui sourit.

— C'est déjà fait !

Elle n'évoqua pas sa mère, et s'efforça de n'y plus songer. Après tout, sa véritable famille était là, autour d'elle.

Georges arriva à la fin du repas. Saturnin, le garde-chasse, l'avait amené dans sa charrette.

Il descendit lourdement, fit peser un regard mélancolique sur la noce.

— Je voulais quand même venir te féliciter, ma nièce, déclara-t-il à Philippine.

Elle frissonna, malgré la chaleur de juin. Comme si la venue de Georges avait brusquement caché le soleil...

41

1940

Les bacs et les chaudrons étaient vides. C'était bien la première fois, songea Martin, le cœur étreint d'une sourde angoisse. Dire qu'il avait soupiré, en novembre 1918, comme tant d'autres : « Plus jamais de guerre ! »

— Tu es bien sûr de vouloir fermer ? lui répéta Clovis.

Son père haussa les épaules.

— Nos meilleurs clients se trouvent de l'autre côté de la Manche. De plus, en toute franchise, je préfère prendre moi-même cette décision plutôt que de voir notre fabrique confisquée par l'occupant.

— Et Olivier ?

— Olivier m'a donné carte blanche. De toute manière, sa vie est ailleurs.

Martin prononça cette dernière phrase avec une pointe de satisfaction. Il n'avait pas voulu reproduire l'erreur de son père qui avait fait pression sur lui pour qu'il reprenne la charge de la fabrique. Il avait laissé ses fils libres, et ne le regrettait pas.

Maladroit, comme souvent, lorsqu'il s'agissait de laisser voir ses sentiments, Clovis toussota.

— Notre fils, à Hortense et à moi, désirera peut-être travailler ici. Tout peut arriver.

Pour l'instant, l'aîné de Clovis, Gauthier, était âgé de douze ans.

Martin sourit.

— Peut-être, en effet. A condition de ne pas lui forcer la main. Regarde, Clovis... cette usine faisait l'orgueil de mon père alors qu'elle a toujours représenté pour moi une sujétion difficilement tolérable...

Comme mon mariage, pensa-t-il. Mais il ne pouvait faire cette confidence à Clovis.

Les deux hommes accordèrent leur pas pour faire le tour des bâtiments, vérifiant dans chaque atelier que tout le matériel et les ustensiles avaient été nettoyés avec soin.

Parvenu dans le bureau, Clovis caressa d'une main rêveuse le bois patiné de la table.

— Quand j'étais enfant, j'étais jaloux de cette pièce, murmura-t-il. Il me semblait que ma mère y passait tout son temps.

— C'était un peu vrai. Elle aimait beaucoup travailler ici.

Martin s'interrompit. Il n'avait pas envie de se laisser entraîner sur le chemin des souvenirs. Il avait déjà éprouvé regrets et remords lorsqu'il avait annoncé sa décision au personnel de la fabrique, le lendemain du 14 juin, date à laquelle les Allemands étaient entrés dans Paris et avaient confisqué tous les drapeaux français pour les remplacer par des drapeaux à croix gammée.

Les ouvrières n'avaient pas été vraiment surprises. « On s'en doutait bien », avait commenté Rosemonde, leur doyenne.

Martin avait tenu à verser une indemnité de départ à chacune et leur avait promis de rouvrir dès la fin de la guerre. « Moi ou mon successeur », avait-il précisé avec un sourire en coin, faisant discrètement allusion à son âge. A soixante-dix ans, il ne ressentait pas vraiment la fatigue, chassait toujours aussi longtemps dans les bois jouxtant la Grand'Bastide mais il ne se faisait tout de même guère d'illusions. Il pouvait être victime d'une attaque comme son père ou se retrouver paralysé à l'exemple de Mathilde.

« Nous sommes des personnes d'un jour », disait sa tante Arthémise. Elle ajoutait en riant : « Une raison supplémentaire pour profiter de la vie ! »

— Toutes les fabriques d'Apt n'ont pas fermé, reprit Clovis.

— En effet, mais elles ne peuvent que travailler au ralenti. Il n'y a plus de sucre.

Martin en avait longuement discuté avec Anna. Il préférait cesser de produire plutôt que de fabriquer des ersatz de fruits confits. Pour le moment, la nougaterie tournait toujours, grâce à ses fournisseurs locaux. En revanche, les nougatiers qui importaient du blanc d'œuf de Chine pour leur nougat blanc avaient dû trouver une solution. Ils utilisaient à la place de la gélatine, qu'ils se procuraient dans la région. Pour combien de temps ? se demandait Martin.

— La friche retourne à la friche, commenta sombrement Clovis.

Il faisait allusion à la plupart des fabriques d'Apt, dont la leur, qui s'étaient installées sur l'emplacement d'anciennes congrégations religieuses, vendues en tant que biens nationaux à la Révolution.

Martin sursauta.

— Pour ça non ! Le concierge, Alphonse, reste en place, et les bâtiments seront fermés afin d'éviter tout pillage. Il s'agit non seulement de notre patrimoine familial mais aussi de tout un pan de l'histoire industrielle d'Apt.

Clovis sourit à son père.

— Je ne t'ai pas dit ? J'envisage de rédiger une monographie sur l'histoire du fruit confit. Ce sera ma contribution personnelle à la fabrique.

Emu, Martin pressa l'épaule de son fils.

— C'est une excellente idée.

Il se sentait mieux depuis qu'il avait pris sa décision. Apaisé. Il irait s'installer à la Grand'Bastide, tout près d'Anna, laissant bien volontiers la demeure familiale à Clovis.

Martin et Olivier étaient convaincus que l'Europe courait à sa perte depuis la guerre d'Espagne. Suivant les événements dans la presse et à la radio, ils avaient bien compris que ce conflit servait de galop d'essai à l'aviation allemande, alliée de Franco.

Les lois antijuives les révoltaient autant qu'elles les effrayaient. Désormais, la France était occupée.

— Nous allons devoir nous battre, réfléchit-il à voix haute.

Il n'aurait pas dû se livrer à ce commentaire en présence de Clovis, plus timoré qu'Olivier. Mais son cadet le surprit en abondant dans son sens. Avec, cependant, une restriction.

— Je ne pense pas que ce soit des plus prudent, à ton âge, remarqua-t-il avec précaution.

Martin haussa les épaules.

— Précisément ! Je n'ai plus rien à perdre !

A cet instant, il songea à Anna. Et se dit qu'il souhaitait vivre encore quelques années à ses côtés.

Olivier jeta un regard satisfait autour de lui. La récolte de cet été 1940 s'annonçait exceptionnelle. Il avait fait le pari, deux ans auparavant, de transplanter dans ses lavanderaies des plants sauvages, souvent rabougris. Ceux-ci avaient pour la plupart fait preuve d'une rare vigueur.

Il avait pris soin de les planter avec des « routes » perpendiculaires au sens de la déclivité afin de protéger les plantations contre l'érosion lors des orages les plus violents. Avec l'aide de Toine, il avait biné ses lavanderaies sans relâche à la houe, durant plus de trois mois.

« Regarde », disait-il à Philippine lorsqu'elle venait le rejoindre.

Il prenait dans ses mains une poignée de terre fine, aérée, qui maintenait les jeunes plants au frais.

Il était fier du travail accompli, et sa jeune femme partageait sa fierté.

— Je viendrai t'aider pour la cueillette, proposa-t-elle.

Il rit en lui caressant doucement le ventre, d'un geste empreint de tendresse et d'amour.

— Avec notre premier enfant qui pousse ? Pas question de te fatiguer, ma douce !

Elle protesta.

— Je suis plus robuste que tu ne le crois.

Une ombre voila le regard d'Olivier.

— Je sais, se contenta-t-il de dire.

Il aurait souhaité qu'elle cessât de travailler à la nougaterie mais c'eût été mal connaître Philippine ! Elle avait le nougat dans le sang. Pendant la période de la cueillette, Olivier qui travaillait de cinq heures du matin à minuit descendait à Rouvion rejoindre sa femme pour dormir quelques heures en la serrant dans ses bras. Il refusait, en effet, qu'elle-même fît le trajet. Ce mode de vie, un peu bohème, partagé entre la boutique et le bastidon, leur convenait fort bien.

Le jour de ses soixante-cinq ans, Anna s'était installée au mas afin de tenir compagnie à sa marraine qui, à quatre-vingt-cinq ans, avait encore bon pied, bon œil. Tout le monde avait deviné que c'était aussi pour se rapprocher de Martin. Les relations des vieux amants émouvaient leur entourage. Il émanait de leur couple une impression de sérénité. Après avoir traversé tant d'orages, ils allaient droit à l'essentiel, leur amour.

Le parfum de lavande, à la fois discret et tenace, imprégnait la terre et le ciel. Main dans la main, hanche contre hanche, Philippine et Olivier regagnèrent le bastidon. Leur terre, qui était aussi leur refuge, là où tous deux avaient choisi de vivre, malgré les mirages de la ville, avait un goût de bonheur. Olivier gardait le silence. Il ne pouvait oublier les premiers tracts antisémites qu'il avait vus placardés à Avignon. Il pressentait que leur quiétude n'était que provisoire, que la guerre les rattraperait tôt ou tard, cette maudite guerre que seuls l'amour de Philippine et ses lavanderaies étaient parvenus à lui faire oublier.

Il sourit à sa femme. Ils s'aimaient. Et, pourtant, il avait peur que leur amour même ne soit menacé.

Le ciel, au-dessus de la montagne, se moirait de pourpre et de gris-rose. Vision magique, renforcée par le contraste avec le bleu foncé des champs de lavande dévalant vers le bastidon. Juste avant la tombée de la nuit, les lavanderaies se confondaient avec le ciel, dans un infini d'une beauté irréelle.

— Nous avons tant de chance de vivre dans un si beau pays, souffla Philippine.

Et, en écho, Olivier pensa : Nous avons tant de chance de vivre…

30 octobre 1940

Olivier tourna le bouton du poste de TSF et jeta son journal sur la table de la salle.

— Ça continue ! explosa-t-il. Il ne suffisait pas au gouvernement de Vichy de s'incliner face à Hitler. Voilà que Pétain fait l'apologie de la collaboration entre la France et l'Allemagne !

Philippine posa une main apaisante sur son bras.

— Calme-toi, Olivier, je t'en prie.

Elle partageait la colère et le désarroi de son mari mais, pour l'instant, elle avait une priorité : son enfant, qui devait naître d'un jour à l'autre.

Eliette, la sage-femme, fille de Catherine qui avait procédé aux deux accouchements d'Anna, était venue visiter la jeune femme trois jours auparavant et avait recommandé à Olivier de la faire appeler dès les premières contractions.

Le bébé paraissait gros, et Philippine avait les hanches minces. Eliette leur avait même suggéré de se rendre à l'hôtel-Dieu de Carpentras pour plus de sûreté, suggestion que Philippine avait repoussée avec force. Elle, qui n'était pourtant pas superstitieuse, redoutait de suivre le même chemin que sa mère.

Elle se leva lourdement.

— Je vais ranger un peu, dit-elle à son mari.

Elle refusa d'écouter ses exhortations à se reposer : il fallait qu'elle bouge ! Olivier, dûment averti par Brune et Anna sur ce comportement des femmes enceintes, s'empressa d'envoyer Marinette chercher celle qu'il considérait comme sa belle-mère. Il devinait en effet que Philippine aurait besoin d'elle à ce moment-là.

Tout était prêt depuis longtemps. Le berceau du bébé, en bois de noyer, à la forme traditionnelle de carène, tous deux y tenaient, avec des patins permettant de balancer le nouveau-né d'un simple geste du pied, la commode contenant le trousseau de leur enfant avec notamment la précieuse layette de famille, en boutis.

Eliette et Anna arrivèrent en même temps au bastidon. Anna avait décidé, de son propre chef, d'aller chercher la sage-femme à Rouvion dès que Marinette était venue l'alerter. Philippine astiquait les meubles de la salle avec une sorte de rage. Les femmes échangèrent un coup d'œil entendu.

— Nous allons préparer le lit, décida Eliette.

Elle leur expliqua, gestes à l'appui, qu'elle suivait les conseils d'un médecin de Sault, le docteur Lazard, et réclama à Olivier la planche qu'elle lui avait fait préparer plus de deux mois auparavant. Il s'agissait de placer Philippine sur cette planche, aussi longue que leur lit, et large d'une cinquantaine de centimètres. Pour faire bonne mesure, Eliette avait aussi décidé de mettre en pratique un usage de la région de Forcalquier. Pour ce faire, il suffisait de disposer sous le dos et les aisselles de la femme en travail un drap plié en huit et de lui soulever le buste à chaque fois que la douleur se faisait plus forte. Pendant ces préparatifs, Anna, soutenant sa petite-fille, l'exhorta à marcher dans la chambre.

La jeune femme avait refusé de prendre du café comme de l'eau-de-vie de pays. En revanche, elle accepta un petit verre d'eau des Carmes. Ce qui ne l'empêcha pas, au bout de quelques minutes, de souffrir de violents haut-le-cœur. La souffrance la prenait par vagues, montant de ses reins, la submergeant toute jusqu'à ce qu'elle crie, et cherche la main d'Anna pour se rassurer.

Elle en avait discuté avec Olivier à plusieurs reprises. Elle refusait qu'il assistât à l'accouchement, ne supportait pas l'idée qu'il la vît écartelée. Elle tenait à rester son amante, à garder une part de mystère. L'enfantement était une affaire de femmes. Mais... Seigneur ! comme cela faisait mal !

Entre deux contractions, alors qu'Eliette lui enveloppait le ventre de levain, suivant une vieille tradition des « bonnes femmes », comme l'on appelait autrefois les sages-femmes, afin de stimuler les muscles de l'abdomen, elle songeait à sa mère. Elle imaginait Rose-Aimée accouchant seule à l'hôtel-Dieu de Carpentras et s'estimait heureuse de se trouver dans sa maison, avec son mari et sa grand-mère à ses côtés.

Marinette et Eliette soulevaient le drap à intervalles réguliers mais, malgré la douleur, de plus en plus intolérable, la délivrance tardait.

— Nous en avons encore pour un bon moment, évalua Eliette après avoir examiné une nouvelle fois sa patiente.

Anna les approvisionnait en café, très fort et très sucré. Elle avait téléphoné du mas à Martin, qui était aussitôt venu tenir compagnie à son fils. Lorsqu'il aperçut Anna, il échangea avec elle un regard lourd de secrets partagés. Elle pensait certainement tout comme lui qu'ils n'avaient jamais attendu ensemble, qu'ils n'avaient pas eu d'enfants tous les deux mais que, pour cette raison, ce bébé à naître leur était doublement cher.

En fin de journée, n'y tenant plus, Olivier descendit chercher le docteur Barnimont.

Eliette inclina la tête. Elle aussi s'angoissait. Philippine s'épuisait en vain, le bébé était trop gros et il faudrait certainement une césarienne. Ce que confirma le médecin dès qu'il l'eut examinée.

— Je l'emmène à Carpentras, décida-t-il.

Anna et Olivier échangèrent un regard perdu. Tous deux savaient combien Philippine était hostile à cette idée.

— Nous n'avons pas le choix, insista le docteur Barnimont.

De toute manière, la jeune femme était si mal qu'elle n'était plus en mesure de protester. Olivier la porta dans la voiture du médecin et l'allongea à l'arrière en s'arrangeant pour lui soutenir la tête.

Ils partirent si vite que Martin et Anna n'eurent pas le temps de leur dire qu'ils descendaient eux aussi à l'hôtel-Dieu.

Martin entoura d'un bras protecteur les épaules de la femme qu'il n'avait jamais cessé d'aimer.

— Rassure-toi, lui souffla-t-il. Tout se passera bien.

Anna n'avait pas le cœur de lui rappeler que sa propre mère était morte, à moins de vingt ans, dix jours après sa naissance.

Elle avait peur, précisément parce que Rose-Aimée n'était pas là, n'avait jamais été là pour sa fille, et que Philippine en souffrait certainement doublement à ce moment crucial de sa vie.

A l'hôtel-Dieu, Philippine et Olivier n'eurent pas le loisir de réfléchir. On embarqua Philippine sur un chariot en direction du bloc opératoire pendant qu'Olivier était invité à ronger son frein dans le hall de réception de l'hôpital.

Il préféra marcher dans le jardin, même si, vue de l'extérieur, la silhouette de l'hôtel-Dieu paraissait plus imposante. Fou d'angoisse, il arpenta les allées au pas de charge, sans même accorder un regard aux dernières roses. Rien ne s'était passé comme ils l'avaient rêvé. Philippine désirait accoucher au bastidon, dans leur chambre décorée de meubles qu'ils avaient choisis ensemble, surtout pas dans l'anonymat du bloc. Avec son expérience de la vie, il pressentait que le passé de Philippine resurgirait au moment de sa délivrance. A deux ou trois reprises, au cours des derniers mois, elle s'était demandé à voix haute si elle ferait une bonne mère et il l'avait appelée « petite folle » avec une tendresse et un amour infinis. Face au Ventoux, il se surprit à prier, lui qui ne savait plus depuis Verdun s'il croyait encore.

Il se sentit soulagé lorsqu'il aperçut son père sur le seuil de la cour d'honneur. Martin posa la main sur son épaule et prononça alors les mots qu'Olivier attendait peut-être inconsciemment depuis longtemps.

— Le vent soufflait en tempête la nuit de ta naissance. La vieille Eulalie avait daigné m'appeler à la rescousse pour tenir une lampe à pétrole. Ta pauvre mère souffrait horriblement et refusait de se plaindre. Le docteur laissait échapper d'abominables jurons et il me semblait que nous ne verrions jamais le jour. Pourtant, tu es né, juste avant l'aube et, dès l'instant où je t'ai serré contre moi, j'ai su que tu étais mon fils pour toujours.

Olivier, trop bouleversé pour parler, inclina la tête. L'irruption d'Anna à pas pressés fit sursauter le père et le fils.

— Le docteur vient de sortir du bloc opératoire. C'est un garçon ! leur annonça-t-elle, radieuse.

Olivier la rejoignit, lui prit les mains.

— Comment va Philippine ? Puis-je la voir ?

— Doucement, s'écria Anna. Elle dort encore, il faut la laisser se reposer. Les sœurs font la toilette du bébé.

Il fonça vers l'hôtel-Dieu en tempêtant que rien ni personne ne l'empêcherait de voir sa femme et son fils. Anna sourit en le suivant d'un regard attendri.

— Pour l'instant, nous ne sommes d'aucune utilité ici. Tu m'invites ?

Elle dormait parfois à la Grand'Bastide. Ils s'étaient aménagé une grande chambre avec une cheminée en pierre d'Aurel qui était leur domaine.

Martin lui offrit son bras.

— Rentrons, ma chérie.

Ils croisèrent des blessés soignés à l'hôtel-Dieu depuis juin 1940. Anna frissonna.

— Je ne veux plus penser à la guerre, murmura-t-elle.

Martin ne répondit pas. Son cœur était lourd.

42

1942

Il avait gelé blanc et le ciel de novembre était clair, vaporeux. Une ligne de brume légère soulignait l'horizon. L'air, piquant et vif, brûlait la gorge.

Le givre craquait sous les pas de Martin qui avait emmené ses deux chiens sur le plateau. C'était pour lui une couverture idéale afin de porter des vivres aux jeunes cachés dans la bergerie du vieil Amédée.

Son fils et lui n'avaient pas eu besoin de se concerter pour refuser l'occupation allemande. Martin, qui était toujours resté en contact épistolaire avec d'anciens camarades du front, avait répondu à l'appel au secours de Samuel Levistein, un tailleur parisien. Celui-ci, tenu informé dès 1938 des persécutions menées en Allemagne contre la communauté juive, avait cherché à mettre sa famille à l'abri en zone libre. Tout naturellement, Martin leur avait offert l'hospitalité de la Grand'Bastide.

Les Levistein étaient arrivés en gare de Carpentras au printemps 1942. Le père, Samuel, la mère, Léah, Rachel et Salomon les enfants. Samuel et Martin avaient échangé une longue poignée de main. Ils s'étaient tous entassés dans la Citroën de Martin et avaient gardé un silence prudent pendant la traversée de la ville. Léah Levistein avait pris la parole seulement à la Grand'Bastide.

« Soyez béni, monsieur Bonnafé, avait-elle dit avec émotion. Nous allons enfin pouvoir souffler un peu. »

Cependant, Martin n'avait pu les convaincre de rester sur le plateau quand les Allemands avaient envahi la zone libre. Paniqués, ils avaient décidé de descendre à Marseille. Là-bas, ils trouveraient bien le moyen de quitter la France. Martin, très inquiet, les avait conduits jusqu'à Aix où ils avaient des amis. Depuis la sinistre rafle du Vél'd'Hiv, en effet, il était déconseillé de prendre le train. Il n'avait pas reçu de leurs nouvelles, ce qui ne voulait pas dire grand-chose. A présent que le Vaucluse avait basculé en zone occupée, il fallait observer encore plus de précautions.

Martin s'arrêta quelques instants, le temps d'observer le ciel incomparable, et les maisons en ruine, couleur de pierre, qui se confondaient avec la roche. Il ne se lassait pas de contempler son pays. Il se remit en route, en pesant un peu plus sur le sol. C'était à ce genre de détails qu'il prenait conscience de son âge avancé. Certains matins, se lever devenait une opération de plus en plus pénible. Perclus de douleurs, il prenait sur lui pour « forcer la bête », comme il disait en riant à Anna. Un sourire adoucit son visage. Anna était sa raison de vivre. Ragaillardi soudain, il pressa le pas. La bergerie était toute proche. Casimir et Paulin, qui avaient fui les réquisitions du STO, lui réservèrent un accueil chaleureux. Il sortit de son sac tyrolien le saucisson, les pâtés et les fromages qu'Anna y avait glissés avec une miche de pain qu'elle avait confectionnée elle-même dans le four du mas.

— Vous remercierez bien votre dame, fit Casimir, la bouche déjà pleine.

Martin sourit. L'expression « votre dame » lui faisait chaud au cœur. Même s'ils sauvegardaient leur indépendance, Anna et lui formaient un vrai couple. Leurs liens s'étaient encore resserrés à la naissance du petit Aurélien. Philippine avait mis un certain temps avant d'être totalement remise mais elle avait tenu à quitter au plus vite l'hôtel-Dieu. Installée dans sa chambre au bastidon, le bébé auprès d'elle, elle avait lentement repris des forces. Olivier n'avait pas eu besoin de lui recommander de ne pas descendre à la boutique.

Ayant toute confiance en son commis qu'elle avait formé, elle s'accordait une pause afin de mieux faire connaissance avec Aurélien, un solide bonhomme de quatre kilos, aux cheveux noirs et aux yeux verts.

Contrairement à ce qu'elle redoutait confusément, Philippine s'était tout de suite sentie pleinement mère. Elle allaitait son fils, ne se lassait pas de le garder contre elle, bien au chaud, de l'admirer... au point qu'Olivier prétendait qu'il devenait jaloux. Dans sa vie, la naissance d'Aurélien avait constitué un point d'orgue. Grâce à lui, elle était devenue mère et, de ce fait, supportait mieux la défection de Rose-Aimée. Anna, qui s'était fait tant de souci pour elle, avait partagé avec Martin les étapes de sa reconquête.

« Je voudrais tant qu'ils soient heureux... » murmurait-elle parfois et Martin se contentait de hocher la tête. Tous deux savaient combien le bonheur était fragile. Ce qui ne les avait pas empêchés de se lancer dans la lutte contre l'occupant.

Un homme était venu, à la fin de l'année 1941. Il était descendu de l'autocar de Carpentras, et s'était présenté à la boutique. Martin et Anna s'y trouvaient déjà, ils s'apprêtaient à monter embrasser leur petit-fils, gardé à l'appartement par une jeune réfugiée de l'Est. L'inconnu recherchait des contacts sûrs afin de cacher les jeunes susceptibles d'être requis. Martin n'avait pas hésité.

« Marchons ensemble », avait-il décidé.

Il n'imaginait pas, alors, que leur organisation prendrait autant d'importance. Désormais, plusieurs filières existaient. Les jeunes, venus d'Avignon, d'Apt ou de Carpentras, étaient acheminés de nuit par des correspondants.

Olivier, Martin et Toine se chargeaient ensuite de les placer dans des fermes isolées, du côté de Saint-Jean-de-Sault ou d'Aurel tandis que l'homme de l'autocar – un musicien juif nommé Nathan Lorenz – demeurait à l'hôtel des Lavandes, d'où il guettait d'éventuels mouvements de troupes. Le plateau paraissait constituer un lieu de retraite idéal mais les Bonnafé père et fils se défiaient de ce calme apparent. Si les troupes d'occupation grimpaient jusqu'à Sault ou à Rouvion, rien ni personne ne pourrait les empêcher de ratisser la région.

Au fur et à mesure que les mois passaient, ils ne s'étaient pas contentés de cacher de jeunes réfractaires ou des réfugiés juifs. Depuis qu'il avait entendu l'appel du 18 juin, Martin avait envie de prendre les armes. Son âge l'en avait empêché. Ne risquait-il pas de représenter une charge, un poids mort, plutôt qu'un élément efficace ? S'il ne pouvait rejoindre Londres, il était encore capable de mener une action de guérilla dans son pays, qu'il connaissait si bien. L'idée de combattre les Allemands ne le quittait pas. C'était Philippine qui, la première, avait fait allusion à ce simple mot gravé par Marie Durand dans la tour de Constance, à Aigues-Mortes. « Résister. » Ils en avaient fait leur mot d'ordre et de ralliement.

Réunions clandestines dans des cafés aussi bien à Sault qu'à Avignon, stockage d'armes, recherche d'informations... sans cesse sur la brèche, Martin et Olivier avaient créé le réseau « Fontaine », que plusieurs de leurs amis avaient rejoint. Les marchés, la boutique Jouve, les croix des chemins constituaient autant d'endroits où laisser des messages. Constantin, le colporteur, Jean-Paul, le cinéaste ambulant, servaient d'agents de liaison. Tout le monde les connaissait et... personne ne se serait défié d'eux.

L'abbé Lucien, de Rouvion, les avait vite rejoints. Farouche adversaire du nazisme, il se battait depuis plusieurs années pour cacher des réfugiés.

Philippine avait éprouvé un sentiment de vertige le jour où elle avait eu vent de cette organisation. Elle avait surpris une conversation entre son beau-père et son mari et avait eu tôt fait d'en tirer les conséquences. Elle avait peur, bien sûr, en priorité pour Olivier, mais n'aurait jamais eu l'idée de le détourner de sa mission. Elle aussi désirait résister. Son mari s'absentait de plus en plus souvent. Avignon, Carpentras, Cavaillon... il se déplaçait la plupart du temps entre ces trois villes, en espérant lui faire accroire que c'était pour son travail.

Sceptique, Philippine finit par lui dire qu'elle préférait connaître la vérité plutôt que d'apprendre tout à coup qu'il y avait une autre femme. Elle n'oublierait jamais le regard blessé qu'il lui avait lancé.

« Il n'y a que toi, Nina. Maintenant et pour toujours. »

Pour l'aider, elle avait appris le morse et le décodage des messages radio. Ils avaient un vieux poste émetteur, que le réseau avait procuré à Olivier. Dissimulé dans le grenier, l'émetteur-récepteur constituait leur unique lien avec Londres. Philippine aimait à décoder les messages reçus, il lui semblait qu'elle se rendait utile, enfin ! Elle allait de moins en moins à la boutique, qui fonctionnait au ralenti. Même si, à la différence de ce qui se passait en ville, on ne mourait pas de faim sur le plateau, il était de plus en plus difficile de se procurer des blancs d'œufs en quantité suffisante. Miel et amandes étaient toujours produits sur place mais Philippine préférait les utiliser pour fabriquer des biscuits en grande quantité. Pour elle, le nougat était un bien festif, qui n'avait plus vraiment sa raison d'être durant ces années noires. Lou maintenait cependant la boutique ouverte tous les jours car celle-ci demeurait une plaque tournante du renseignement. Pour combien de temps encore ? s'interrogeait parfois la jeune femme avec angoisse.

Chaque semaine, de nouveaux réfugiés arrivaient, guidés par des hommes dévoués comme Constantin. Parfois, Philippine se sentait submergée par la détresse de ces familles dont les souvenirs étaient serrés dans une petite valise.

Lorsqu'elle assistait à leur départ, vers les Basses-Alpes, ou vers Nice, elle se demandait toujours avec un pincement au cœur si elle recevrait de leurs nouvelles.

« Nous faisons déjà beaucoup », disait Olivier. Mais elle, obstinée, secouait la tête. Ce n'était pas encore assez.

43

1943

Ce matin-là, un soleil radieux faisait chanter les ombrelles roses et blanches des amandiers en fleur. Un véritable temps de printemps, bien que mars ne soit pas encore entamé. Le dos raidi, le visage sillonné de larmes, Anna marcha jusqu'au champ d'amandiers et cueillit une branche fleurie de « son » arbre. Elle la rapporta dans la salle du mas, marqua une hésitation avant de franchir le seuil de la chambre de Brune. Sa marraine était morte aux premières lueurs de l'aube, paisiblement, dans son sommeil. Cela faisait plusieurs jours qu'Anna la voyait s'affaiblir, « comme une chandelle qui vacille », avait-elle confié à Martin mais, au fond d'elle-même, elle essayait de se persuader que Brune était immortelle.

« Fais bien attention à toi », recommandait la vieille dame ces derniers temps à Anna. Avant d'ajouter, avec un léger haussement d'épaules : « Je me demande pourquoi je dis ça... Tu n'en as toujours fait qu'à ta tête ! »

Elle évoquait aussi souvent Allegra, et Aimé.

« Ils doivent s'impatienter... depuis le temps qu'ils m'attendent ! » commentait-elle.

Elle avait influencé Anna tout au long de sa vie. « Si je la perds, je perds plus qu'une mère, avait confié l'amandière à Martin. Brune est... Brune était mon pilier. Elle a toujours été la seule à pouvoir me dire mes vérités. »

La veille au soir, la vieille dame avait mangé sa soupe et réclamé à Anna un macaron dont elle avait toujours été friande. Elle s'était couchée après avoir écouté l'émission de la BBC, avait serré une dernière fois Anna contre elle. Celle-ci s'était relevée à deux reprises dans la nuit car elle trouvait la respiration de sa tante un peu encombrée. La deuxième fois, Brune avait ouvert les yeux.

« Va te recoucher, *cara mia* », avait-elle soufflé.

Toute sa vie, elle s'était dévouée sans relâche à Anna et à sa famille. Le jour où elle était montée pour la première fois dans la Citroën conduite par Philippine, elle avait murmuré, d'une voix de petite fille : « Dire que je suis venue d'Italie à pied, par la montagne… »

Elle était tendre sous une apparence bourrue, comme si elle avait eu peur de révéler sa propre sensibilité. Sans elle, Anna se sentait doublement orpheline.

A mon âge ! se dit-elle, furieuse contre elle-même. Mais elle savait bien que l'âge ne faisait rien à l'affaire. Brune lui avait toujours été un rempart, un garde-fou. Sa disparition plaçait Anna en première ligne.

Frileuse, soudain, elle croisa sur sa poitrine son châle de cachemire. Elle avait besoin de la chaleur des bras de Martin autour d'elle, besoin de sa voix, grave et douce, besoin de sa tendre sollicitude. Mais Martin était parti elle ne savait où au volant de sa traction. Elle lui en voulait à cet instant de l'avoir laissée seule au mas en compagnie de Toussaint, le fils de Damien, alors que c'était toujours elle qui avait insisté pour sauvegarder son indépendance. Bien qu'elle approchât de ses soixante-dix ans, elle n'avait jamais oublié le dédain méprisant de monsieur Bonnafé père, dans le bureau de verre de la fabrique, ni la façon cruelle dont il lui avait annoncé le mariage de Martin et de Mathilde. Même par amour, elle n'abdiquerait pas sa liberté. Au mas, elle était chez elle.

Serrant les lèvres sur sa peine, elle habilla elle-même Brune, lui passant sa robe noire des dimanches ornée d'une guimpe de dentelle ivoire. Brune n'avait pour tout bijou que sa chaîne de communion, Anna la lui laissa ainsi que son chapelet d'ambre. Au cours des dernières années, Brune s'était tassée et avait perdu beaucoup de poids. Elle paraissait si menue et si frêle, à présent, qu'Anna se détourna. Il fallait qu'elle prévienne Philippine et Olivier, et Georges. Le mas était équipé du téléphone depuis 1938, on en avait parlé dans Rouvion pendant au moins six mois ! mais le bastidon n'était pas relié au central.

Aussi Anna envoya-t-elle Toussaint donner l'alerte. Elle ne supportait pas l'idée de laisser sa marraine seule. Dans la salle, elle se mit à confectionner des massepains, comme un dernier hommage à Brune, et fit du café, beaucoup de café. Elle appela Lou à la boutique, lui demanda de lui envoyer Pélot, en charge des pompes funèbres, et se raidit. Lou ignorait où se trouvait Georges, et Anna se surprit à penser que c'était aussi bien ainsi. Au cours des dernières années, son fils s'était de plus en plus aigri. Seule la photographie l'intéressait encore un peu. Malheureusement, il s'était mis à fréquenter des personnages peu recommandables, certainement rencontrés un soir de beuverie, et s'était installé à Avignon où il vivotait de la pension que lui versait sa mère et de quelques travaux de photographie. Anna portait la déchéance de Georges comme un cilice, se demandant toujours à quel moment elle avait failli. Martin la réconfortait et lui répétait qu'elle n'était pas responsable. La guerre, sa trépanation et son amputation avaient fait de Georges un être aigri, refermé sur ses blessures. Martin s'était lui aussi efforcé de dialoguer avec lui, en vain. Georges refusait chaque main tendue.

Philippine arriva très vite, à bicyclette. Elle avait laissé Aurélien à la garde de Marinette, autoproclamée deuxième grand-mère. Olivier travaillait dans ses lavanderaies, il la rejoindrait le plus vite possible.

Anna se sentit mieux dès que sa petite-fille l'eut serrée contre elle.

— Tu sais, Manana, c'est une bénédiction que Brune soit partie ainsi, dans son sommeil. Pour elle et pour nous. Tu l'imagines grabataire ? Non, n'est-ce pas ?

Elles se recueillirent plusieurs minutes puis les premiers voisins arrivèrent pour « plaindre le deuil ». Brune était connue et respectée de tous. Au fil des années, elle était devenue la doyenne du plateau, gardienne de son histoire et de ses traditions. Ils furent nombreux à établir un parallèle entre la mort de Brune et la floraison des premiers amandiers. Le même phénomène ne s'était-il pas produit à la disparition d'Aimé ? rappela Mado.

Philippine servit le café à la ronde, accompagné de navettes et de macarons. La vieille Félicité, qui allait sur ses quatre-vingt-cinq ans, la retint par la manche alors que la jeune femme lui tendait une tasse de café.

— Quand vas-tu te décider à mettre un deuxième petit en route ? s'enquit-elle. Ton mari n'est plus si jeune, il ne faut pas rester avec un seul enfant.

— Nous avons encore le temps d'y penser, répondit-elle en esquissant un sourire.

Anna surprit alors son regard qui se voilait d'ombre et se demanda si elle oserait un jour lui poser la même question. Après tout, même si elle avait élevé Philippine comme sa propre fille, elle était sa grand-mère et le fossé entre elles deux s'était creusé depuis la naissance d'Aurélien. Quoi de plus normal ? Philippine avait sa famille.

Olivier les rejoignit au bout d'une heure. Il était venu dans ses vêtements de travail de velours et Anna, comme Philippine, en fut touchée. Il l'émouvait, ce quinquagénaire qui aurait pu, qui aurait dû être leur fils, à Martin et à elle, et elle éprouvait pour lui une secrète préférence.

Elle aima la façon dont il entoura la taille de Philippine, la sollicitude avec laquelle il posa la main sur son épaule.

— Manana, ne vous fatiguez pas trop, surtout.

Elle secoua la tête.

— Tant que je peux m'occuper, il faut me laisser faire. Nous sommes plus entêtées qu'un troupeau de chèvres, dans la famille.

— Je m'en étais déjà rendu compte, fit Olivier avec une drôle de grimace.

Il demeura à leurs côtés pour recevoir Pélot, qui tortillait sa casquette en tous sens d'un air gêné.

— Anna, je suis bien embêté, mais Brune avait tout prévu pour son enterrement, leur dit-il.

Et, soudain volubile, il se mit à raconter que la vieille dame était venue le trouver à sa menuiserie, plusieurs années auparavant. Elle avait arrêté son choix sur un cercueil en bois de cyprès, particulièrement odorant, et l'avait payé comptant. Elle avait aussi fait part de ses instructions au curé.

— Elle ne voulait pas vous ennuyer avec tout ça, déclara Pélot. Je vous cite ses propres mots, Anna. Vous la connaissiez... elle avait toujours peur de déranger.

Anna, la gorge nouée, se borna à incliner la tête. Elle imaginait fort bien Brune se rendant chez le menuisier et choisissant son cercueil. Elle se mit à rire.

— Merci, Gustave. Je reconnais bien là ma tante, en effet.

Elle ne voulait pas se laisser gagner par l'émotion. Il fallait qu'elle tienne.

Pélot avait apporté tout le nécessaire, elle le laissa seul dans la chambre avec Brune. Il fallait recevoir voisins et amis, faire la conversation, évoquer les veillées, son père et jusqu'au grand-père Anselme... Une épreuve pour Anna.

Aussi fut-elle soulagée lorsque Martin franchit le seuil de la salle. Elle remarqua tout de suite son air las. Il ôta sa canadienne avec des gestes lents, qui ne lui ressemblaient guère, et l'accompagna dans la chambre de Brune. Après s'être recueilli quelques instants, Martin se retourna vers Anna.

— Je suis désolé, je ne peux pas rester. Prends bien garde à toi.

Elle lut sur son visage que la situation était grave, lui caressa la joue, d'un geste infiniment tendre.

— Reviens-moi vite, dit-elle.

Il s'éloigna après avoir béni le corps de Brune et salué à la ronde. Il entraîna Olivier dehors. Philippine échangea un regard inquiet avec sa grand-mère. Anna lui pressa l'épaule.

— Viens, petite, nous allons accueillir le père Lucien.

La vie continuait. Brune aurait voulu qu'il en fût ainsi. Philippine sourit, bravement.

— Il faudra dégover, ce soir. Je pense que ça ferait plaisir à Brune.

Dans ses travaux d'aménagement, Anna, plusieurs années auparavant, avait fait percer un fenestron au-dessus de la pile de l'évier. Il permettait d'apercevoir les premiers amandiers de l'allée, ceux qui étaient en fleur.

— Oui, la vie est là, qui nous pousse, soufflat-elle.

Chaque fin d'après-midi, quel que soit le temps, Georges Jouve fermait son échoppe située rue des Marchands et allait s'installer en terrasse place de l'Horloge. Là, devant un pastis, il tentait d'oublier le gâchis de sa vie. Ces dernières semaines, il avait fait la connaissance d'Albert, un gars du haut Vaucluse, bel homme et beau parleur, garagiste de son état. Ils avaient sympathisé, et Albert avait vanté à Georges les mérites du régime de Vichy. Son visage se déformait dès qu'il évoquait les juifs et les francs-maçons.

« Une fichue engeance, tu peux me croire », affirmait-il.

Georges, qui attaquait son troisième pastis, opinait du chef. Après tout, il n'en avait rien à faire, et se considérait lui-même comme athée. Il ne tarda pas à se dire que sa vie serait meilleure si les juifs débarrassaient le plancher. Albert ne manquait pas d'arguments.

Georges pensa bien à son père, qui avait toujours prêché la tolérance, avant de hausser les épaules. Armand n'avait pas été capable de résister à la guerre comme il n'avait pu remettre sa fille dans le droit chemin. C'était un faible, et Georges le méprisait.

Albert parlait, évoquant la grandeur du Reich, et tous ces parasites qu'il faudrait éliminer, et Georges songeait aux enfants qu'il avait déjà entrevus sur le plateau. Ils n'étaient pas du pays, assurément, et il avait lu la crainte dans leurs yeux.

— Il doit bien y avoir quelques juifs cachés dans ton patelin, glissa Albert. Ou alors des terroristes ?

Georges promit d'ouvrir l'œil. Il se rendait de loin en loin à Rouvion. C'était pour lui une véritable expédition… Il prenait l'autocar et arrivait au bourg perclus de douleurs, le cœur au bord des lèvres.

— Je t'emmènerai dans ma Rosengart la prochaine fois, proposa Albert.

Georges, ébloui, raconta que sa mère possédait la plus belle confiserie de la région.

— Vraiment ? Bonne pioche, alors, commenta Albert.

Sans savoir pourquoi, Georges se sentit alors horriblement mal à l'aise.

44

1943

Un aigle royal tournoyait, là-haut, au-dessus de la combe, dans un ciel si bleu qu'il en paraissait irréel. Les premières gelées avaient repoussé la brume, novembre s'annonçait froid et sec. Si Olivier appréciait ce temps, il savait que les gars risquaient de souffrir du gel et de la faim, dans les fermes isolées où ils se cachaient. La question du ravitaillement constituait un véritable casse-tête pour les maquisards. Responsable de tout le secteur, Olivier avait mis sur pied une opération spectaculaire en allant directement chercher près de cinq mille kilos de haricots secs prêts à partir pour l'Allemagne chez un négociant de Saint-Blaise. Enorme coup de bluff réalisé avec l'aide de plusieurs amis, qui avait remonté le moral des résistants.

Cependant, la nourriture ne suffisait pas. Ils avaient besoin d'armes, qui leur étaient parachutées du côté de Saint-Christol. Repérer puis ouvrir les containers, répartir les fusils-mitrailleurs entre les différents groupes, en dissimuler d'autres dans des cachettes sûres aussi bien dans un caveau du cimetière que dans des grottes... le tout en un temps record, représentait une véritable gageure. Olivier aimait cette vie-là, même s'il redoutait toujours de mettre en danger sa femme, leur fils et leur famille. Il s'efforçait de protéger Philippine au maximum, se défiant de son caractère fonceur. Peu à peu, il avait convaincu son père de se tenir plus en retrait. Martin coordonnait les actions, se déplaçait pour rencontrer ses homologues de la Drôme ou des Alpes mais ne participait plus à des coups de main.

« Je suis vieux », bougonnait-il parfois.

La vie avait passé si vite… encore plus vite depuis qu'Anna et lui s'étaient retrouvés.

Olivier siffla son chien et, la main en visière devant les yeux, il contempla ses lavanderaies entretenues avec soin. Il se battait autant pour les siens que pour son pays et sa terre. Les Allemands se rapprochaient de Rouvion et du plateau. Ils devaient avoir plusieurs informateurs et savoir que le haut Vaucluse était un lieu de résistance. Des inconnus s'arrêtaient à Sault comme à Rouvion. Ils prenaient pension à l'hôtel, faisaient des randonnées en direction des gorges de la Nesque ou du Ventoux, les jumelles en bandoulière. Olivier se défiait d'eux.

Soucieux, il redescendit vers le bastidon. La cheminée fumait, c'était un matin paisible et, l'espace d'un instant, il se surprit à imaginer que la guerre était finie.

Lorsqu'il poussa la porte de sa maison, il fut étonné de découvrir Anna dans la salle. Elle tendait les mains vers l'âtre.

— Bonjour, Manana, la salua-t-il affectueusement. Vous êtes bien matinale.

Elle soupira.

— C'est Martin qui m'envoie. Les Allemands ont encerclé le camp situé près de Méthamis. Une dénonciation, à coup sûr. Il est allé prévenir tous ceux qui sont en danger et vous demande de redoubler de prudence, Olivier.

Anna avait les traits tirés. Ce n'est plus de son âge, pensa Olivier. Elle aurait dû se reposer avec Martin, profiter, enfin, de la vie au lieu de courir les chemins dès le petit matin.

Il l'invita à s'asseoir, lui proposa une tasse de vrai café, qu'il s'était procuré à Cavaillon.

A l'étage, Philippine et Aurélien chantaient *Marlborough s'en va-t-en guerre*. Anna, les doigts gourds, ôta sa pèlerine.

— J'ai peur pour vous tous, souffla-t-elle. L'ennemi tourne autour du plateau. Il sent bien que nous formons une poche de résistance. J'aimerais tant…

Olivier aurait pu terminer sa phrase à sa place. Anna aspirait à la fin de la guerre, à une vieillesse paisible. Il lui pressa l'épaule.

— Nous n'avons pas le choix. Résister, comme l'ont fait avant nous nos ancêtres. C'est la terre d'ici qui veut ça !

— Ainsi que nos caractères entêtés. Personne n'a pu nous empêcher d'entonner *La Marseillaise* cette année encore, devant le monument aux morts de Rouvion, le 11 novembre.

Olivier sourit à ce souvenir.

— En effet. Mais cela s'est su en haut lieu. On nous espionne, Manana. C'est pour cette raison qu'il faut nous montrer de plus en plus vigilants.

Anna n'avait pas peur pour elle-même mais pour les siens, à commencer par Martin, qui s'entêtait à penser qu'il était encore jeune et pouvait continuer à arpenter les chemins comme au temps de ses vingt ans. Elle esquissa un sourire attendri. Elle l'aimait, son vieux compagnon, et l'admirait.

— Pas un mot à Philippine, surtout ! recommanda-t-elle en entendant du bruit dans l'escalier.

Sa petite-fille avait encore embelli. Elle portait les cheveux enroulés en une grosse natte qui faisait ressortir l'éclat de son teint et la transparence de ses yeux clairs. Elle s'était taillé un pantalon dans une couverture de soldat kaki, teinte en marron, et avait tricoté un chandail rayé noir et jaune dans des restes de laine. Les veillées étaient souvent consacrées au détricotage. Olivier, sollicité, écartait consciencieusement les bras sans toujours parvenir à garder son sérieux.

Elle alla embrasser Anna. Aurélien tendit les bras vers son aïeule.

— Maman m'a promis d'aller faire de la luge s'il neige, annonça-t-il.

Le regard d'Anna se voila. Elle se rappelait ces dimanches d'hiver, quand Armand emmenait leurs enfants sur les pentes du Ventoux. Si elle les accompagnait, elle ne faisait pas de luge. La neige lui faisait peur, et plus encore le gel, toujours à cause de ses amandiers.

— Magnifique ! s'écria-t-elle.

Philippine sourit.

— Tu n'es pas obligée de venir avec nous. Je sais que tu n'aimes pas la neige.

Sa grand-mère inclina la tête.

— Elle n'est pas encore tombée. Quoique… cela ne saurait tarder. Ce ciel tout blanc ne me dit rien qui vaille. Je rentre au mas.

Elle déclina la proposition d'Olivier qui s'offrait à la raccompagner.

— Merci, je vais marcher, cela me fera du bien.

Comme Philippine insistait, elle lui répondit en riant qu'elle était encore tout à fait capable de se débrouiller seule.

J'ai juste besoin de Martin à mes côtés, pensa-t-elle, sans pour autant l'exprimer à voix haute.

Philippine, Olivier et Aurélien l'escortèrent jusqu'à la grosse pierre sur laquelle Olivier avait peint en lettres noires, longtemps auparavant, le nom de Bonnafé. Anna agita la main dans leur direction, et s'engagea sur le chemin.

Philippine frissonna.

— Le ciel était si bleu, tantôt… As-tu remarqué, Olivier, ces nuages qui coiffent le Ventoux ?

— Venez vous mettre au chaud, Aurélien et toi.

Elle fronça les sourcils en le voyant passer sa canadienne, et charger sur son épaule le sac tyrolien dans lequel il gardait l'indispensable.

— Tu ne repars pas ? s'alarma-t-elle.

Il se pencha, lui donna un long baiser.

— Chut, ma chérie. Tu connais la règle. Pas de questions. Je dois sortir, c'est tout.

Elle inclina lentement la tête. Elle avait l'impression que son cœur se glaçait mais elle savait qu'il serait inutile de chercher à retenir son époux.

— Je t'aime et je t'attends, lui dit-elle simplement, en serrant un peu plus fort Aurélien contre elle.

De gros nuages couleur de cendre couraient à présent dans le ciel blanc.

Martin n'avait pas utilisé sa traction par discrétion. De toute manière, l'accès aux camps de maquisards était interdit aux voitures. Il avait couru par des raccourcis connus depuis l'enfance, alertant le campement du Ventoux et celui de Saint-Christol. Les gars s'étaient dispersés rapidement après avoir rassemblé leurs affaires. Pour cette nuit, ils trouveraient asile dans plusieurs fermes isolées avant de pouvoir se regrouper ailleurs. La pression de l'occupant se resserrait.

Martin releva le col de sa canadienne et enfonça les mains dans ses poches. L'obscurité tombait, noyant les contours du paysage. Le ciel était traversé de voiles indigo, gris et mauves, d'une beauté troublante. La nuit allait basculer d'un coup. Heureusement, Martin se trouvait tout près du mas.

Anna lui ouvrit aussitôt la porte et se serra contre lui.

— Enfin ! souffla-t-elle.

Une bonne odeur de soupe flottait dans la salle.

— Viens te réchauffer, reprit-elle.

Il n'avait pas l'intention de rester dormir au mas mais il était si épuisé que ses yeux se fermèrent alors qu'il n'avait pas terminé son assiette de soupe.

Anna l'emmena dans la grande chambre, où elle s'était installée depuis plusieurs années, l'aida à se dévêtir avant que Martin ne se glisse dans les draps de métis réchauffés par la bouillotte de cuivre.

Anna débarrassa la table, fit la vaisselle et alla le rejoindre. Les cheveux défaits, elle s'allongea près de lui. Il l'attira d'un geste à la fois tendre et possessif, posa un baiser sur ses cheveux.

— Dors, murmura-t-il.

Anna ferma les yeux, sans pour autant se laisser gagner par le sommeil. Elle resta à l'écoute, guettant les craquements.

Contre toute attente, il n'avait pas neigé. Elle avait l'impression que la neige demeurait en suspension au-dessus du plateau, prête à tomber en long rideau. Blottie contre l'homme qu'elle n'avait jamais cessé d'aimer, elle songeait à ses enfants, à Philippine et à Brune, sa chère marraine, qui l'avait aidée à forger son caractère. Elle somnola en fin de nuit, se réveilla brutalement à sept heures. Martin, déjà prêt, la contemplait.

— J'aime te regarder dormir, lui dit-il. Je t'aime tant, Anna.

Elle courut se préparer dans la salle de bains qu'elle avait fait installer au mas une dizaine d'années auparavant, sourit à son reflet. Allons ! elle ne paraissait pas si vieille !

Martin et elle partagèrent un solide petit-déjeuner. Anna aurait souhaité faire s'éterniser les minutes, tant elle redoutait de le voir partir. Elle se sentait oppressée, sur le qui-vive. Il sourit de ses angoisses.

— Pour monter jusqu'ici, il faudrait que quelqu'un nous ait trahis. Je fais confiance à mes hommes.

D'où lui venait, pourtant, cette peur qui lui nouait le ventre ? Elle s'efforça de la chasser d'un léger mouvement d'épaules. N'étaient-ils pas en sécurité sur la terre de son père ?

Elle s'enveloppa de sa vieille cape de laine pour accompagner Martin jusqu'à l'allée d'amandiers. Le sol givré crissait sous leurs pas. Le ciel s'était dégagé. Il ne neigerait pas encore ce jour-là.

— Halte !

L'ordre claqua, les figeant sur place. Martin, le premier, se retourna, très lentement.

— Cours, souffla-t-il à Anna. File te réfugier dans le bosquet de chênes verts, sans te retourner.

Elle secoua la tête.

— Je reste avec toi.

Ils étaient une vingtaine, solidement armés, et elle ne vit pas leur visage sous le casque. Des hommes noirs, semblables à ceux qui hantaient ses cauchemars. Une centaine de mètres les séparait du couple. Martin devina qu'Anna et lui avaient fait l'objet d'une dénonciation. Depuis plusieurs mois, Sault était devenue une plaque tournante d'espions de la Gestapo.

Lui était capable de résister… tant que son cœur tiendrait mais il ne supportait pas l'idée que sa compagne soit torturée. Il lui prit la main.

— Si nous courons jusqu'à notre amandier… suggéra Anna, qui avait compris, elle aussi.

Martin, en guise de réponse, lui serra plus fort la main.

— Ensemble.

Ils firent volte-face, s'élancèrent. Les mitrailleuses crépitèrent. D'un même mouvement, Anna et Martin tombèrent sous l'amandier qui avait recueilli leur engagement, plus de cinquante-trois ans auparavant, leurs doigts enlacés.

Lorsque les soldats arrivèrent, les vieux amants étaient déjà morts, mêlant le sang de leurs blessures à la terre poudrée de givre.

— *Verdammt !* jura l'officier, en donnant un coup de botte dans le corps de Martin.

Il se retourna vers ses hommes.

— Fouillez la maison et mettez-y le feu après ! ordonna-t-il.

Même si ces deux-là venaient de lui échapper, il saurait bien trouver d'autres terroristes. Apparemment, son informateur était bien renseigné.

Il se détourna. Dans le ciel, l'aigle royal décrivait des cercles au-dessus de l'allée d'amandiers.

45

1944

L'homme qui venait de pénétrer dans la boutique n'était pas un inconnu pour Philippine. Elle l'avait déjà entrevu dans Rouvion. De belle taille, portant des vêtements bien coupés, il était accompagné d'une jeune femme blonde. Tous deux logeaient à Sault et, de toute évidence, cherchaient à glaner des renseignements. Philippine se raidit. Depuis que sa grand-mère et Martin avaient été sauvagement abattus, elle se contenait difficilement. Marinette, alertée par la fumée, avait découvert leurs corps alors que la colonne allemande venait de redescendre vers Rouvion. Philippine, Toine et elle avaient sauvé le mas des flammes, limitant l'incendie aux dépendances. Lorsque le feu avait été circonscrit, Philippine était tombée à genoux sous l'amandier. Les visages d'Anna et de Martin avaient été préservés.

La jeune femme ne trouvait pas de mots pour prier. La veille encore, Anna était chez eux, vivante, terriblement vivante... Elle était convaincue que sa grand-mère vivrait au moins aussi longtemps que Brune.

— Tu n'avais pas le droit de partir si vite, si tôt, murmura Philippine, les yeux pleins de larmes.

Jusqu'au dernier instant, Martin avait tenté de protéger la femme qu'il aimait. Au-delà de la tragédie qui venait de frapper leur famille, Philippine se disait que l'étau se resserrait, que les Allemands risquaient fort d'investir le bastidon et de leur faire subir le même sort, à Olivier et à elle.

Résolue, elle s'était promis de se battre. Aidée de Marinette, elle avait procédé à la toilette de sa grand-mère et de son beau-père. Il fallait faire vite, elle tenait à les enterrer avant qu'il ne prenne aux Allemands la fantaisie de venir rechercher les cadavres de leurs victimes.

Pélot, prévenu, monta en toute hâte au mas. Il disposait de deux cercueils, l'abbé Lucien le suivait. Il n'y aurait pas de messe, seulement une bénédiction.

Olivier n'était pas rentré de son expédition mais Philippine ne pouvait se permettre d'attendre. Elle éprouvait un sentiment d'irréalité tandis que Pélot procédait à la mise en bière et que Toine et l'abbé creusaient un trou sous l'amandier.

Philippine avait insisté pour que les deux amants soient enterrés là. Elle savait par Brune que l'arbre avait joué un rôle important dans leur vie.

Quand la dernière pelletée de terre eut recouvert les deux cercueils, quand l'abbé eut procédé à une ultime bénédiction, Philippine s'effondra en larmes.

Depuis l'enfance, elle s'appuyait sur Anna, dont l'amour et le soutien ne lui avaient jamais fait défaut. A cet instant, elle aurait désiré avoir sa mère auprès d'elle, même si elle savait que Rose-Aimée avait quitté à jamais le plateau. Sa mère avait tiré depuis longtemps un trait sur le passé, elle était beaucoup trop fière pour revenir sur sa décision. Lorsqu'elle regardait les albums de photographies, Philippine découvrait une femme d'une beauté saisissante, au regard empreint de mélancolie. Rose-Aimée, par la suite, avait-elle pensé à sa fille ? Lui souhaitait-elle son anniversaire, dans le secret de son cœur ? Elle savait qu'elle porterait toujours cette blessure en elle.

Le retour d'Olivier lui avait permis de se ressaisir. Il avait réussi à disperser deux camps de maquisards et les avait cachés dans des fermes isolées. Il ne se faisait guère d'illusions, cependant. Le jeu de cache-cache, mortel, se poursuivait entre l'occupant et les résistants.

Olivier avait éprouvé un choc en apprenant le double meurtre d'Anna et de Martin. Tout s'était déroulé si vite qu'il se sentait presque coupable. S'il n'était pas parti donner l'alerte... s'il avait raccompagné Anna au mas... plus que tout, lui manquait l'ultime adieu à l'homme qui l'avait élevé et qu'il considérerait toujours comme son père.

Il avait pu seulement se recueillir sous l'amandier. Pélot et l'abbé avaient bien recommandé à Philippine de ne pas marquer l'endroit de la tombe.

« Plus tard, après la guerre... » lui avaient-ils dit, et ces mots « après la guerre » résonnaient étrangement. En auraient-ils jamais terminé ?

Pour tenter d'oublier, Philippine avait redoublé d'activité. Elle enfourchait souvent son vélo pour aller porter des papiers d'identité ou encore des instructions à Carpentras ou Avignon. La boutique constituait une couverture idéale. L'étau, pourtant, se resserrait. Olivier avait dissimulé l'émetteur radio au-dessus de la scierie d'un ami, Paulin Corré. Le bruit des moteurs, des scies et des meules, actionnés simultanément durant chaque émission radio, permettait de brouiller les pistes. Il fallait désormais redoubler de prudence car il y avait à coup sûr un traître dans le réseau.

S'agissait-il de cet homme qui venait régulièrement acheter des macarons et des navettes ? Non, il n'avait jamais fréquenté les membres du réseau « Fontaine ».

Il régla ses achats et souleva son chapeau avant de sortir. La femme trébucha sur ses semelles de bois. Philippine réprima un sourire. Elle préférait faire ressemeler ses vieux souliers par Aristide, leur ami cordonnier qui réalisait des prodiges, plutôt que d'utiliser ces chaussures à plate-forme.

L'été, elle restait fidèle à ses espadrilles lacées sur la jambe.

— A bientôt, fit l'homme en sortant.

Philippine frissonna. Elle avait ressenti la phrase comme une menace voilée mais, de toute manière, depuis le double meurtre de Martin et d'Anna, elle vivait dans l'angoisse. Elle s'était rendue à Apt à bicyclette, quelques semaines auparavant, et avait demandé à Clovis et à sa femme de recueillir Aurélien s'ils venaient à être arrêtés. Elle avait alors appris de son beau-frère qu'Olivier avait effectué la même démarche à la fin de l'année 1943.

« Je pense qu'il est inutile de te recommander la prudence », lui avait fait remarquer Clovis.

Philippine avait souri.

« Tu as tout à fait raison. »

Elle se retourna vers Lou, qui astiquait les étagères.

— Je rentre au bastidon, lui dit-elle.

Elle avait hâte de retrouver son fils. Olivier se trouvait à Cavaillon. Il ne lui avait pas dit pourquoi, et c'était certainement mieux ainsi.

Sur le chemin du retour, elle s'arrêta au mas. Toine et Olivier avaient remis en état les bâtiments détruits par l'incendie. Philippine, cependant, n'avait pu se résoudre à rouvrir la maison familiale. Cela lui semblerait plus facile au moment de la récolte des amandes. Elle avait bien conscience, ce faisant, de chercher à gagner du temps. Elle avait écrit à son oncle Georges pour le tenir informé de ce qui s'était passé. Il était monté au mas au début de l'année, dans une Rosengart conduite par un inconnu qui avait déplu immédiatement à Philippine. « Un ami », avait dit Georges.

Il avait vieilli, paraissait sincèrement affecté. Philippine lui avait proposé à contrecœur de grimper jusqu'au bastidon. Son refus poli l'avait soulagée, tout comme la décision de la laisser s'occuper du mas et du champ d'amandiers.

« Du moment que tu me verses la rente que ma mère m'envoyait chaque mois... » avait-il précisé.

L'ami n'avait pas eu la politesse de s'éloigner de quelques pas. Philippine l'avait toisé. Il la mettait mal à l'aise, et elle s'était comportée comme s'il n'avait pas existé. Georges et lui étaient repartis très vite, après avoir fait le tour du mas. La jeune femme avait ensuite aéré toutes les pièces et était restée songeuse. Il faudrait qu'elle s'attaque au rangement des affaires d'Anna mais elle n'en avait pas encore eu le courage. De toute manière, elle avait bien l'intention de procéder à la cueillette des amandes l'été prochain. En souvenir de Brune et d'Anna.

Le massacre d'Izon-la-Bruisse, trente-cinq victimes abattues par des SS et des miliciens français, avait frappé au cœur les résistants de la région. Un tel drame ne devait pas se renouveler, jamais. C'était d'autant plus atroce de se dire que ces jeunes maquisards avaient été tués à cause de la trahison de deux Français.

Fort de cette opération commando, l'occupant avait resserré son étau sur les pays du Ventoux, Drôme et haut Vaucluse, qu'il considérait comme un repaire de terroristes. Les mesures répressives s'étaient succédé à la fin de février 1944. Toute personne qui apporterait son aide aux réfractaires serait punie de la peine de mort. Toute maison abritant des résistants serait rasée. Tout crime ou attentat contre les autorités d'occupation ou bien contre des Français collaborateurs serait sanctionné par la mise à mort de dix personnes et tous les juifs de moins de soixante ans devraient quitter la région dans un délai de cinq jours.

Loin de se laisser démoraliser, les résistants, la rage au cœur, n'avaient qu'un désir, venger les leurs.

Olivier, cependant, parvint à convaincre Philippine de partir se mettre à l'abri avec leur fils. Les coups de force se multipliaient. Des familles entières étaient appréhendées. Le processus était toujours le même. Des hommes vêtus de manteaux de cuir noir surgissaient après le couvre-feu, investissaient la maison ou la ferme et embarquaient les hommes de la famille dans leur voiture. Lorsqu'ils avaient le temps de s'enfuir, on emmenait le père, le grand-père ou l'épouse. Ceux qui revenaient avaient le regard et les réflexes d'un papillon affolé. Certains racontaient... D'autres, muets sur les tortures subies, se claquemuraient chez eux, marqués à jamais.

Au printemps 1944, Olivier conduisit Philippine et Aurélien dans la maison d'Arthémise, près de Saignon, où étaient déjà cachés plusieurs enfants juifs. Bravement, Philippine sourit lorsqu'il repartit. Il lut dans ses yeux tous les mots d'amour et les recommandations de prudence qu'elle voulait lui donner, la serra une dernière fois contre lui. Une dernière fois... Ces mots le hantaient. Lui qui avait été tant marqué par la guerre de 14-18, au point de changer radicalement de vie après l'armistice, ne supportait plus le combat actuel, dans lequel les civils couraient autant de risques que les militaires. Les dés étaient pipés, on ne se battait pas à armes égales contre un ennemi qui utilisait des méthodes barbares et, raffinement dans la perversité, qui avait enrôlé des Français dans ses rangs.

C'était peut-être cette certitude qui révoltait le plus Olivier.

Parvenu à la grille, il se retourna. Les chênes dissimulaient presque entièrement la maison d'Arthémise. Le couple de gardiens s'occupait du potager et du verger. Aurélien et Philippine pourraient vivre en autarcie sur le domaine où ils seraient en sécurité.

Rasséréné, Olivier prit la direction des hautes terres.

46

1944

Comme chaque année, la vision de ses lavanderaies, d'un bleu profond, courant à la rencontre du bleu à peine plus clair du ciel, réconforta Olivier. Cette beauté magique des champs de lavande frémissant sous la houle du vent d'été lui donnait l'espoir que la guerre, cette maudite guerre, allait enfin se terminer.

Les derniers mois avaient été marqués par une escalade des affrontements entre résistants et occupants. Attaques de convois, barrages, embuscades, actions de représailles s'étaient succédé sans répit. Le débarquement des Alliés sur les plages normandes avait rendu l'occupant fou de rage. Plus rien d'autre, semblait-il, ne comptait, excepté l'éradication des poches de résistance. Olivier avait perdu plusieurs amis proches, abattus ou emmenés pour une destination inconnue, et se demandait combien de temps encore le réseau « Fontaine » tiendrait.

La mort de son père l'avait profondément bouleversé, il s'était juré de retrouver les responsables, en se doutant bien que la tâche ne serait pas des plus aisées. Clovis l'avait rejoint dans la lutte. Il jouait le rôle d'agent de liaison pour la région d'Apt. Olivier redoutait cette décision de son frère à cause de sa santé fragile. Clovis lui avait alors confié avoir beaucoup souffert, étant jeune, d'être systématiquement protégé, couvé, même.

« J'aurais tant aimé mener une existence normale », lui avait-il avoué.

Dans ces conditions, pas question de laisser voir son inquiétude ! Olivier comprenait le besoin de reconnaissance de son frère cadet même s'il savait que Clovis n'était pas suffisamment armé pour ce combat de l'ombre. Olivier, malgré son expérience de vétéran, se sentait souvent dépassé par la barbarie de l'ennemi. Enlèvements, règlements de comptes, déportations rythmaient leur quotidien. Nombre de fermiers prenaient des risques importants en acceptant de cacher ou de ravitailler les maquisards.

Olivier savait qu'il allait devoir quitter le bastidon. Cet été, pour la première fois depuis vingt-cinq ans, il ne récolterait pas la lavande, l'alambic ne fonctionnerait pas. Une seule priorité le guidait, intensifier la lutte, alors que les Alliés avaient débarqué en Normandie. Le mot d'ordre était de harceler les troupes d'occupation en évitant à tout prix les affrontements directs. L'entraînement des résistants, la configuration des lieux favorisaient les actions de guérilla.

Avant de partir rejoindre les hommes de son groupe, Olivier tenait à protéger Marinette, qui garderait le bastidon. Il passa deux bonnes heures à brûler dans la cheminée de son bureau tous les documents compromettants en sa possession. A Marinette qui s'inquiétait de le voir allumer un feu d'enfer par cette chaleur, Olivier répondit qu'il faisait le ménage. Marinette retourna dans sa cuisine en secouant la tête.

— Tout ça finira mal, marmonna-t-elle.

Ils arrivèrent juste avant le coucher du soleil, alors que les abeilles, ivres de pollen, avaient cessé de bourdonner et que les cigales cymbalaient encore. Les ombres violettes du ciel rejoignaient les routes de lavande, se mêlant pour des noces colorées. L'heure était douce, la paix, palpable. Et puis, brusquement, un bruit de moteur rompit ce moment de quiétude. Olivier échangea un coup d'œil avec Marinette. Il avait encore le temps de fuir par-derrière mais il se refusait à abandonner sa vieille amie aux mains de ces criminels dont on ne comptait plus les exactions dans le pays. Il n'avait pas d'armes au bastidon. Il les dissimulait dans un grangeon, à flanc de colline. Il avait toujours pris grand soin de protéger sa famille et ses amis en cloisonnant ses activités. En toute logique, *ils* ne devraient rien trouver. Mais pouvait-on encore raisonner logiquement ?

Il les reconnut avant même qu'ils n'aient prononcé une parole. Ils hantaient ses rêves depuis longtemps.

Philippine déposa un baiser sur le front de son fils et marqua une hésitation. Avait-elle le droit de partir une nouvelle fois, en laissant Aurélien derrière elle ? Certes, Nathalie, qui s'appelait en fait Sarah, veillait sur lui et Philippine avait toute confiance en elle mais elle savait qu'elle risquait de les mettre en danger. Pourtant, elle devait aller prévenir ses collègues. Le parachutage prévu sur le plateau de Saint-Christol était ajourné. Pas question de les laisser attendre en vain, après avoir balisé le terrain.

Elle referma derrière elle la porte de la chambre claire, au grand lit en hêtre peint orné de guirlandes de laurier. Elle s'était tout de suite sentie à l'aise dans la maison d'Arthémise Bonnafé qui servait de cachette à de nombreux réfugiés depuis le début de la guerre. Il y régnait une atmosphère empreinte de sérénité, qui aidait la jeune femme à reprendre confiance.

Elle posa la main sur son ventre d'un geste furtif. Elle confierait bientôt son secret à Olivier. Elle attendait d'avoir franchi le cap décisif des trois mois. Au cours des dernières années, elle avait été victime de deux fausses couches qui les avaient profondément affectés, Olivier et elle. Elle désirait un second enfant, comme un symbole d'espérance en cette période.

Elle vérifia le contenu de son sac tyrolien. Une lampe torche, un chandail, quelques vivres, rien de plus. Surtout pas d'armes ni de correspondance. Trop de camarades s'étaient fait surprendre ainsi.

La nuit était chaude et claire. Philippine sortit sa bicyclette de la remise et remonta l'allée bordée de chênes.

Appuyant sur le pédalier, elle prit la direction du plateau.

Elle n'avait pas vraiment peur. Elle avait si souvent manqué se faire arrêter, au cours de contrôles, qu'elle avait fini par penser qu'elle avait « la baraka », comme disait Antonin, un compagnon de réseau. Elle emprunta un chemin à travers bois qui allait lui permettre de gagner du temps. Elle dut vite mettre pied à terre tant la pente était raide. Elle avait de l'entraînement, pourtant, avec tous les parcours qu'elle effectuait depuis quatre ans ! Gaston, un camarade, la surnommait « Bartali », faisant référence au vainqueur du Tour de France de 1938. Cela la faisait rire. C'était bon de rire, malgré tout.

Tout en grimpant d'un bon pas, elle se remémorait la dizaine de parachutages auxquels elle avait déjà assisté. A chaque fois, elle avait envie de partir, elle aussi, et de ne pas se contenter de son obscur travail de décodage. L'organisation du sud Vaucluse était remarquable dans le sens où elle possédait de nombreux postes de radio. Les consignes étaient claires : ne pas émettre plus de deux minutes et demie car au bout de trois minutes, les gonios allemands risquaient de les localiser. Elle aimait procéder au décodage mais elle préférait l'action sur le terrain. Sa première participation à une opération de parachutage l'avait fortement impressionnée. Les hommes, habitués à travailler vite et efficacement, lui avaient appris à repérer les différents containers. Ceux d'armes et d'explosifs étaient les plus longs, pouvant mesurer jusqu'à un mètre quatre-vingts, et s'ouvraient par le milieu, alors que les containers de munitions étaient trois à quatre fois plus petits. Bessières, qui l'avait formée, lui avait expliqué que les emballages américains étaient beaucoup moins robustes que les emballages anglais. Philippine s'était intéressée au matériel radio qui avait été parachuté ainsi qu'aux sacs qui contenaient de la nourriture et des médicaments. La maison d'Arthémise constituait une bonne cachette pour ceux-ci. En revanche, les armes, solidement protégées par d'épaisses bâches, étaient dissimulées un peu partout. Au fond de puits, sous des tas de bois, dans des grottes... Philippine laissa son vélo contre le tronc d'un chêne vert et, les mains en conque devant sa bouche, imita le cri du hibou, leur signe de ralliement. Trois silhouettes se détachèrent de l'ombre et s'avancèrent à sa rencontre. Elle leur expliqua brièvement le changement de programme et ils se séparèrent sans commentaires superflus. Tous quatre savaient qu'ils n'avaient pas intérêt à s'attarder. Philippine redescendit au pavillon en savourant les parfums de la nuit d'été.

Depuis le débarquement des Alliés sur les côtes normandes, elle avait repris espoir. Elle n'attendait pas de nouvelles de la part d'Olivier, sachant que la situation particulièrement tendue en Vaucluse imposait de limiter au maximum les risques.

Elle remisa son vélo près du chenil et se glissa dans la maison par l'office dont la porte n'était jamais fermée à clef. Nathalie et Aurélien dormaient à l'étage. Les enfants juifs qu'ils hébergeaient étaient partis trois jours auparavant en direction de la Suisse. La demeure était silencieuse.

Philippine passa dans la cuisine, but un grand verre d'eau avant d'aller vérifier que la porte ouvrant sur le perron était bien fermée. On actionna le commutateur, la lumière jaillit, contrairement aux règles du couvre-feu. Elle cligna des yeux en distinguant les silhouettes sombres des hommes postés en demi-cercle devant la porte d'entrée. Nathalie et Aurélien, plaqués contre le mur, paraissaient terrifiés. Philippine fit front, en se disant qu'il fallait à tout prix éloigner ces individus menaçants de la maison d'Arthémise. Les faux papiers de Nathalie, qui la faisaient naître à Saint-Quentin, là où les archives de l'état civil avaient été détruites par les bombardements, ce qui supprimait toute possibilité de vérification, résisteraient-ils à un examen approfondi ? Elle n'en était pas certaine et ne voulait pas courir ce risque. Elle s'avança d'un pas, toisa les intrus en s'efforçant de dissimuler sa peur.

— Puis-je savoir ce que vous faites chez moi à cette heure ?

La gifle qu'elle reçut en guise de réponse lui coupa le souffle. Elle ne baissa pas les yeux. Aurélien voulut se précipiter à son secours, Nathalie réussit à le retenir.

Philippine ne tourna pas la tête vers son fils. Si elle le faisait, elle savait que son courage l'abandonnerait. Elle sentit du sang couler de ses lèvres, s'essuya du revers de la main.

— Ton mari a été arrêté, lui lança celui qui paraissait être le chef. Tu nous suis sans faire d'histoires, sinon…

Il jeta un regard explicite en direction d'Aurélien. Sous le choc de la nouvelle de l'arrestation d'Olivier, Philippine, tétanisée, se laissa entraîner dehors, pousser à l'intérieur d'une traction noire.

Elle eut l'impression d'être absorbée par la nuit.

47

1944

La nuit, la tête appuyée contre le mur couvert de punaises écrasées, Olivier s'évade par la pensée. Il marche dans ses lavanderaies qui reflètent le ciel, il serre contre lui sa femme et son fils. Il est loin de Montluc.

Lorsqu'il est arrivé, il a été propulsé dans la cellule d'une violente bourrade dans le dos destinée à le faire tomber durement contre le mur en ciment. Un « volontaire » s'est élancé vers lui pour amortir le choc. Etienne, un gamin de vingt-deux ans, le visage couvert de cicatrices. De ce jour, leur amitié est née, indestructible. Tous deux ont fait front contre leurs codétenus, des « droit commun », qu'Etienne soupçonnait d'être des moutons.

La vie à Montluc, rythmée par la toilette et les interrogatoires, était d'une morne désespérance. Les prisonniers s'entassaient dans des cellules surpeuplées. Pas de meubles, excepté des paillasses gorgées de puces, de punaises et de poux, et un seau hygiénique.

Les repas – de l'eau tiédasse pompeusement appelée « café » ou « soupe » selon l'heure à laquelle elle était servie – devaient être pris sur-le-champ car les gardiens récupéraient les gamelles, pleines ou vides, dès qu'ils étaient parvenus au bout du couloir. A Montluc, les SS faisaient la loi à coups de nerf de bœuf. Etienne avait prévenu Olivier. Le pire, c'étaient les interrogatoires dans un immeuble de la place Bellecour, siège de la Gestapo après la destruction, en mai 1944, de l'Ecole de santé militaire.

« Tu verras, lui avait dit Etienne. Ils ne viendront te chercher qu'au bout d'une semaine. Le temps de te laisser mijoter et t'inquiéter pour ta famille. Après… tu deviens une bête qui souffre et qui se roule en boule. »

Olivier avait compris ce qu'il avait voulu dire après être passé par les étages, puis les caves, de la place Bellecour. D'abord l'interrogatoire, presque poli, puis les menaces contre sa famille et, enfin, la torture… Lorsqu'on l'avait ramené à Montluc et jeté sans ménagement dans sa cellule, il s'était recroquevillé sur sa paillasse. Son corps entier le faisait souffrir mais il parvenait à s'en arranger tant il s'angoissait au sujet de Philippine. Ses tortionnaires lui avaient en effet raconté qu'ils connaissaient son refuge et qu'elle venait d'être arrêtée elle aussi. A cet instant, Olivier aurait voulu pouvoir les tuer. Lui qui se croyait non-violent depuis la fin de la guerre 14-18 avait senti monter en lui un flot de haine si intense qu'il avait réussi à dépasser la souffrance intolérable des sévices qui lui étaient infligés.

De retour dans sa cellule, il sombra dans l'inconscience.

Personne ne pouvait dire quand *ils* reviendraient vous chercher. La seule certitude était qu'*ils* revenaient toujours. La porte de la cellule s'ouvrait violemment et un sous-officier appelait un ou plusieurs détenus en précisant « Police ». Un grand froid tombait. Les « droit commun » eux-mêmes se taisaient.

Olivier revenait de chaque séance plus décidé que jamais à tenir. Il se remémorait les premiers vers du poème de Baudelaire :

« Sois sage, ô ma douleur, et tiens-toi plus tranquille ;

Tu réclamais le soir : il descend, le voici [1] ! »

qu'il se récitait jusqu'à ce qu'il s'évanouisse sous les coups. Il se rappelait aussi avoir promis à Philippine de revenir. Il tenait à honorer sa parole.

Après une séance particulièrement éprouvante, un sous-officier lui déclara : « C'est fini pour vous », et il comprit qu'il allait être fusillé. Pourtant, on le ramena à Montluc dans la voiture cellulaire habituelle, avec d'autres détenus aussi mal en point que lui. Personne ne parlait. Chacun restait muré sur sa souffrance, tentant désespérément de l'apprivoiser. La nuit s'écoula, longue, si longue. D'une voix basse, parce que chaque mot prononcé le faisait horriblement souffrir à cause de ses côtes cassées, Olivier donnait ses instructions à Etienne.

Quand il quitterait Montluc, parce qu'il parviendrait à s'en sortir, il devrait aller trouver Philippine, et lui dire… Olivier crispait les mâchoires sur sa douleur. Lui dire qu'il l'avait toujours aimée, qu'elle était sa raison de vivre avec Aurélien, qu'il resterait toujours auprès d'elle par la force de la pensée et de l'amour. Ensuite, épuisé, il avait fermé les yeux.

1. Extrait de « Recueillement », *Les Fleurs du mal*.

Le lendemain, alors que le jour n'était pas encore levé, un gardien fit irruption dans la cellule. Il braqua une lampe sur les prisonniers, brailla :

— Bonnafé ! Liénart !

Il marqua une pause.

Suivant ce qu'il allait ajouter, Olivier et Etienne sauraient s'ils étaient condamnés à la déportation en Allemagne (« Avec bagages ! ») ou à l'exécution (« Sans bagages ! »).

Le gardien aboya :

— Avec bagages !

Les deux amis échangèrent un regard soulagé. Quel que soit le sort qui les attendait, ils bénéficiaient d'un sursis.

Cinq jours plus tard, au terme d'un périple de cauchemar, qui les avait fait s'entasser à cent vingt dans un wagon à bestiaux, sans eau, sans nourriture, manquant d'air, pataugeant dans les excréments, dans une puanteur que la chaleur rendait encore plus difficilement supportable, Olivier et Etienne, hébétés, tentaient de retrouver l'usage de leurs jambes sur un quai de gare inconnu.

Ils avaient eu la chance de s'organiser avec leurs compagnons de malheur. C'était la seule façon d'espérer sortir vivants de ces wagons de la mort.

Une rotation avait été établie afin d'éviter les bousculades et les piétinements. Toutes les trois heures, la moitié des prisonniers s'asseyait le plus près possible de la lucarne afin de respirer un peu d'air frais. Un médecin leur avait recommandé de bouger le moins possible afin de conserver un peu de forces, et d'alterner la position debout et la position assise. Malgré ces précautions, à l'arrivée, cinq camarades étaient morts, d'asphyxie et d'épuisement. Le convoi avait été stoppé à plusieurs reprises par les bombardements alliés et par deux tentatives d'évasion. Les malheureux avaient été repris presque aussitôt, fusillés sur le ballast, et leurs cadavres jetés dans le train car il importait d'avoir à l'arrivée le même compte qu'au départ... Sinistre consigne... mais, de toute manière, là où ils arrivaient, il n'y avait plus rien d'humain. Ils le comprirent tout de suite à leur descente du wagon empuanti. Coups de matraque de la part des SS, aboiements et morsures des chiens-loups apparemment dressés à attaquer les prisonniers qui titubaient sur leurs jambes...

Et puis, la marche, dans la nuit d'été, les détonations des armes clouant sur place ceux qui risquaient une évasion de la dernière chance, jusqu'au camp, cerné de murs et de barbelés, surmonté de miradors.

A cet instant, Olivier était si épuisé qu'il fut tenté de cesser de lutter. C'était presque trop facile... il suffisait de sortir du rang, de courir – si ses jambes le lui permettaient ! – sur quelques mètres, et il serait abattu d'une balle dans la tête. Pourtant, il ne le fit pas, parce qu'il avait promis à Philippine de revenir.

Il avait aperçu sur le quai de la gare le nom de Weimar et songé à Goethe, à Liszt et à Schiller.

Le camp lui parut immense, presque une ville, de bâtiments de brique. Une devise en fer forgé sur la porte du camp proclamait : *« Jedem das seine »*, « A chacun son dû ». Il avait alors pensé à ces informations venues de Grande-Bretagne ou d'Italie mentionnant l'existence de camps de concentration. Cela semblait si atroce qu'il ne savait pas s'il devait les croire. Quand il franchit la porte du camp de Buchenwald, il comprit que la réalité était encore pire que toutes les rumeurs.

Il fallait tenir. Tenir, après l'appel, et le dépouillement total. Portefeuille, papiers d'identité, photos, argent, montre, alliance... sans compter les vêtements et les souliers. Tenir pendant l'humiliante opération du rasage. Cheveux, pilosité intime... Hébété, Olivier se dit que la Première Guerre n'avait rien de commun avec celle-ci. A Buchenwald, tout était conçu pour déshumaniser les prisonniers, faire d'eux un simple numéro, celui qu'on leur tatouait sur l'avant-bras.

Après le rasage, ils avaient été désinfectés à la créosote, une immersion forcée dans une grande cuve remplie d'eau brunâtre, puis douchés sans savon ni serviette avant de recevoir leurs nouveaux vêtements, attribués au hasard. Pantalon et veste dépareillés, marqués dans le dos des initiales KLB, claquettes de bois, chemise en loques...

— Le dernier chic parisien... commenta Etienne, hilare, parce qu'il préférait rire que gémir sur leur sort.

Un coup de gourdin l'envoya rouler sur le sol.

— Vous n'êtes pas là pour vous amuser mais pour travailler, déclara d'un ton raide l'officier qui passait à proximité d'eux.

Ce qui n'empêcha pas l'incorrigible Etienne, à demi assommé, de fredonner, lèvres fermées, *Le Chant du départ,* bientôt imité par ses camarades de misère.

Comme il l'expliqua un peu plus tard à Olivier, mourir pour mourir... il préférait que ce fût la tête haute.

L'enregistrement des renseignements d'état civil se compléta de questions portant sur d'éventuelles dents en or. On leur attribua deux bandes d'étoffe blanche sur lesquelles étaient dessinés un triangle rouge, symbolisant l'état de déporté politique, et leur numéro matricule écrit en noir.

Etienne et Olivier avaient réussi à obtenir des numéros voisins. Bien qu'ils ne soient pas du même âge, les épreuves partagées à Montluc, place Bellecour et dans le train avaient soudé leur amitié. Ils désiraient s'entraider. N'était-ce pas le seul moyen de tenir tête à leurs bourreaux ?

Les jours suivants, entre appels à l'aube, visites médicales, injections de vaccins inconnus et travail de manutention à la carrière, les deux hommes, hébétés, se demandaient comment, en si peu de temps, ils étaient devenus ces êtres presque totalement déshumanisés, des *« Stücken »*, comme disaient leurs gardiens, des objets, sans la moindre valeur. L'entreprise nazie était bien rodée et l'organisation, remarquable dans sa barbarie. Chaque soir, dans le baraquement, recroquevillé sur sa paillasse grouillante de poux et de puces, Olivier tentait de s'évader par la pensée. Où étaient sa femme et son fils ? Comment vivaient-ils de leur côté ce combat permanent contre l'occupation ? Il devait sortir de ce cauchemar. Il en avait fait le serment à Philippine.

48

1945

D'un geste sûr, Philippine guida les mains encore malhabiles d'Aurélien qui s'apprêtaient à dégover.

— Regarde... lui dit-elle, comme ça... et puis tu retires d'un coup sec.

Son fils l'écouta avec attention avant de l'imiter.

Depuis son retour, à la fin de l'été 1944, il attachait ses pas à ceux de sa mère. Cette attitude, ce besoin de sa présence avaient permis à Philippine de ne pas sombrer.

Elle n'oublierait jamais, pourtant, les jours passés dans les locaux de la Gestapo, à Avignon, les insultes et les coups ponctuant chaque interrogatoire. Elle avait tenté de protéger son ventre, en vain.

Lorsque l'hémorragie s'était déclarée, elle s'était presque sentie soulagée. Elle avait eu si peur que les mauvais traitements subis ne provoquent une malformation du fœtus. Ce sang rouge sombre qui coulait à flots, même s'il signifiait la mort de son enfant, la délivrait, en quelque sorte, d'un tourment supplémentaire. Les visages de ses tortionnaires étaient gravés dans sa mémoire. Leurs regards, surtout. Elle se refusait à répondre à leurs questions comme à demander de l'aide. Si elle pouvait mourir dans cette petite salle, ce serait aussi bien, avait-elle pensé. Elle était si fatiguée, ses oreilles tintaient, et ce sang, qui n'en finissait pas de se répandre...

Elle était à demi consciente lorsqu'ils l'avaient embarquée dans une voiture, après avoir jeté un imperméable sur ses épaules, et avaient roulé le long du Rhône. Elle se rappelait avoir songé qu'ils allaient se débarrasser d'elle.

La traction avant s'était arrêtée sur l'île de la Barthelasse. Elle y était venue, longtemps auparavant, en compagnie d'Olivier. Tous deux aimaient cet endroit calme, face à la rumeur de la ville. Elle s'était raidie. Olivier, Aurélien... ils lui manquaient tant, elle se sentait vide sans eux, étrangère à elle-même.

La voiture qui ralentissait, une méchante bourrade dans le dos... Philippine avait basculé en contrebas, dans les hautes herbes et les roseaux, là même où les félibres aimaient à se retrouver au siècle précédent.

Par réflexe, elle s'était roulée en boule. Elle avait tout de même senti les cailloux heurter son corps meurtri ; avait manqué de peu tomber dans le Rhône. Une barque avait arrêté sa chute.

« Pétard ! avait fait une voix masculine. Qu'est-ce qui nous arrive là ? Pauvre ! On l'a rouée de coups... »

Elle avait fermé les yeux. Amis ou ennemis, peu lui importait. Elle désirait seulement dormir.

Plus tard, lorsqu'elle avait repris conscience, on lui avait raconté. Le pêcheur l'avait ramenée sur son dos au collège Saint-Joseph, là où l'on dissimulait de nombreux juifs. Philippine y avait été recueillie, soignée. Physiquement, elle avait récupéré assez vite. Moralement, c'était autre chose. La disparition d'Olivier, la perte de leur enfant, les mauvais traitements subis... l'avaient plongée dans un profond marasme. De longues conversations avec le père Renaud, un réfugié alsacien, lui avaient permis d'y voir un peu plus clair. Le prêtre l'avait convaincue de continuer à se battre, pour son mari, pour leur fils, mais aussi pour elle-même. Le lendemain, le 26 août, Avignon était libérée et, malgré les mises en garde du père Renaud, Philippine décidait de rentrer chez elle. Au bastidon.

Il lui avait fallu réapprendre à vivre. En commençant par apprivoiser son fils qui se sauvait en hurlant dès qu'elle tentait de l'approcher.

Nathalie avait ramené Aurélien au bastidon, l'avait confié à Marinette avant de descendre sur la côte, là où les Américains avaient débarqué le 15 août. Elle désirait s'installer en Amérique, oublier tous ces malheurs, vivre, enfin, comme une jeune fille de vingt ans.

Philippine avait dû expliquer à Aurélien qu'elle était partie parce qu'on était venu la chercher. Des hommes vêtus de noir, qui hantaient toujours les cauchemars du petit garçon.

« Mais tu ne repars plus, alors ? » avait-il demandé, en lui serrant très fort la main.

Elle avait juré.

Pour Aurélien, elle avait essayé de cacher la balafre qui zébrait son visage. Un coup de cravache, un jour où elle s'était offert le luxe de défier ses bourreaux.

« Avec un peu de temps… » lui avait promis le médecin de Rouvion. Elle contemplait son reflet dans le miroir, suivait sa cicatrice d'un doigt hésitant. Etait-ce bien elle ? Olivier la reconnaîtrait-il seulement ?

Lentement, elle avait repris possession de son corps. Douches tièdes sous la chaleur de l'été, jeux avec son fils, marches dans les lavanderaies, qu'elle avait eu la surprise de retrouver nettoyées. Toine et Marinette les avaient entretenues du mieux possible. Parmi les routes de lavande, sur le plateau vibrionnant d'abeilles, foulant cette terre qu'elle aimait tant, Philippine tentait d'oublier.

Durant la journée, c'était relativement facile tant elle avait à faire. La nuit, en revanche, les cauchemars et les angoisses revenaient la hanter. Elle avait pris le pli de se lever et d'écrire, longuement. Des lettres à Olivier, qu'elle conservait dans son secrétaire, et des messages destinés à sa mère, dans lesquels elle racontait, sans les détailler, les souffrances subies, la perte de son bébé, et son désir de la rencontrer, enfin, parce qu'elle en avait tout simplement besoin pour réapprendre à vivre. Malgré l'amour d'Aurélien, la sollicitude bourrue de Marinette, elle se sentait désespérément seule. Elle n'osait même plus se rendre au mas, où Georges s'était installé depuis plusieurs mois.

Philippine n'avait jamais été proche de son oncle. Elle n'aimait pas l'épave qu'il était devenu, buvant de plus en plus. Toine et Marinette lui avaient raconté qu'il avait reçu des visites suspectes durant l'été 1944. Une grosse traction noire, dont le claquement des portières portait loin, dans la nuit. Ils étaient nombreux à se défier de lui comme d'un animal nuisible.

« Ce n'est pas quelqu'un de bien », tranchait Marinette, péremptoire. Elle allait même jusqu'à sous-entendre qu'il était peut-être à l'origine de la dénonciation visant Olivier. Philippine aurait voulu lui réclamer des comptes. Elle ne s'en sentait pas encore la force. Elle n'avait pas soif de vengeance, seulement le désir de retrouver son amour. Si le débarquement allié en Provence, le 15 août 1944, avait permis une libération relativement rapide de la région, la guerre n'était pas terminée pour autant. Philippine, qui restait en contact étroit avec les membres du réseau, suivait pas à pas l'avance alliée.

Elle avait réussi à retracer l'itinéraire d'Olivier, emprisonné à Lyon, avant de partir pour une destination inconnue, dans l'un de ces « trains de la mort », dont on parlait désormais de plus en plus ouvertement. Il se chuchotait des horreurs auxquelles Philippine refusait de croire. Elle aurait désiré s'engager dans les rangs des Rochambelles, les femmes volontaires dans la deuxième DB de Leclerc. Clovis et Hortense qui l'avaient beaucoup soutenue l'en avaient dissuadée. Au fond d'elle-même, elle savait qu'ils avaient raison. Aurélien ne supporterait pas de la voir repartir. Et, de son côté, elle ne voulait surtout pas lui imposer une mère absente et lointaine. Elle-même ne s'était jamais remise de la défection de Rose-Aimée.

Elle avait repris le chemin de la boutique et confectionné du nougat, le premier depuis longtemps. Son fameux nougat riche en amandes et en miel. On venait le lui acheter de loin et elle allait livrer ses plaques à Avignon, Carpentras ou Apt.

Elle n'avait pu retourner dans la maison de tante Arthémise, c'était trop douloureux, tout son corps se raidissait à cette idée. En revanche, Clovis et elle s'étaient mis d'accord pour l'ouvrir encore plus aux réfugiés. Il y en avait tant, échappés des rafles, qui tentaient de retrouver leur famille... A Saignon, ils étaient désormais en sécurité.

— Regarde, maman !

Aurélien, très fier, tendit à Philippine une dizaine d'amandons.

— C'est bien, mon grand, le félicita-t-elle.

Il ressemblait tant à Olivier qu'elle avait parfois envie de pleurer lorsqu'elle le contemplait. Où était son mari ? Vivait-il toujours ? Il lui semblait qu'elle l'aurait su s'il n'y avait plus eu d'espoir mais comment pouvait-elle encore se fier à ce qu'elle éprouvait ? Parfois, elle se disait que sa fausse couche avait tout emporté, qu'elle n'était plus vraiment une femme. Elle n'aurait plus d'enfant, on ne le lui avait pas caché.

Si c'est le prix à payer, avait-elle pensé, le cœur déchiré.

Elle acceptait ce qui était pour elle une condamnation à condition de retrouver Olivier vivant. Elle savait bien, cependant, qu'on ne pouvait pas marchander avec le destin.

Marinette, qui préparait le souper, se rapprocha de la fenêtre. Elle se retourna vers Philippine.

— Vous avez vu, ce ciel rouge, du côté du mas ? On dirait...

Les deux femmes échangèrent un regard perdu. Elles se rappelaient l'assassinat d'Anna et de Martin, plus d'un an auparavant, et l'incendie des dépendances.

— J'y vais ! décida Philippine, jetant une cape sur ses épaules.

Elle embrassa son fils.

— Tu restes bien au chaud avec Marinette. Je reviens le plus vite possible.

Toine se joignit à elle. A bicyclette, tous deux gagnèrent le mas en moins de dix minutes. La maison d'Anna était intacte. En revanche, le matériel photographique de Georges, ses appareils, ses négatifs, arrosés vraisemblablement d'alcool à brûler, avaient fait l'objet d'un véritable autodafé dans la cour.

Toine recommanda à Philippine de rester dehors mais elle refusa d'obéir.

Tous deux se doutaient de ce qu'ils allaient découvrir à l'intérieur. Georges était affalé sur la table. Il avait été abattu de deux balles dans la tête.

« Traître et agent des Boches », lut Philippine.

La feuille de papier était épinglée à la chemise de son oncle. La pièce, d'une saleté repoussante, ne ressemblait plus à la maison d'Anna et de Brune telle qu'elle l'avait connue.

— Olivier le soupçonnait déjà l'an passé, alors qu'il vivait encore à Avignon, déclara Toine. Anna et Martin avaient fatalement été dénoncés, et Georges fréquentait des bons à rien de la Milice. Des malfaisants, qui tentaient de s'infiltrer sur le plateau pour mieux démanteler les réseaux de résistants.

Philippine frissonna. Elle ne pouvait admettre que celui qui demeurait son oncle avait pu commettre autant de méfaits. Pourtant, il lui fallait se rendre à l'évidence. Ceux qui avaient fait justice avaient éparpillé sur la table des lettres marquées du tampon « Kommandantur ». Comptes rendus détaillés de ce qui se passait sur le plateau, notamment des allées et venues d'Olivier comme de Philippine, dénonciations de participation à des parachutages, missives aigries stigmatisant les « terroristes »... Georges avait basculé dans une collaboration écœurante.

— Je ne peux pas y croire, souffla Philippine.

Le fils d'Anna et d'Armand, revenu mutilé de la guerre de 14, avait cherché à se venger de son handicap en détruisant à son tour. Malade, il aurait dû être écouté, soigné, mais Georges prenait pour de la pitié tout geste ou parole de compassion.

— Tu retournes au bastidon, décida Toine. Je vais chercher le maire et les gendarmes.

Il pressentait que les choses devaient être faites dans les règles, sinon, le mas deviendrait un endroit maudit dont plus personne ne voudrait s'approcher. Or, Philippine avait besoin des amandiers d'Anna pour se reconstruire.

Il suivit la jeune femme des yeux tandis qu'elle enfourchait son vélo et reprenait la direction du bastidon. Il avait beaucoup d'affection pour elle, et admirait son cran. Il savait cependant qu'il faudrait bien qu'elle se confie, qu'elle parle un jour ou l'autre des épreuves traversées. Ce qu'on gardait pour soi vous empoisonnait à petit feu.

Face à l'allée d'amandiers, il songea à son ami Olivier. Etait-il seulement encore vivant ?

49

Avril 1945

Une aube pâle se levait à peine au-dessus du bois de hêtres ayant donné son nom au camp. Plié en deux sous l'effet de la terrible dysenterie qui le ravageait depuis deux jours, Olivier se demanda combien d'heures encore il pourrait tenir.

Sans la promesse faite à Philippine, il aurait déjà perdu pied depuis longtemps. Quoique... cela ne lui ressemblait guère d'abdiquer. Au contraire. Toutes les brimades, les tortures physiques et psychologiques destinées à briser les déportés renforçaient leur volonté de résistance. D'autant qu'à Buchenwald, les politiques français s'étaient dotés d'une remarquable organisation.

Le colonel Manhès, l'adjoint de Jean Moulin, et Marcel Paul, élu communiste, s'étaient unis pour constituer en juin 1944 le « Comité des intérêts français ». Une règle d'or, la solidarité, permettait de contrebalancer dans une certaine mesure la famine, la maladie et les tortures. Tout au long de l'année 1944, et ce en liaison avec les prisonniers politiques allemands, les *Undermenschen*, les « sous-hommes », s'étaient préparés au combat en introduisant dans le camp des armes et des grenades. Le bombardement du 24 août 1944 avait permis de détourner des munitions, et même des cisailles à poignées isolantes, qui seraient bien utiles, le moment venu, pour couper les barbelés électrifiés.

Pourtant, malgré le soutien sans faille de ses camarades, Olivier sentait ses forces décliner.

Il entamait son neuvième mois de détention et avait l'impression d'être devenu un vieillard. A près de cinquante-quatre ans, il faisait figure de vétéran et, sans son exceptionnelle condition physique au moment de son arrestation, il aurait été expédié depuis longtemps à la sélection. L'amitié d'Etienne le soutenait, tout comme le désir de retrouver sa femme et son fils.

Charles, un médecin qui avait réussi à se faire enrôler comme aide-soignant au sinistre *Revier*, l'infirmerie qui n'avait rien d'humain, posa la main sur son épaule et lui glissa un morceau de charbon de bois dans la poche.

— C'est tout ce que je peux faire pour toi, mon vieux, lui dit-il.

Charles avait le visage tendu. Depuis deux jours, en effet, le front allié se rapprochait. Le commandant du camp avait fait évacuer le dépôt divisionnaire des SS le 2 avril. Les membres du comité se tenaient sur leurs gardes tout en sachant que, même si le nombre de SS avait diminué, les prisonniers étaient incapables de lutter à armes égales avec ceux qui étaient restés au camp.

Pourtant, les forces américaines et soviétiques étaient toutes proches ; la nuit, leurs fusées éclairaient le ciel obscurci par la fumée des crématoires.

— C'est maintenant ou jamais, insista Charles.

Pour lui, qui avait vu son frère exécuté de deux balles dans la tête tout simplement parce qu'il s'était éloigné d'un mètre pour ramasser un pissenlit au bord du chemin, c'était d'abord une question de dignité. Certains soirs, les Français de Buchenwald se réunissaient clandestinement, tout comme les Allemands prisonniers politiques qui avaient constitué un embryon de bibliothèque, ou les Russes qui avaient créé un journal officieux.

Olivier avait été particulièrement marqué par les premiers vers d'un camarade, Yves Boulongne :

« O ma mère très douce au cœur jamais lassé,
Pourquoi tant de soleil, pourquoi tant de jeunesse,
Puisque tu n'es plus là et que Dieu n'est plus là ? »

La liberté était là, toute proche, mais Olivier ne parvenait pas à y croire.

Il avait vu tant de camarades tomber sous les coups, d'autres mourir de froid, durant les appels interminables pendant que « le vent du diable », un vent glacial soufflant toute l'année sur le versant nord de la colline où l'on avait choisi de bâtir le camp de Buchenwald, perçait leurs guenilles, qu'il n'avait plus d'espoir. Pourtant, il savait bien que, en pensant ainsi, il faisait le jeu de leurs bourreaux.

Il déglutit pour absorber un peu de charbon de bois, le seul remède dont ils disposaient au camp pour tenter d'enrayer la dysenterie. Les dernières semaines, la nourriture, déjà nettement insuffisante, s'était encore réduite. Plus de margarine, ni même d'eau brunâtre pompeusement appelée « café » ou « soupe » selon l'heure à laquelle elle était servie, seulement quelques patates, dont la moitié était gelée. Cette alimentation de famine, ajoutée au travail de force et au froid glacial, faisait des ravages. Manger devenait une obsession. Certains s'étaient fait tuer pour avoir volé des épluchures de pommes de terre ; d'autres avaient lapé de la soupe répandue sur le sol. Olivier lisait sur le visage déformé de ses camarades, leurs yeux exorbités, leurs mâchoires immobiles, leur corps squelettique, le reflet de ce qu'il était lui-même devenu.

Il se redressa. Vivre, debout, s'étaient-ils promis, Etienne et lui. Son ami, durant l'hiver, avait été soumis à des expérimentations médicales à la sinistre infirmerie où officiaient de soi-disant médecins qui ne méritaient pas ce nom. Il ignorerait toujours ce qu'on lui avait injecté, mais était soulagé de ne pas avoir eu affaire au personnage que les déportés avaient surnommé « docteur seringue » ou « la mort blanche ». Sa « spécialité » consistait en effet à faire des piqûres intracardiaques aux malheureux qui tombaient entre ses mains.

Etienne avait mis plusieurs semaines à se remettre des injections qu'on lui avait faites. Il se chuchotait dans le camp que les expériences étaient menées en liaison avec des entreprises chimiques allemandes afin de mettre au point des vaccins.

« Je n'oserai jamais avoir d'enfants », avait confié Etienne à Olivier. Avant de se reprendre : « Comme si nous pouvions encore faire des projets ! Dans l'état où nous sommes… »

Une odeur horrible, celle des cadavres qui brûlaient sans interruption dans les fours, planait sur le camp. C'était peut-être ça, le plus atroce, s'être accoutumés à côtoyer la mort à chaque instant, à trouver la survie exceptionnelle. Ils n'avaient pas abdiqué pour autant.

— Si nous nous en sortons… souffla Etienne.

Il avait une fiancée, Réjane, à Lyon. Il parlait d'elle avec un amour, une tendresse qui émouvaient ses compagnons de captivité.

« C'est pour elle que je me bats », avait-il avoué un jour à Olivier.

Réjane était juive. Porteuse de faux papiers, elle était réfugiée dans une école catholique où elle enseignait. Olivier espérait seulement qu'elle s'y trouvait toujours.

— Maintenant, leur dit l'un de leurs camarades en les entraînant vers le block où les armes étaient dissimulées.

Un avion survolait en rase-mottes le bois de hêtres, où ils vivaient l'enfer depuis plus de huit mois. Sans plus réfléchir, Olivier et Etienne rejoignirent les ombres furtives qui pénétraient dans le block. Hormis le bruit de l'avion, un calme étonnant régnait sur Buchenwald. Pas de hurlements des kapos ni d'ordres secs. A croire qu'ils avaient tous disparu...

Tant qu'ils étaient restés entre eux, ç'avait presque été plus facile. Ne se ressemblaient-ils pas tous, avec leur crâne rasé, leur corps squelettique, leur maigreur extrême, leurs œdèmes aux jambes ?

Ils avaient lu l'horreur dans les regards des premiers soldats américains commandés par le capitaine Robert J. Bennett et, depuis, ils vivaient avec cette nouvelle angoisse au cœur : quelle serait la réaction de leur famille ?

De nouveau, Charles, leur camarade médecin, les avait sauvés. Face aux Américains qui leur donnaient toutes leurs réserves, il s'était insurgé.

« Doucement, les gars, sinon on est tous foutus ! On mange à petites doses, lentement. Il faut réhabituer notre corps à la nourriture. »

Pierrot, qui les faisait saliver à longueur de nuit en leur racontant tout ce qu'il mangerait lorsqu'ils seraient enfin sortis de l'enfer, était mort à peine deux jours après la libération de Buchenwald.

Charles leur avait alors rappelé qu'une nourriture trop abondante et trop riche en graisses les tuerait à coup sûr. Olivier l'avait déjà compris et s'alimentait à la petite cuiller, de façon fractionnée. Un seul désir le tenaillait. Rentrer chez lui, auprès de Philippine et d'Aurélien.

Il avait envoyé un télégramme en France, annonçant son retour proche. Il fallait attendre le rapatriement par convoi sanitaire. Les Américains paraissaient dépassés par l'ampleur de la tâche. Partout, dans les camps, ils découvraient des monceaux de cadavres ainsi que des morts-vivants squelettiques qui ne valaient guère mieux. Ils n'étaient pas prêts à être confrontés à ces visions d'horreur, mais... qui le serait jamais ? Déjà, certains déportés se demandaient ce qu'ils pourraient raconter à leur famille. On ne pouvait partager l'indicible qu'ils avaient vécu dans leur chair comme dans leur âme.

Etienne n'avait qu'une hâte, rentrer sur Lyon, retrouver Réjane. S'il était au moins aussi impatient, Olivier comprenait qu'il ne devait pas prendre de risques inutiles, pour ne pas compromettre son retour.

Copieusement arrosé de DDT, soigné pour sa dysenterie, il reprenait lentement des forces avant d'affronter le trajet du retour qui aurait lieu... en train, comme l'aller ! Il restait juste à espérer que ce ne serait pas dans les mêmes conditions... Les Américains se montraient chaleureux. Ils étaient grands, bien bâtis. Comparé à eux, Olivier se sentait un sous-homme et comprenait mieux le désarroi éprouvé par les gueules cassées après l'armistice. Il refusait cette étiquette de déporté qui lui collait désormais à la peau comme son numéro matricule tatoué sur son avant-bras. Il se voulait libre. Chaque jour, il s'astreignait à marcher un peu plus vite, un peu plus loin, pour faire à nouveau circuler le sang dans son corps affaibli. Il allait jusqu'à la route conduisant à Weimar, se remémorait leur arrivée nocturne, sous les coups et les morsures des chiens. Il n'y avait pas un an... et, pourtant, le visage de Philippine était devenu flou dans sa mémoire, remplacé par des visions atroces.

Comment une telle ignominie avait-elle pu se dérouler si près d'une ville culturelle comme Weimar ? Les nazis avaient conservé le vieil arbre sous lequel Goethe aurait pris le pli de venir méditer. Etaient-ce les mêmes hommes qui, pendant des années, avaient joué les bourreaux sans le moindre état d'âme ? Lui, l'humaniste, savait que cette question le hanterait le temps qui lui restait à vivre.

50

1945

Chaque matin, Philippine se préparait pour retrouver Olivier. Sa cicatrice boursouflée avait quasiment disparu, il n'en restait plus qu'une mince ligne blanche. Avec sa silhouette élancée, elle ne paraissait pas ses trente-deux ans. Intacte aux yeux du monde… comme le vase brisé dans le poème de Sully Prudhomme pour lequel elle avait toujours eu une secrète préférence.

La mort de Brune, celles d'Anna et de Martin, l'arrestation d'Olivier, son séjour dans les bureaux de la Gestapo à Avignon, la perte de son bébé, la découverte de la traîtrise de Georges avaient constitué pour elle autant de ruptures et de déchirements. Dieu merci, elle avait Aurélien près d'elle, Toine et Marinette, et aussi Clovis, qui prenait régulièrement des nouvelles.

Il avait rouvert la fabrique deux mois auparavant, le jour même où elle avait reçu le télégramme d'Olivier. Son fils Gauthier désirait poursuivre la tradition familiale des fruits confits. Un Bonnafé allait faire revivre l'usine alors même qu'Olivier était rescapé des camps. Philippine en avait pleuré de bonheur. Ce jour-là, elle avait travaillé dans le laboratoire huit heures d'affilée. Confectionner son nougat était pour elle une façon d'exprimer sa joie et son soulagement.

Ensuite, l'attente avait été insupportable. Les correspondants de guerre avaient rapporté des clichés atroces, monstrueux. Olivier ressemblait-il à l'un de ces morts-vivants ? Comment pouvait-il avoir survécu ? Les premiers déportés de retour, transitant par l'hôtel Lutetia, au coin du boulevard Raspail et de la rue de Sèvres, étaient dans un état lamentable. On parlait à mots couverts de tuberculose, de pleurésie, de gangrène... Il fallait les soigner, les remettre sur pied et, vite, ne plus croiser leur regard vide qui dérangeait, dans l'atmosphère de liesse générale. Philippine l'avait compris en lisant les comptes rendus détaillés des journaux. Elle imaginait le désarroi moral d'Olivier, ne supportait plus d'attendre. Elle avait fini par se rendre à Paris, après avoir longuement expliqué à son fils qu'elle ne pouvait l'emmener avec elle mais qu'elle revenait très vite.

Elle n'avait pas accordé un regard à la façade Belle Epoque ni aux maîtres d'hôtel en habit. Elle ne voyait qu'eux... ces hommes et ces femmes hagards, épuisés, complètement perdus parmi la foule, les différents comités d'accueil, les médecins, les infirmières, le Bureau militaire...

Philippine n'avait même pas cherché à poser des questions. Elle avait pourtant apporté avec elle une photographie d'Olivier, datant de 1943. C'étaient les temps heureux... malgré la guerre. Elle avait vu les panneaux recouverts de listes de noms et de photos des disparus, des mains de femmes tendant un cliché vers les déportés, et ce geste qu'ils faisaient, cachant les cheveux de la main pour mieux imaginer la personne le crâne rasé. Elle n'avait pu en supporter davantage. Le hall du Lutetia, transformé en caravansérail, n'était pas un endroit pour Olivier comme pour elle. Elle aurait eu l'impression de retrouver un étranger.

Le cœur déchiré, elle avait regagné leur maison et attendu de recevoir un signe de sa part.

La première lettre était arrivée fin mai au bastidon. Elle provenait de l'Isère.

« Ma tendre et douce », avait écrit Olivier, et Philippine avait fermé les yeux. Il lui expliquait ce qu'elle avait déjà deviné, qu'il désirait lui revenir non pas en bagnard couvert de poux mais en homme libre, ayant recouvré un peu de forces. Il lui écrirait chaque jour, de ce sanatorium où il reprenait du poids.

Il souhaitait tout savoir, posait mille et une questions, et Philippine courut lui répondre. Au fil des semaines, leur correspondance se fit plus intime, plus impatiente.

Philippine retrouvait le désir de plaire, de provoquer, même, son amour, et Olivier se sentait plus confiant et plus fort. Il n'avait jamais douté d'elle mais plutôt de lui, se trouvant trop vieux, trop usé. Chaque promenade qu'il prolongeait lui faisait prendre conscience de son corps. Un masseur venait trois fois par semaine et ses exercices comme ses massages lui permettaient de sentir à nouveau le jeu de ses muscles.

« Le corps est une formidable machine », s'émerveillait Etienne. A vingt-trois ans, il s'était remis plus vite qu'Olivier. Il s'apprêtait à épouser Réjane, dont la plupart de la famille avait été exterminée à

Auschwitz. Seule avait survécu sa petite sœur, Rachel, cachée elle aussi dans une école catholique.

« Nous avons beaucoup de temps perdu à rattraper », disait Etienne.

En apparence, il était redevenu un joyeux drille. Parfois, cependant, son regard basculait, et Olivier savait que, tout comme lui, il songeait aux camarades tombés, au bois de hêtres qui n'avait rien de romantique, et aux expériences médicales subies. L'un et l'autre n'avaient pas besoin de parler pour se comprendre mais... était-ce la meilleure solution de tout garder enfoui au fond de soi ?

Olivier, le vétéran, avait déjà ressenti une impression semblable durant la Première Guerre. Ceux de l'arrière, les « planqués », refusaient souvent d'être informés des conditions de vie des poilus. Désormais, les déportés devaient se fondre dans la foule en liesse. Leurs souffrances, leur calvaire dérangeaient. Un jour, peut-être, ils pourraient tout raconter sans craindre de blesser ou de choquer. Quand les années auraient accompli leur œuvre...

Partout autour du bastidon, le ciel courait se perdre dans le bleu des lavanderaies. La main placée en visière devant les yeux, Philippine contempla avec fierté les coupeurs de lavande qui s'activaient sous l'autorité de Toine. Ils étaient nombreux à être revenus d'Italie pour cette première « vraie » récolte depuis la paix du 8 mai. Tous demandaient après « le patron » et Philippine répondait : « Il va rentrer. Bientôt. » Elle ne voulait rien laisser voir de son tourment secret. Il y avait à présent cinq jours qu'elle n'avait pas reçu de courrier d'Olivier. Elle aurait voulu se rendre en Isère sans toutefois oser enfreindre la volonté de son mari.

« Je veux vous revoir, Aurélien et toi, en homme debout », lui avait-il écrit à deux reprises.

La lavande avait bien donné, une « récolte historique », estimait Toine.

L'alambic fonctionnait en continu.

Aurélien, très fier, avait sa saquette mais Philippine refusait de le laisser manier la faucille.

« S'il est aussi têtu que son père, il le fera quand même, avait prédit Marinette. Et nous lui montrerons comment soigner ses coupures avec de l'huile essentielle de lavande. »

Philippine sourit. Oui, Aurélien était aussi entêté que son père.

Le chien gronda. Philippine se retourna, lentement. Son cœur s'emballa. Même de loin, elle reconnaissait cette démarche et cette haute silhouette. Elle s'élança vers Olivier.

De son côté, il se mit à courir, lui aussi, malgré le point de côté qui lui coupait le souffle. Elle était bien telle qu'il l'avait rêvée, nuit après nuit, dans la cellule de Montluc, dans les wagons à bestiaux puis sur le châlit infesté de puces de Buchenwald. Philippine, son amour.

Il tendit les bras, la reçut contre lui, se grisant de sentir son parfum.

Le baiser qu'ils échangèrent racontait tout. Les jours, les semaines et les mois d'angoisse, d'attente et de désespoir.

Plus tard, elle lui dirait. La trahison de Georges, la perte de leur enfant, sa longue reconquête pour ne pas sombrer.

Elle lui parlerait aussi de la première lettre qu'elle avait reçue de sa mère, après tant d'années.

Plus tard… Ils avaient tout leur temps, à présent.

Elle l'enlaça.

— Viens. Rentrons à la maison.

REMERCIEMENTS

L'idée de *La Nuit de l'amandier* s'est imposée à moi au cours du Salon du livre Lire en mai de Nyons en 2007. Un livre, c'est une mystérieuse alchimie, une merveilleuse aventure qui prend forme au fil des rencontres. Un grand merci à mon mari, qui supporte avec humour mes angoisses d'auteur et sait trouver le mot juste pour m'inciter à continuer, à notre fille et à mes parents qui me soutiennent sans faille, à Jeannine Balland, toujours prête à m'encourager, et dont la confiance me donne des ailes !, à mes amis, Marie-Delphine, mon irremplaçable première lectrice et critique avisée, Mariette, qui partage avec moi l'amour de la poésie, Cathy et Jean-Claude, qui m'ont parlé les premiers des cassoirs d'amandes et m'ont généreusement confié une précieuse documentation tout en me faisant goûter l'*aiguo-boulido*, à Jacqueline, qui m'a soutenue par courriel et par téléphone, aux médiathèques de Nyons et d'Avignon, aux bibliothèques d'Entrechaux, de Taulignan et de Vaison-la-Romaine, à l'office de tourisme de Sault, au musée de l'Aventure industrielle d'Apt...

Je tiens à témoigner ma reconnaissance à mes fidèles lectrices et lecteurs que je retrouve d'année en année sur les salons, dans les librairies, dans les bibliothèques ou les établissements scolaires pour des échanges toujours passionnants, qui donnent tout son sens à mon travail d'écriture et avec qui je tisse, livre après livre, de véritables liens d'amitié.

A toutes et tous, merci, de tout mon cœur.

Composition et mise en pages : FACOMPO, LISIEUX

Achevé d'imprimer
en juillet 2010
par Printer Industria Gráfica
pour le compte de France Loisirs, Paris

Numéro d'éditeur : 60717
Dépôt légal : mars 2010
Imprimé en Espagne